스페인·중남미 현대시의 이해 2

히메네스에서 옥따비오 빠스까지

민용태 지음

창비

다시 책머리에

시에서 내용과 형식을 구분할 수 있을까. 전통적인 정형시가 아니고 자유시, 특히 현대시에서 내용이 밑받침되지 않은 형식이나, 형식이 마름질되지 않은 내용이 있을 수 있을까. 압축과 함축의 미학 위에 설립되는 시에서는 내용과 형식의 구분이 만만치 않다. 어쨌든 베네데또 끄로체가 "시적 직감이 형식을 만든다"라고 했건, 형식주의나 구조주의 시학이 "문학을 문학 되게 하는 것은 형식이고 언어이다"라고 했건, 우리는 시 내용이나 형식이 상관관계에 있음을 조용히 받아들이기로 한다.

스페인 학자 아마도 알론소(Amado Alonso, 1898~1952)의 지적처럼, 시 표현의 기본형식에서 표현주의이건 인상주의이건 언어적 형태의 변형은 불가피하다. 표현주의가 릴케의 경우에서처럼 '내심의 욕구'를 형상화하기 위해 외적인 풍경을 변형하거나, 인상주의가 외적인 느낌이나 감각을 이성적 해석이나 판단 없이 낯선 이미지로 엮어낼 때, 문체에 있어서의 언어의 변형 혹은 뒤틀림은 필연적이다. 장 꼬앙이 『시어의 구조』에서 시어는 산문어와는 반대로 일상어의 '이탈'(desviación)이라고 한 것도 같은 결론에 이른다. 꼬앙은 낭만주의에서 초현실주의에 이르는 시 문체의 발달이 일상어의 변형을 갈수록 심화시키는 방향으로 진전되어왔다고 지적한다. 말하자면 말라르메 이후 현대시는 자꾸 더 어려워지는 방향으

4

로 변화를 겪어왔다는 이야기이다.

1995년의 『스페인·중남미 현대시의 이해 1』과 이번의 『스페인·중남미 현대시의 이해 2』 사이에는 큰 차이가 없다. 1권이 시어 개혁의 첨단적 측면을 알기 쉽게 해설하려고 애썼다면, 2권은 시 정신의 변화가 이룩한 새로운 내용을 보여주려고 했다. 여기에서는 옥따비오 빠스의 경우처럼 시 형식의 혁명적 실험을 동반한 예도 있지만, 스페인의 미겔 데 우나무노나 이미 1권에서 이야기한 호르헤 루이스 보르헤스처럼 전통적 정형시에 가까운 시를 많이 쓰고 또 하도 반복하여 써서 "낡고 닳아진 상징"(보르헤스)들이 전연 새롭지 않은 예도 있다. 그럼에도 불구하고 이들이 이룩한 시세계는 지극히 현묘하고 새롭다. 그것은 이들 시를 지탱하는 사고의 세계가 그만큼 혁명적이기 때문일 것이다.

먼저 우나무노는 "읽는다, 읽는다, 읽는다"로 시작하는 시에서, 남들이 꿈꾸었던 것을 읽는 자기 자신을 발견한다. 또한 펜으로 시를 적어가는 자신을 바라본다. 문득 이상한 생각이 든다. 내가 지금 이 시를 쓰고 있고 이 시의 주인은 나인데, 내가 죽고 난 뒤에는 이 시가 나의 느낌과 죽은 나의 실체를 대신하여 살아 있는 듯이 나로 이해될 것이라는 역설을 보고 놀란다. 오늘 우나무노의 시를 읽는 것도 사실 우나무노의 겉껍질을 되새김질하는 것일지도 모른다.

보르헤스는 시를 쓰는 자기 자신을 보고 "누가 이 시를 쓰고 있는가" 하고 물었다. 자기가 쓰고 있는 이 많은 말들은 자기 것이 아니다. 거기 씌어진 상징들도 자기가 만들어낸 것이 아니다. 거기 움직이는 사고의 끄나풀도 자기의 발명품이 아니다. 거기 살아 움직이는 사람들의 그림자도 모두 백과사전에 나오는 것들이다. 그렇다면 지금 "내가 시를 쓰고 있다"고 생각하는 '나'와 이 잡다한 '남들'은 어떤 관계에 있는가. 지금 누가 이 시를 쓰고 있는 것인가.

옥따비오 빠스도 이 방면에서는 둘째 가라면 서러워할 정도이다. 「확실한 것」(certeza)이라는 시를 살펴보자. 지금 램프를 켜놓고 시를 쓴다. 이 하얗게 쏟아지는 불빛이 진짜 있는 것이고, 이 램프도 진짜 있는 것이고, 이 시를 쓰고 있는 손도 진짜 있는 것이라면, 씌어진 시를 읽고 있는 이 눈들은 정말 있는 것인가. 내 눈은 (거울을 통하지 않으면) 내 눈을 직접 보지 못한다. 지금 내 눈이 있는지 없는지 눈을 통해서 확인할 수는 없다. 눈은 만지는 것이 아니라 보는 것이다. 그런데 이 보는 기관이 정말 있는 것인지 나는 확인할 수가 없다. 있는지 없는지 확인할 수 없는 눈을 통해 본다는 이 시는 정말 있는 것일까. 시를 읽어본다. 한 구절을 읽으면 그 소리는 사라진다. 소리가 사라진 자리, 그 의미가 잡힌다. 실체가 없어진 자리, 그 실체가 느껴진다. 무엇이 실체인지 알 수 없다. 마침내 시인은 고백한다. "내가 아는 건 지금 내가 살아 있다는 것뿐／두 괄호 사이에서."

우리 문학은 형이상학적 깊이가 없다고 흔히 일컬어진다. 순수 우리말은 감정적·정서적이고 사고를 담아낸 전통도 짧다. 우리나라 현대시의 상징은 전통적 상징이 바탕이 되어 이루어진 것이 아니다. 지금 어떤 시인이 '대나무'를 지조의 상징으로 쓰고 있는가. 전통이 있어야만 강해지는 상징성은 우리 시로 말하면 근대시 이후 생겨난 것이다. 청마 유치환의 '깃발'이 꿈의 상징으로 태어난다거나, 김현승의 "꿈을 아느냐 네게 물으면,／플라타너스,／너의 머리는 어느덧 파아란 하늘에 젖어 있다"에서 플라타너스가 꿈의 상징으로 탄생하는 것은 소위 '창조된 상징'(símbolos de invento)에 속한다. 현대시는 이런 창조적 상징을 선호한다. 그러나 보다 차원 높은 상징과 형이상학적 깊이를 구축하기 위해서는 이미 이룩된 상징의 바탕이 있어야 한다.

6

동양에는 불교나 노장사상에 의한 뿌리 깊은 상징세계가 존재한
다. 스페인이나 중남미 현대 시인들이 이런 동양사상을 시세계의
자양분으로 활용하고 있는 것도 우리에게 시사하는 바가 많을 것이
다. 나는 이 책에서 그들이 우리의 감성이나 사상과 이웃해 있다는
점을 알리려고 애썼다. 그것은 첫째 그들의 시가 동양사상의 영향
을 많이 받았고, 둘째 그들의 시를 읽는 독자가 우리인만큼 동양적
관점에서의 읽기가 필수적이라고 생각했기 때문이다.

아무튼 두 권의 책을 내면서 내가 생각한 것이 있다면 우선 내
시어와 시세계를 보다 가다듬고 뿌리를 깊이 내려야겠다는 각성이
다. 동시에 여기 나오는 시와 해설들이 많은 우리나라의 시인들에
게 설득력있는 감동과 자극을 주고 우리 시를 고양시키는 데 한몫
을 했으면 하는 것이다.

1997년 3월 17일 밤
고덕동 산자락에서
민 용 태

차 례

제 1 장
후안 라몬 히메네스
(스페인, 1881~1958)

　현대시에는 '어떻게' 쓰느냐의 시어 개혁적 측면에 관심을 둔 조류와 아직도 '무엇을' 쓰느냐의 내용의 심화에 관심을 둔 조류가 있다. 하지만 말을 바꾸면 뜻이 바뀌고 뜻이 바뀌면 말이 바뀔 수밖에 없듯이, 이 두 조류는 궁극적으로 엄격하게 구분지을 수 없는 한 물줄기라고 할 수 있다.

　문학사 속에서는 이 두 조류를 더러 '순수시'(후안 라몬 히메네스와 그 아류)와 '비순수시'(특히 빠블로 네루다를 비롯한 중남미 시)로 구분하기도 한다. 혹은 모더니스트 시와 전통시라는 애매한 구분도 있다. 그러나 이 조류들이 문학사에서 뚜렷이 다른 문학운동을 뜻하는 것은 아니다. 스페인 시에서 울뜨라이스모(ultraísmo) 같은 아방가르드(avantgarde) 운동이 커다란 결실을 이루지는 못했다. 울뜨라이스모는 오히려 호르헤 루이스 보르헤스(Jorge Luis Borges) 같은 아르헨띠나 시인에 의하여 중남미로 이식되어 더 큰 성공을 거두었다. 결과적으로 시어 개혁이 주로 중남미나 멕시코 시에 의하여 이루어졌다면, 이베리아 반도에서는 그 풍성한 시 전통의 무게 탓인지 후기 낭만주의적 경향이나 현대적 고전주의의 색채가 돋보였다. 스페인 현대시의 고전 후안 라몬 히메네스(Juan

Ramón Jiménez)나 안또니오 마차도, 미겔 데 우나무노의 시에는 시 내용의 개혁이 두드러지면서 시체의 기발한 개혁은 보이지 않는다. 그 뒤에 오는 소위 '27년대 시인' 그룹이 스페인 바로끄 (baroque) 문학, 특히 루이스 데 공고라(Luis de Góngora)의 시풍을 현대화하고 있는 점은 그 전통적 성향을 잘 말해준다.

그렇다고 해서 내용의 심화, 새로운 체험을 내용으로 하는 시를 다루면서 스페인 시만을 소개하겠다는 것은 아니다. 스페인이나 중남미를 막론하고 스페인어 시에는 내용이 돋보이는 시와 형식의 개혁이 돋보이는 시가 존재함을 이야기하고 있을 뿐이다. 그리고 이런 구분은 시를 설명하기 위한 방편일 수도 있다. 예를 들어 옥따비오 빠스의 시를 시적 내용의 혁신 면에서 다룬다면 반대할 이유가 너무나 많다. 그는 '시각시'(Topoemas)를 개척했고 「백지」 (Blanco)나 「연기」(Renga) 같은 혁명적인 실험시를 쓴 장본인이기도 하기 때문이다.

그러나 현대시는 시어의 개발 못지않게 시적 진실의 개척이 돋보인다. 따라서 이제부터는 시각을 조금 바꾸어서 시인의 영감이나 직감으로부터 시 창조에 이르는 내용주의적 측면에서 스페인어 시를 살펴보기로 하겠다. 베네데또 끄로체(Benedetto Croce)의 문학론처럼 시는 시인의 직감이 언어를 통하여 형상화된 것인지도 모른다. 시는 생각이나 느낌에 의한 파문이 특징일 때가 있다.

그 맨 처음 예로 후안 라몬 히메네스를 택한다. 히메네스를 택한 것은 그가 1956년 노벨상을 탔다는 이유보다 스페인의 아방가르드 시기, 즉 '27년대 시인' 그룹의 발아기에 가장 존경받는 시 개혁의 선구자였기 때문이다. 그는 초기에 스페인어권의 고답파나 상징주의로 이해되는 '모데르니스모'(modernismo) 계열의 시를 쓴다. 섬세한 감각과 서정으로 그리움과 우수, 자연과 어린 시절에 대한 사랑을 시의 주제로 하던 히메네스는 『갓 결혼한 어느 시인의 일기』

(1917년)부터 제2기의 개혁을 맞는다. 그의 고향 모게르에서 출발
하여 다시 고향으로 돌아오는 과정의 체험들을 하나하나 일기체로
엮은 이 시집은 스페인어 시의 새로운 모델로 꼽힌다.

1. 깨달음으로서의 시

하 늘

1월 30일
하늘, 바다
크기의 말
우리 뒤에 잊고 가는.

‘바다에서의 사랑’을 노래하는 위 짧은 시에서 보듯 히메네스의
시는 뽈 발레리(Paul Valéry)의 ‘순수시’를 연상시키는 일체의 일화
(逸話)적 요소, 직정적 묘사를 벗어던지고 맨몸으로 나선다. 그는
자신의 새로운 시체를 ‘벌거숭이 시’(Poesía desnuda)라 명명한다.
그는 자연과 사물의 느낌을 시로 읊던 낭만주의 계열의 쎈티멘털한
시풍에서 벗어나 인상에서 비롯되는 자연의 원초적 영상을 시로 옮
긴다. 그의 새로운 체험을 대변하는 이미지는 ‘바다’이다.

고 독

너의 안에 모든 네가 있다, 바다여, 그러나
네게는 참 네가 없다, 얼마나 홀로
얼마나 멀리, 항상, 너 자신에게서 떨어져 있는가!

수천의 생채기로, 순간 순간 열리는
나의 이마 같은,
너의 파도는 나의 사념처럼 떠간다,
가고 또 오고,
입맞추고 또 떨어지고,
그 영원한 만남의 몸짓,
바다여, 그 끝없는 잊혀짐의 몸짓.

너는 너다, 그러나 너는 그걸 모른다,
너의 심장이 네게서 뛴다. 그러나 너는 느끼지 못한다……
이 고독한 충만, 고독의 바다여!

　나는 히메네스의 시에서 불교의 영향을 받았음을 느낀 바 있다. 여기서 바다가 삶을 상징한다면 인생은 죽기 전까지 그 총체성으로 인식된다기보다는 '순간 순간'으로 깨어져서 우리들에게 비친다. 바다에 서면 바다는 그 모습을 감추고 파도만 보여준다. 나의 머리, 혹은 '이마'로 생각하는 인생에 대한 사념도 순간 순간의 물결이나 바람 같은 파편들이다. 결국 바다는 그 끝없는 파도, 오가는 물결의 무늬 속에서 그 바다 됨을 얻는다. 만나는 것은 곧 헤어지는 것이고 아는 것은 곧 모르는 것이 된다. 그 역설적 움직임 속에 우리의 삶이 진행된다. 바다는 바다를 알지 못한다. 심장이 뛰고 있을 뿐. 그러나 그 이름할 수 없는 것의 가득함, 그 '충만'을 히메네스는 '고독한 충만'이라는 말로 대신한다. 바다는 모게르의 시인에게 삶의 몸이며 깨달음의 현장이다.

　　삶

　바다여, 오늘 너의 이름은 삶이다.

너의 움직이는 녹색, 은빛 빛의 파편,
그 가없는 풍요를, 누가 어느 맥박으로 대신하랴,
영원한 아름다움의 파랗고 하얀 가슴팍.
수많은 심장들의
모든 색깔들의
모든 빛들의
산실, 그 끝없는 생명으로
살아 숨쉬는 바다, 살아, 살아, 온몸으로 살아, 오롯이 살아,
오롯이, 홀로, 영원히 살아 숨쉬는 바다!

'바다'에 못지않게 많이 나오는 이미지가 '하늘'이다. 바다가 삶
의 육체적 현실이라면 하늘은 늘 '말' 혹은 형이상학적 실체로 표현
된다.

하 늘

나는 너를 잊고 있었지.
하늘아, 그래서 너는 없었어.
희미한 빛의 존재로밖에,
지치고 무심한 나의 눈에
이름 없이 비쳐진 너의 그림자.
너는 나그네의 실의에 찬 게으른
말들 사이에서,
꿈에 본 물빛 풍경처럼
몇번이고 되풀이되는 짧은 빈터처럼
언뜻언뜻 나타나곤 했지.

오늘 찬찬히 너를 바라보았지.
그러자, 너는 너의 이름까지 서서히 올라가는 거야.

성경에서 '태초에 말이 있었다' 하듯이 히메네스에게 하늘은 실체의 상징, 그 이름이며 말이다. 원형의 말은 우리의 일상 속에서 타성에 젖어 무감각해졌다. 하늘은 그저 텅 빈 곳이거나 순간 순간 모양짓는 빛의 희미한 무늬일 뿐. 그러나 어느 날 그의 눈이 깊어진다. 하늘은 '지금 여기!'이거나 비로소 '오늘'에 다가오는 깨달음의 하늘이 된다. 그때 그는 하늘이 자신의 이름으로 비치는 투명성을 경험한다.

히메네스는 인도 시인 타고르(Tagore)의 시를 아내의 도움으로 스페인어로 번역한 적이 있다. 이 인도 시인을 통해 그는 동양사상을 배웠다. 실제로 『갓 결혼한 어느 시인의 일기』에는 타고르로부터 빌려온 산스크리트어 경전 번역이 맨 앞에 실려 있다. "어제의 날은 꿈뿐이다. 내일의 날은 하나의 비전일 뿐. 그러나 잘 이용한 오늘은 어제의 하나하나를 행복의 꿈으로, 내일을 희망의 비전으로 바꾼다." 그리고 그 서문에서 인생의 다양한 모습 중에서 '순간의 섬'을 일기장에 적고 싶었다고 술회한다. "나는 이 시인의 앨범 속에 가벼운 터치로, 어떤 때는 색깔만으로, 또 다른 때는 생각만으로, 또 다른 때는 빛만으로, 항상 감동에 취해, 순간의 세계에서 하나이면서 원형인 가슴이 나의 영혼으로 울려주는 섬들을 베꼈다." 스페인 평자들에게 지극히 난해했던 이 구절은 다름아닌 복잡한 느낌 속에서 깨닫는 순간의 비전을 제시하는 것이 이 시집의 시학이었음을 예시한다.

히메네스는 동양적 명상을 배웠다. 그는 선불교를 서투르게 이해했지만 거기에는 자기 나름의 깨달음에 대한 염원이 있다. 인상주의가 마음의 풍경이나 사물의 원형적 실체가 비쳐지는 순간을 포착하기를 꿈꾸었다면 히메네스 또한 이들 감각세계의 혼란 속에 비쳐지는 어떤 총체적 비전(물론 루카치의 소설론과는 다른)의 체감

을 시로 쓰고 싶었다. 이때부터 그의 시어는 갈수록 응축되고 다듬
어지는 과정을 겪는다. 지금까지 감각적이거나 꿈에 취한 사랑의
언어는 갈수록 깊어진다.

시 97

네가 자면, 나는 너의 영혼 속에 눕는다,
귀를 대고, 너의 벌거숭이 가슴속에서
고요한 심장소리를 듣는다, 나는 문득
그 깊은 맥박 속에서
세상의 중심의 비밀을
알아낸다.

내 생각에는
천사의 군대가
하늘의 말을 타고
――마치 한밤중에
귀를 땅에 대고,
끝내 오지 않는 먼 말발굽 소리를 들을 때처럼――
천사의 군대가
멀리서 네 속으로 와서
――우리 사랑의
영원한 탄생을 축하하러 오는
동방박사들처럼――
멀리서 네 속으로 와서,
너의 꿈속에
하늘의 중심의 비밀을
내게 놓고 가는 것 같은.

사랑하는 사람이 잠들었을 때 그 곁에서 느끼는 하늘스러운 인연에 대한 체감이 위의 시에는 있다. 히메네스 같은 유럽인에게는 이런 느낌이 여간 생소한 게 아니다. 마치 꿈같은 인생역정. 그래서 기적처럼 두 사람이 만나고 사랑하게 되고 지금은 그가 내 곁에 잠들어 있다. 그 깊은 숨소리 속에서 느끼는 신비감. 그것을 '너의 꿈속에' 놓고 가는 하늘의 비밀, 하늘의 선물로 느끼는 시인의 눈길이 한없이 깊다.

히메네스의 시는 사물의 깊은 성찰 그것이다. 그는 이것을 '지혜'라고 부른다. 이때부터 히메네스에게 시 쓰는 일은 말 다듬기가 아니라 깊은 지혜의 눈을 뜨는 작업이 된다. 그의 시는 갈수록 가늘어지고 짧아진다. 그는 그의 새로운 시학을 이렇게 노래한다.

시 3

지혜여, 내게
사물의 정확한 이름을 다오!
……나의 말이
나의 영혼으로 새로 창조된
사물 자체가 되도록.
사물을 모르는 자들은
나를 통해 모두들 직접 사물로 가도록,
사물을 벌써 잊은 자들은
나를 통해 모두들 직접 사물로 가도록,
사물을 사랑하는 자들은
나를 통해 모두들 직접 사물로 가도록……
지혜여, 내게
정확한 이름을 다오, 너의
그의, 나의 사물의 이름을!

2. 사물의 아련한 느낌으로부터 정확한 이름까지

그러나 우리는 히메네스를 불교적 깨달음의 시인이라거나 지적 욕구로 가득 찬 관념의 시인으로 보아서는 안된다. 그것은 그의 시의 성숙기, 혹은 제2기의 '벌거숭이 시'가 표방한 스페인식 순수시의 성격 때문이다. 발레리의 순수시가 시어의 시적 효과에 착안했다면 히메네스의 순수시는 그 내용의 순수까지를 고집하는 내용주의적 성향을 가지고 있다.

초기의 히메네스는 상징주의 시인들처럼 그림의 시, 음악의 시를 꿈꾸던 감성주의자였다. 자연에 대한 섬세한 느낌, 특히 고향 모게르의 '바다가 모이는 솔밭'의 이미지나 꿈속에서 만난 가녀린 소녀들에 대한 그리움과 동경의 시가 우리에게 먼저 알려진 히메네스이다. 1898년에서부터 1902년 사이에 씌어졌다는 다음 시를 보자.

사춘기

발코니에서 한동안
우리는 단둘이 남았다.
그날, 그 고운 아침부터
우리는 애인 사이였다.

——가을 석양의
잿빛으로 가리운 장밋빛 하늘 아래
풍경은 꿈꾸듯

18

스스로의 희미한 색조를 잠재우고——

나는 소녀에게 키스를 하겠다고 말했다.
소녀는 고요히 눈을 내리고
살포시 볼을 내밀었다.
커다란 보물이나 빼앗기는 사람처럼,

——죽은 이파리가 지고 있었다,
조용한 정원에는.
대기에는 아직 시든 수선
향기가 서려 있었다——

소녀는 나를 쳐다보질 못했다.
나는 우린 애인 사이라고 말했다,
……문득, 눈물방울이 우수에 젖은
그녀의 두 눈에서 굴러내렸다.

　소녀 같은 섬세함이 믿지 않게 여운을 남긴다. 낭만주의 시에서
부터 시인은 끝없이 소녀를 노래했고, 스스로 경험했던 유치하리
만큼 순수한 감정을 시화하려고 노력했다. 그러나 이 시의 서사적
배경처럼 때로는 너무 어린애 같아서 쑥스러워지고 끝내 의미를 회
복하지 못한 채 습작기의 작품으로 버려지곤 했다.
　그러나 이 작품은 히메네스가 이미 상징주의 시인으로 사춘기의
사람 같지 않은 깊은 시안을 간직하고 있음을 보여준다. 그것은 이
야기의 배경으로 무심코 묘사한 듯한 풍경의 상징성이 힘을 발하기
때문이다. 이 사랑 이야기의 시간은 '아침'이거나 인생의 '초봄'이
다. 반대로 풍경은 '석양'이면서 '가을'이다. 무심한 듯한 이들 풍
경은 사춘기의 사랑과 대조를 이루면서 세월이 만들어가는 어떤 비

극성의 예감으로 강렬하게 작용한다.

우리는 소녀의 눈물이 가진 의미를 알 듯도 하다. 세월이 앗아갈 순수라는 보물…… 그래서 그녀는 자신도 모르게 지금은 울어야 한다고 느끼는지 모른다. 많은 시간이 흐른 뒤 다시 생각해보는 그녀의 눈물은 아프게 가슴을 파고든다. 이 시의 내용은 이미 사춘기의 감상이 아니다. 사춘기의 감상 너머 '죽은 이파리'가 지고 있고 아무것도 아닌 입맞춤과 마냥 부끄럽기만 한 애인놀이가 이 시에서 살아감의 비극성을 반추하고 있기 때문이다.

1911년이 지나면서 히메네스의 감성은 무르익는다.

  시 인

  내가 이 책을 들면
  갑자기 가슴이 깨끗해온다,
  수정빛 자몽처럼.

  ──내 정신에 빛이 든다,
  그 빛은 새벽 참새소리로 밝아온다,

  나는 아무 햇살도 보지 못하지만──

  나는 너무 기분이 좋다! 어린아이처럼
  삶의 보물을 하나도 써보지 못한 아이처럼,

  아직 백합의 모든 것을 기다리는 아이처럼,
  ──죽음은 항상 이웃들에게나 있는 것──
  모든 것은 햇살이다: 영광,
  무지개, 사랑, 일요일.

이렇게 해서 히메네스는 햇살의 시인, 순수의 시인으로 성장한다. 루이스 세르누다 같은 이들은 히메네스의 시가 섬세한 감상주의에서 한 발자국도 벗어나지 못했다고 혹평한다. 그러나 그의 시에는 이미 '죽음'의 그림자 위에 투쟁처럼 쌓아올린 햇살에의 소망이 있다. 히메네스의 죽음에 대한 강박관념은 유명하다. 그는 어려서부터 체질적으로 병약했고, 의사가 가까이 살지 않는 곳에서는 잠들 수가 없었다. 그래서 그런지 그의 시에는 일찍부터 섬세한 감상보다는 깊이 숨어 있는 삶에 대한 관조가 무서우리만큼 짙은 그림자를 드리우고 있다. 그러나 그는 결코 빛과 순수의 시인이지 절망의 시인은 아니다. 빛살 사이 이따금씩 들이비치는 어두운 숙명의 그림자가 빛을 더욱 빛이게 한다. 그의 시가 밝으면서도 항상 우수에 차 있는 것은 바로 이 때문이다.

히메네스는 지금 우리가 다루고 있는 제2기에서는 더욱 사색적으로 된다. 말이 짧아지고 더욱 본질적으로 된다. 초기의 그가 루벤 다리오 (Rubén Darío)를 중심으로 한, 귀족적 취향의 심미주의인 모데르니스모의 영향을 받아 시를 썼음은 모두가 인정하는 바이다. 그런 히메네스는 곧 사물의 본질과 순수를 찾아나가는 스스로의 목소리를 가진다. 그 과정을 시인은 이렇게 썼다.

처음에 그냥, 순연한 모습으로 왔지,
순진무구한 옷을 입고,
그래서 난 그녀를 사랑했지, 어린애처럼.

얼마 후 그녀는 무슨 이상한
옷가지들을 걸치기 시작했지,
나는 알지도 못하고, 그녀를 미워했지.

드디어 여왕이 되었어,
보석들로 으리으리한……
아, 그때 그 무의미와 쓰라림과 분노!

……하지만 그녀는 옷을 벗기 시작했어,
그제서야 나는 미소를 지었지.

그 옛날의 순진무구한
속옷 하나로 그녀가 나타났지,
난 다시 그녀를 믿었어.

마침내 그 속옷을 벗었어,
그리고 온통 벌거숭이로 나타났어……

오 내 인생의 사랑이여, 벌거숭이
시여, 영원한 나의 것이여!

　이것이 자기 고백을 통한 그의 시학이다. 시와 여인, 어린애처
럼 벌거벗은 원초적 본질의 세계…… 이것이 히메네스의 시어가 갈
구하는 안타까움의 주소이다. '벌거숭이 시'의 시기에 그의 시는
훨씬 짧아지고 투명해진다. 그의 걸작시집으로 일컬어지는 1916
~17년의 『영원들』, 그리고 1917~18년의 『돌과 하늘』은, 내가 연
구한 바로는 타고르의 일본 하이꾸(俳句) 모방 시편인 『길 잃은 새
들』(히메네스와 그의 아내 제노비아에 의해 스페인어로 번역됨)의 여파가
강력하게 작용한 시집이다. 그때 그의 시학을 대변하는 것이 『영원
들』에 나오는 "더이상 만지지 말아요／그대로가 장미랍니다"라는
구절이다. 그의 짤막짤막한 시는 빈번한 자연 이미지와 타고르에

게서 배운 금언에 가까운 깨달음의 말들이 주축을 이룬다. 그중 몇
개를 옮겨보자.

시 16

잔다는 것은 하나의 다리 같은 것,
오늘에서 내일로 가는 다리.
그 밑으로, 꿈처럼,
물이 흘러간다.

시 42

나의 가슴과 너의 가슴은
두 개의 꽃밭,
무지개가 이어준다.

나의 가슴과 너의 가슴은
잠든 두 어린아이,
은하수가 이어준다.

나의 가슴과 너의 가슴은
두 송이 장미,
영원의 행복한 눈길이 이어준다.

시 125

나는 내가 아니다.
나는 이거다.
내가 보지 못해도 내 곁에 가는,

나는 때때로 이 사람을 보려고 하지,
하지만 때때로 잊곤 하지.
내가 말할 때, 고요히 말없는 사람,
내가 증오할 때, 다정하게 용서하는 사람,
내가 없는 곳으로 산보하는 사람,
내가 죽어도 그대로 서 있을 사람.

　우리 시의 어떤 면을 잘 반영하는 듯한 「시 125」는 보통 영혼으로 이해되는 나의 말없는 동반자를 그린다. 그러나 이 시를 정통 기독교적 영혼의 이미지로 보기에는 관조성이 너무 강하다. 불교적으로 이해하기에도 자아와 자아에 대한 믿음이 너무 살아있다. 히메네스는 이 시에서 자기 안에 있는 시인의 영혼을 말하고 있는 듯하다. 세속과 영욕에 흔들리지 않고 보다 깊게 멀리 자리하고 있는 순수의 눈이 그것이다.
　이때부터 히메네스는 아포리즘에 가까운 소품들을 만들어낸다. 다음 시는 함축미와 깊은 관조가 두드러진다.

　　주　검

무게가 고정되었다,
진흙 속에 약저울 접시 하나,
하늘에 접시 하나.

　　　　*

빨리 가면
세월이 네 앞에서 날아간다, 하나의
잘 안 잡히는 나비처럼.

서서히 가면
세월이 네 뒤를 따라간다,
느릿한 황소처럼.

*

책이란, 한꺼번에
모든 곳에 있고 싶은 욕망,
고독 속에 !

*

빛의 나비,
아름다움은 사라진다, 내가
그 장미에 다가가면.

아름다움을 찾아, 눈이 멀어, 좇아간다……
여기저기 반쯤 손에 잡히는 빛, 빛……

내 손에 남는 건
날아갔음의 상흔들 !

*

조심하라
네가 빵에 입맞출 때,
너는 네 손에 입맞추고 있다 !

*

동이 트면
세상은 너의 입술이 되어
내게 입맞춘다, 여인아.

아포리즘이 시가 되는 것은 시인의 교훈이 가르침이라기보다 느낌이기 때문이다. 시인이 가르칠 수 있는 것은 결국 아름다움이나 행복이다. 그것은 논리나 실용성이 아니어서 모두 시의 향기를 갖는다. 히메네스는 순수시를 시도하면서 엘리엇(T. S. Eliot)과는 다른 주지주의 시에 이른다. 짧은 깨달음의 말들은 그 깊은 사랑과 내적 성찰의 깊이 때문에 시취가 난다.

같은 시대의 시인 안또니오 마차도는 이런 히메네스의 시풍을 겨냥한 듯 "지성은 노래하지 않는다!"라고 반박하다. 시어는 감정적 언어이기 때문에 지적이고 관념적인 세계는 시를 고사시킨다고 생각한 것이다. 그도 그럴 것이 감정이 풍부하거나 멜로디가 좋은 노래는 가사가 생각 안 나기 마련이다. 가사는 리듬이나 멜로디보다 지적이다. 어쩌면 지적인 요소와 감정적 요소는 이율배반적 특성을 가지고 있는지도 모른다. 그러나 현대시의 일면은 바로 이런 역설을 깨뜨리고 그것을 시화하는 데 성공하고 있다. 히메네스의 짧은 아포리즘들이 지나치게 딱딱하지 않은 것도 지적인 노래가 가능함의 좋은 예들이다.

3. 동물과 어린애가 하나인 절대 순수에의 꿈

히메네스는 고향 모게르를 자신의 성지로 생각한다. 이 '우주적 안달루시아인'(andaluz universal)의 고향은 세비야를 거쳐 차를 타고 한참 들어가는 시골이다. 동구에는 아담한 공동묘지가 자리잡고 있다. 오른편 산언덕에는 작달막한 소나무숲이 졸고 있다. 그 아래로 올리브 밭이며 논들이 널려 있다. 그 한가운데 논두렁길에는 아직도 키 작은 당나귀 한 마리가 짐을 잔뜩 지고 농부를 따라 길을 가고 있다. 뻴라떼로일까? 히메네스의 명작 산문시 「뻴라떼로와 나」의 주인공, 그 당나귀는 아파서 죽고 만다. 그가 말하는 뻴라떼로의 묘지는 저 쪽 소나무숲 어디쯤인지도 모른다. 풀꽃과 아이들과 시인의 친구, 뻴라떼로…… 지금쯤 뻴라떼로는 어느 하늘 풀밭에서 이름 모를 작은 풀꽃들을 찾고 있을까.

내가 어느 늦여름에 찾은 모게르는 한적한 시골마을이었다. 안달루시아의 마을 풍경은 벽마다 하얀 회칠을 해서 마치 동화의 나라에 온 느낌이었다. 그 발코니에는 작은 카네이션 화분들이 빨간 입술을 드러내고 있었다. 가끔씩 문간에 앉아 햇살을 쬐는 까만 옷 입은 노파들…… 골목을 돌아서면 돌담 위에 시구들이 걸려 있다. 더러는 "여기가 「뻴라떼로와 나」에 나오는 군밤장수가 군밤을 팔던 곳임" 따위의 안내문도 보인다.

히메네스의 집은 담장이 높은데 담장은 장미덩굴로 뒤덮여 있다. 집 뒤쪽에는 당나귀 마구간이 있다. 히메네스는 여러 마리의 당나귀를 키운 적이 있다고 한다. 뻴라떼로는 이들 당나귀에 대한 기억의 총화라고나 할까. 이제 히메네스 박물관이 된 이 집은 그가 평소 읽던 책하며 그가 쓴 원고들이 전시되어 있다. 곳곳에 히메네스의 시들이 붙어 있다. 집이며 온 마을이 히메네스의 향기에 젖어 있다.

히메네스의 시나 마음은 한번도 이 마을을 떠나본 적이 없다. 장가를 가기 위해 뉴욕으로 떠날 때도 이 마을에서 출발했다. 생애의 많은 시간을 수도 마드리드에서 보냈지만 틈나는 대로 그는 고향에

내려와 사색을 하거나 집필을 했다. 그래서 히메네스의 절정기의
시들은 다시 모게르로 돌아온다. 모게르는 인생의 영원한 봄의 상
징이며 살아 있음의 속살이 가장 뚜렷하게 되비치는 성지이다.

    오늘 파란 의식

                "신은 시방 한참 푸르다"
                    예전에

    하루의 파란 바탕의 인식, 오늘
    파란 투명성의 집중,
    바다가 내 손으로 올라와 내게 목마름을
    안겨준다, 바다에의 목마름, 바닷속 하늘,
    살아 있는 소금, 하늘을 껴안고 춤추는 파도.

    대기 한가운데 진리의 아침
    (물의 하늘, 아직 온몸으로 육박해오는
    또다른 삶의 깊이)
    넉넉한 폭발(구름과 파도, 파도와
    구름의 거품),
    이 모든 것이 나의 몸과 마음을
    모든 수평선 지평선이 모이는 곳으로 데려간다,
    내가 갈구하는 내가 되는 곳으로
    나의 열망 속에 네가 열망하는 네가 되는 곳으로,
    광막하게 푸른 오늘의 의식,
    내가 원하는 의식이 원한 의식,
    오늘 파란 신, 파란, 파란, 더욱 파란,
    나의 푸른 모게르의 신처럼 파란,
    하루.

『뿌리의 짐승』(1949년)이라는 시집에 나오는 시다. '내가 원하고 신이 원하는 신'이라는 부제목이 붙은 이 시집은 히메네스의 종교에 가까운 순수에의 집념을 총결산한 것이다. 히메네스의 신에 대한 언급은 미겔 데 우나무노의 신학을 연상시킨다. "신은 신이기 위해 우리를 필요로 하고, 우리는 영원한 우리이기 위해 신을 필요로 한다"는 믿음, 즉 신과 우리는 서로의 존재 구축을 위한 상호의 존적 상황 속의 실체라는 것이다.

히메네스는 우나무노처럼 기독교적 신을 이야기하지는 않는다. 그가 "신은 투명이다"라고 말했듯이, 스스로 밝아지는 깨달음에 가까운 체득을 신이라 부른다. 「투명, 신, 투명성」에서 "신이여, 그대는 나의 구원자가 아닙니다, 나의 모범도 아닙니다. / 나의 아버지도 나의 아들도 나의 형제도 아닙니다, / 그대는 항상 같으며 하나입니다, 그대는 다르며 전부입니다, / 그대는 성취된 아름다움의 신, / 아름다움에 대한 나의 의식"이라고 그는 노래한다. 히메네스에게 신은 이미 전지전능한 구원자가 아니다. 그것은 아름다움이다. 시다. 그러나 그 아름다움에 대하여 나는 수동적 실체가 아니다. 아름답게 느끼는 실체가 바로 나다. 그러나 내가 아름답다고 느끼는 것만으로 아름다움은 성립하지 않는다. 아름다움은 나를 떠나서 있다. 여기에 우나무노의 설명방식이 가능하다. 즉 아름다움은 그것이 아름다움이기 위해 나를 필요로 하고 나는 내가 아름답기 위해 참 아름다움을 갈구한다. 이 기독교도 불교도 아닌 종교가 히메네스의 시이다.

그의 시 혹은 아름다움은 순수 속에 있다. 그 순수는 자연, 특히 그의 어린 시절의 보금자리가 된 모게르의 구름·파도·하늘·나비·당나귀에 있다. 워즈워스(W. Wordsworth)의 "아이는 어른의 아버지인저……"에서처럼 히메네스는 시인이란 어떤 근원적인 실향민임을 자각한다.

오르떼가 이 가세뜨(J. Ortega y Gasset)는 토인비(A. J. Toynbee)의 세계사를 이야기하면서 "모든 인간은 우주 혹은 어떤 커다란 모태로부터 떨어져나온 것 같은 의식을 가지고 있다"고 말한다. 또 루쏘(J. J. Rousseau)의 교육소설 『에밀』의 첫마디는 "신은 모든 것을 완전하게 만들었다. 그것은 인간의 손에서 타락했다"이다. 히메네스는 시를 통해 우주적·자연적 삶, 즉 루쏘의 신이 완전하게 만든 자연을 구현하고 싶어했다. 다음의 시는 그런 '아기신'(niñodios)에의 갈망이 비친다.

　　마지막 아이

　　층계의 계단 위, 성실한
　　음악, 서서히. 미끄러지는 영원성의
　　공간에 저항하며, 달아난 석양으로 펼쳐지는.

　　그 음악을 따라 내 발걸음은
　　날쌔게, 그러나 굳건히 나아간다,
　　모래 위로 나의 꿈을 가득 실은
　　아이가 달려가듯이.

　　하얀 마을이 저기 있는가,
　　숨어서 나를 기다리며?
　　모든 것이 머무는 마을,
　　수정 외침소리 하나,
　　날카로운 외침 하나로 머문
　　광장, 구름 끝에
　　노란 외침소리 하나,

마지막 외침……

그 외침소리는 그 한가운데
아이가 본 모든 것이 있다,
아이가 되고 싶었던 모든 것,
아이가 보지 못한 모든 것.

아이는 모든 사람이다,
어려서도 나는 어린아이,
늙어서는 나는 어린아이,
찾았다 이내 잃어버린 어린아이.

제 2 장
안또니오 마차도
(스페인, 1875~1939)

　현대 스페인 시에서 "쓰지 않고는 못 배길, 죽어도 못 배길 내심
의　소리"(릴케,「젊은 시인에게」)는　안또니오　마차도(Antonio
Machado)로부터 시작된다. 사라센 문화가 뿌리를 이룬 안달루시
아, 그 중심도시 세비야에서 태어난 마차도의 감성은 특유의 토속
적 향수와 우수에 젖어 있다.

　마차도의 집안은 아버지 때부터 시인 집안이다. 아버지는 안달
루시아 민요 플라멩꼬 등을 수집한 민속연구가요, 형 마누엘 마차
도(Manuel Machado) 또한 안달루시아 민요적 전통을 현대시로 승
화한 모데르니스모의 대표시인이다.

　나의 석사학위 논문이 바로 마누엘 마차도의 시체에 관한 것이었
는데, 내가 마누엘에 관심을 가졌던 것은 그의 플라멩꼬적 한과 초
월미가 우리의 풍류나 멋을 연상시키는 독특한 매력이 있어서였
다. 지금도 가끔 우리 무용가들, 특히 이매방 선생 같은 분은 플라
멩꼬 가락에 맞춰 우리 춤을 추고 싶다고 할 정도로, 그들의 흥취
와 한, 수없이 많은 즉흥적 수식음, 여운 등은 대단히 우리의 멋을
느끼게 한다.

1. 형, 마누엘 마차도의 멋과 풍류

마누엘 마차도의 풍류는 현대적 심미주의로 해석할 수 있다. 우리 풍류의 초월미와 생명성 역시 현대 문예사조로 보면 심미주의 혹은 포스트모더니즘적 탈관념주의로 해석할 수 있다. 마누엘은 아랍 선비의 심미적 게으름 혹은 여유와 그 속에서 유지하는 초월적 리듬을 시의 격조로 삼는다.

내 마음은 죽었다, 어느 달밝은 밤.
달이 너무 아름다워, 사랑도 생각도 잊었지……
나의 이상은 그냥 높은 것, 뜻도 꿈도 버리고……
이따금, 입술에 와닿는 하나의 입맞춤, 한 여인의 이름.

나의 영혼은 하오의 누이, 지평선이 없다,
내 정열의 유일한 색깔은
땅에 피는 이름 모를 꽃 하나
향기도 모양도 빛도 없는

입맞춤들. 하지만 줄 수 없는……영광! 그건 언젠가 돌아올……
모든 것은 미풍처럼 내게 오라!
모든 파도는 내게 오라, 나를 가져가라.
한번도 내게 내 길을 선택하게 하지 말라!

야심! 야심은 없다. 사랑! 느끼지 못했노라.
한번도 믿음의 불길, 은혜의 뜨거움에 불타오른 일 없다.
예술, 희미한 예술에의 열망을 살았지…… 이젠 그것도 없다.
주색도 나를 유혹하지 못한다. 은덕도 바라지 않는다.

나의 높은 귀족성에 대해, 아무도 부정할 순 없었지.
만들어지는 게 아니야, 이어받는 거지, 멋과 품위는……
하지만 우리집 가문과 문장과 가훈은
헛된 햇살을 가리는 희미한 구름.

누가 바라는 게 있겠나. 사랑도 증오도 없다. 나를 내버려두라
내가 그대들을 위하여 하는 짓을 그대들이 내게 하면 되지……
인생은 나를 죽일 수고를 감당하실 거고,
그야, 내가 산다는 걸 수고로 생각하지는 않으니까……

나의 마음은 어느 달밝은 밤 죽었다
달이 너무 아름다워, 사랑도 생각도 잊었지.
이따금 입술에 와닿는, 빛도 꿈도 없는 입맞춤 하나.
죽는 날까지 갚을 수 없는 은혜로움이여.

　풍류보다는 체념의 체취가 느껴지고 그러면서도 귀족의 향내가
가시지 않은 원시의 율격과 시취는 쉽게 심미주의로 몰아붙이기에
는 동양적 초월미가 글자를 넘어 전해온다. 내가 우리의 시적 감성
과 상당히 깊게 와닿는 마누엘 마차도를 따로 우리 글에 싣지 아니
하고 안또니오 마차도의 서두에만 잠깐 짚고 넘어가는 것은 모든
풍류나 초월미가 그렇듯이 원어의 냄새, 몸짓이 아니면 이해가 불
가능하기 때문이다.
　안또니오 마차도와 형 마누엘 마차도가 그들 시의 많은 부분을
공유하고 있으면서도 동생 안또니오만이 스페인 현대시의 스승으
로 숭앙받는 이유는 사실 그 미학의 현대성과 전통성의 차이라고
할 수 있다. 풍류란 내 의견으로는 21세기의 미학일 수 있어도 20
세기 시적 아름다움의 주류는 아니었다. 마누엘 마차도의 시는 그

의 풍류성만큼 너무 가볍고 깊지 못한 듯한 인상을 준다. 그것은
그의 시학이 뽈 베를렌느(Paul Verlaine)나 초기 상징주의 시 같은
소리상징, 리듬의 경쾌함, 일상어의 굴절없는 몸짓이나 유모어에
시적 생명을 걸고 있기 때문이다. 그의 이런 특징은 다른 나라 말
로 옮기기가 대단히 어렵다. 옮기면 그 말들이 씌어진 풍토의 억양
과 리듬이 상처받기 십상이다. 멋이 갖는 가벼움과 내숭은 안으로
깊은 비극성과 문제의식을 피해가는 몸짓을 지닌다. 그것은 다른
풍토에서는 잘 드러나지 않는다. 어려운 대로 그의 시를 다시 한번
옮겨보자.

자화상

이게 제 얼굴, 이게 제 마음입니다. 읽어보시지요.
권태스러운 눈 몇날, 목마른 입 하나……
다른 거야…… 별거 아니지요…… 산다는 거…… 그저 그런 거……
뻔히 아는 그런 거……
놈팡이 짓이나 바람기 같은…… 별 중요할 것 없는,

조금은 미친 기, 조금은 시가 있는,
거기, 한방울의 우수의 포도주……
주색잡기요? 다 좋아하지요. 하나도 안 좋아하든지…… 노름이
요? 한번도 안했습니다.
마시는 건 하지요, 어찌 내 고향 세비야를 배반하겠습니까,

작설차 다섯, 여섯 잔 정도.
여자요? 돈 후안이 아닌 바에야 그건 안되지요!
나를 사랑하는 여자 하나, 내가 사랑하는 여자 하나.
난 모든 걸 너무 가볍게 사랑하는 죄가 있습니다.

사람들이 아주 좋아하는 몇가지 것들만을……
민첩성, 재치, 멋, 그리고 기발함,
그런 것을, 의지나 힘, 위대성보다 좋아하지요.
나의 풍류도 어렵게, 어렵게 찾은 겁니다. 차라리
고대 희랍식, 순수한 뜻으로의 '멋'이나 투우사 같음을 사랑합니다.
여리고 가녀린 달의 우수보다, 하나
햇살의 반짝임 하나, 마침맞은 웃음 하나를 사랑합니다.
반은 집시, 반은 빠리지앵——사람들 말이지요——
몽마르뜨나 마까레나 성모나 모두 숭앙합니다.
그리고, 무슨 이렇다 하는 시인이 되기보다, 오히려 나의
첫 소망은 멋진 깃대 꽃은 투우사가 되고 싶었어요.

이미 늦었죠…… 세상 산다는 게 바쁘군요. 하지만 제 웃음은
즐겁습니다, 늘 바쁘다는 건 부정할 수 없지만.

옮겨놓고 보니 말소리가 다소 무거워졌다. 우리말이 어느새 너무 점잖아졌나보다. 원시는 보다 가볍고 일상적인, 건들거리는, 허튼소리에 가까운 말투다. "별거 아니지요…… 산다는 거…… 그저 그런 거, 빤히 아는 그런 거……" 그러나 "나의 풍류도 어렵게, 어렵게 찾은 겁니다"에서는 그 가벼움이 속 없는 헛소리가 아님을 감지하게 한다. 인생의 의미보다 그 살아 있음의 맛, 또는 의지나 위대성보다 그냥 가볍게 웃고 지나치는 초월의 자세가 위의 시에는 있다.

그러나 이 시의 멋스러움은 그 마지막 연의 어조에서 완성된다. 시인이며 학자였던 다마소 알론소(Dámaso Alonso)는 마누엘 마차도의 시가 가진 묘미를 '끝맺음의 미학'으로 설명한다. 그렇듯 이 시의 마지막 연 "이미 늦었죠…… 세상 산다는 게 바쁘군요. 하지만 제 웃음은/즐겁습니다, 늘 바쁘다는 건 부정할 수 없지만"이

갖는, 소위 안티클라이맥스적 어조의 굴절은 멋있다. 첫째 인생의 의미를 가볍게 노래하며 다시 의미화하려는 스스로의 사고를 다시 무의미로 돌리고 있는 것이다. 둘째 시의 목소리가 주장과 의지로 격앙되려는 순간, 곧 톤을 낮추고 시시하게 웃고 만다. 딴소리, 허튼소리, 바쁘다는 핑계를 대며, 지금까지 말한 자신의 삶의 자세에 대한 이야기를 얼버무린다. 여기에서 '바쁘다'란 말은 인생에서 무의미한 일의 축적, 그 조바심의 상징으로서 비극성을 띤다. 죽음을 향해 바삐바삐 진행되는 삶의 행진 속에서 하나의 웃음, 하나의 즐거움은 초월적 득도의 자세, 곧 풍류스러움이다. 우리의 멋 또한 버선코의 가벼운 오름세, 높은 파도의 가벼운 내림세에서 완성되는 것이 아닐까.

2. 안또니오 마차도의 한의 미학

안또니오의 시를 이야기하는데 형 마누엘의 시를 먼저 끌어옴은 이 글의 통일성을 해치는 결과일 수도 있다. 그러나 이 이야기 저 이야기를 하며 우리 시를 생각해보려는 의도에는 별로 빗나간 사설이 아닐 것이다. 형의 시 이야기가 동생 시 이야기에 별로 흠 되지 않는 또 하나의 이유는 실제로 동생 안또니오 마차도가 형에게서 시를 배웠고 형에 대한 사랑과 존경을 한순간도 잊지 않았다는 점이다.

형처럼 안또니오 마차도도 안달루시아의 민속적 정서의 하나인 한을 내용으로 시를 썼다. 안또니오 마차도의 한은 사실 여러 갈래로 살펴볼 수 있다. 그 하나는 전통적 정서로서의 한에 대한 애착이고 다른 하나는 마차도의 인생역정에서 빚어지는 한스러운 실존의식이다. 먼저 그가 안달루시아의 플라멩꼬 선율에서 느끼는 한에 대한 이미지를 보자.

깊은 노래, 깐떼 혼도

권태와 슬픔의 실오라기를
풀고 감으며, 나는 생각에 잠겨 있었다,
그때 내 방 열린 창문을 통해
내 귀에 와닿는 소리

뜨거운 여름밤의 대기를 뚫고
꿈꾸듯 흐느끼는 노랫소리가
내 고장의 신들린 음악의 어두운
떨림으로 부서지고 있었다.

……사랑, 그것은 사랑이었다, 하나의 빨간 불길 같은……
──떨리는 기타줄 위, 신들린 손길이
길다란 황금 한숨을 싣고 있었다,
한숨은 이내 샛별의 분수로 터지고──

……죽음, 그것은 죽음이었다, 어깨에 큰칼을 메고,
뼈다귀를 으스대며, 성난 눈길로, 뚜벅뚜벅 걸어오는
──내가 어린 시절 꿈에서 보던 그런 사자──

그러자, 떨리며 우는 그 기타 위
사나운 손길이 '뚱' 하며 퉁기는 소리,
땅밑에 내려앉는 무거운 관소리.

그리고 그것은 고적한 흐느낌 소리였다
잿더미 위에 먼지 쌓이는 소리, 재가 일고, 먼지가 쓸리고……

38

마차도의 상징은 은유와 이미지로 뒤덮여 있다. 기타줄 위에 뛰노는 사랑과 죽음의 한풀이, 거기 한숨은 별의 순수가 되고, 분수는 이내 장례식에서 땅밑으로 내려앉는 무거운 관소리로 변한다. 사랑은 죽음에 이르는 병인가. 꿈과 정이 많으면 그만큼 한도 많다. 그것은 노래가 되어 안달루시아의 기타소리, 우리의 판소리에 가까운 흐느낌이 된다. "잿더미 위에 먼지 쌓이는 소리, 재가 일고, 먼지가 쓸리고……"

그래서 마차도는 이런 노래를 '깊은 노래'라고 이해했다. 인생살이의 뿌리에 찬바람·먼지바람을 싣고 오기 때문이다. 마차도의 시에는 죽음에 대한 이미지가 많다. 그것은 그의 서정이 안달루시아의 한에 뿌리박고 있기 때문이기도 하지만, 그가 베르그송(H. L. Bergson)의 '시간의 철학'에서 영향받았기 때문이기도 하다.

시　78

너와 함께 이 마술의 세상도 죽을 것인가?
추억은 인생의 가장 순연한 숨결과
첫사랑의 하얀 그림자를 간직하고 있는데,

너의 가슴에 와닿던 그 목소리, 너의 꿈속에서까지
간직하고 싶었던 그 손길,
그리고 영혼에 와닿던, 그 깊은 하늘에 와닿던
그 모든 사람들도 죽는가?

너로 하여 다시 태어난 옛 삶, 너의 질서
너의 새로움으로 구축된 너의 세상도 죽을 것인가?
너의 영혼의 침골과 용광로는

오직 먼지와 바람을 위해 일하는가?

그의 죽음에 대한 이미지는 낭만주의적 초혼을 구가하기보다는
실존의식에 가득 차 있다. 정신적 사랑을 노래했던 17세기의 프란
시스꼬 께베도(Francisco Quevedo)는 「죽음 너머의 사랑」에서 "먼
지가 되리라, 그러나 사랑에 취한 먼지가"라고 절규한다. 마차도
는 강력한 회의로 사랑의 믿음을 대신한다.

마차도는 서른을 훨씬 넘었을 때 열세살의 소녀 레오노르와 사랑
에 빠진다. 그는 몇년이 지난 뒤인 1909년 7월 30일 소리아의 한
작은 성당에서 결혼식을 올린다. 신혼의 꿈이 깨기도 전에 이 여리
고 가냘팠던 여인은 폐병으로 끝내 눈을 감는다. 그때 마차도의 시
는 피투성이 절규로 터진다.

　　주여, 당신은 이제 제가 가장 사랑하던 것을 앗아가셨습니다.
　　하느님, 다시 절규하는 내 심장의 포효를 들으소서.
　　주여, 당신의 뜻이 저의 뜻과 반대로 행해졌나이다.
　　주여, 이제 저의 심장과 바다만 혼자이옵니다.

3. 시란 '시간 속에서 건져낸 말'

안또니오 마차도는 그의 완숙기의 시집 『새로운 노래』(1917~30
년)에서 그의 시학을 이야기한다. 「나의 수첩에서」라는 제목이 붙
은 시들은 그가 생각하는 시에 대한 견해들이 아포리즘 형태로 간
결하게 정의된다.

　　I

굳고, 영원한 대리석도
음악도 그림도 아닌,
시간 속에서 건져낸 말.

Ⅱ

노래와 이야기가 시다.
살아 있는 역사를 노래한다.
멜로디를 헤아리며.

Ⅲ

영혼은 나름대로의 물가를 만든다,
잿더미와 납으로 만든 산등성이,
봄의 덤불숲.

Ⅳ

강물에서 싹터오르지 않는
모든 상상놀음은
싸구려 가짜 보석장사.

Ⅴ

차라리 운율이 약한 것을 택하라,
확실치 않은 불협화음을.
노래에 이야기가 없을 때
어쩌면 그 운율이 좋아지겠지.

VI

자유시, 자유시……
그 자유시가 너를 구속할 때는
차라리 그 자유로부터도 떠나라.

VII

가난한 동사의 운율이
때에 맞을 때, 최고다.
형용사와 명사는
맑은 물이 괸 웅덩이,
동사가 어쩌다 멈춘 것,
서정시의 문법으로 말하면.
그 문법이란,
오늘은 내일이 될 것,
어제는 아직도 오지 않았다.

　　마차도의 시학을 엿볼 수 있는 위 금언들은 발레리의 순수시의
시법과도 다른 현대시의 또 하나의 측면이다. 마차도는 순수시의
시적 상상력에 대한 집착이나, 현대시가 그토록 싫어하는 이야기
투, 즉 일화성을 배척하지 않고 있다. "노래와 이야기가 시다"라고
한 데서도 알 수 있듯이, 마차도는 다른 어느 시인보다 '동사'의 시
간성, 시제성에 대한 관심이 유별난 시인이다.
　　마차도는 한마디로 시간의 시인이다. "세월은 어쩔 수 없이 빠져
나간다"(tempus irreparable fugit)라든지, "인생은 강물, 모두가 바
다로 흘러간다. 바다는 죽음"이라 노래한 중세의 호르헤 만리께

(Jorge Manrique)의 철학, 멀리는 우파니샤드(Upanisad)의 "인생의 강물" 혹은 헤라클레이토스(Heracleitos)의 "모든 것은 흘러간다" (panta rhei)의 전통을 이어받은, 존재보다 행위, 즉 변해가는 모습 (devenir)에 더욱 관심을 기울인 현대 시인이다.

그는 시쓰기를 영원히 변치 않는 진리를 발견하여 대리석에 조각하는 행위로 보지 않는다. 아니면, 18세기의 레씽(G. E. Lessing)이나 애디슨(J. Addison)이 신고전주의 시학으로 부흥시켰던 "시는 말로 그린 그림"(poesis ut pictura)이나, 같은 사고를 가졌던 19세기 프랑스 고답파의 인상주의적 묘사와 시법을 그의 것으로 받아들이지 않는다. 마차도의 시가 까스띠야의 풍경을 노래한 것이 많고 또한 그 묘사기법에 있어서 다분히 인상주의적 터치를 선호하고 있음에도 불구하고, 구태여 '음악도 그림도 아닌'이라는 주장을 편 것은, 그의 자연묘사가 스스로의 삶의 깊은 체험에서 자연스럽게 얻어진 사랑의 구현으로 나타난 이미지일 뿐, 인상주의 화가의 기법에서 발생한 것은 아니라는 주장이다. 마차도가 '스페인 시'를 쓰겠다는 생각을 하면서 자신의 시를 '내적 체험주의'(Intimismo)로 구분한 것도 바로 그런 뜻이다.

마차도가 "음악도 그림도 아닌"이라는 말을 먼저 한 것은 당시에 유행했던 뽈 베르렌느 유의 "무엇보다도 음악을"을 주장하던 신봉자들, 루벤 다리오를 중심으로 한 소위 모더니스트들의 듣기 좋고 화려한 운율 선호 풍조를 따르지 않겠다는 말로 받아들여질 수 있다. 그가 위에서 '가난한 운율'(rima pobre)이나 '불확정의 불협화음'(asonancia indefinida)을 강조하는 것도 외재율의 요란함보다 삶에서 우러나온 직감을 중시하는 그의 성향을 드러낸 것이다.

마차도는 빠리에 가서 베르그송의 '생의 철학' 강의를 들었다. 베르그송이 중시하는 시간은 시계적 시간, 논리적 시간, 경험적 시간이라기보다는 '생명적 시간' '직관적 시간'이다. 우리가 사랑하는 사람과 즐겁게 보내는 시간은 "어, 벌써 시간이 이렇게 됐어?"
할 때의 짧은 시간이다. 반대로 기분 나쁜 사람이 10분만 늦어도
우리는 "이렇게 자꾸 늦게 오면 어떡하자는 거야!" 하면서 역정을
낸다. 비록 시간은 10분 밖에 흐르지 않았지만 우리가 의식하는
시간은 너무나 길다. 사실 우리가 진짜 살고 있는 시간은 이런 생
명적 의식의 시간이다.

베르그송은 경험주의, 이성주의, 절대적 시간 개념을 배척한다.
현실에서 고정적인 것, 생각에서 관념적인 것, 의식현상에서 일정
한 형태가 있다는 사고를 받아들이지 않는 것이다. 그는 우리 지성
이 사물의 실체를 총체적으로 파악할 수 있는 능력에 대해서 회의
한다. 베르그송은 인간의 실용주의와 논리성으로 쉽게 귀결되는
타락한 인식 이전의 어떤 원형적 체험에 대한 직관을 되살려나가는
것이 철학하는 길이라고 역설한다. 베르그송의 직관은 하나의 현
실을 어떤 체계화된 구도로 감지하는 행위가 아니라, 각각의 개성
이 차츰 발전하면서 얽히고 설키며 자유롭게 모양지어가는 모습을
그때그때 붙드는 행위이다. 현실에 대한 의식은 현재의 느낌이나
감각에서 먼 과거로 뛰기도 하고, 일정한 사고에서 자유로운 상상
으로 비약하기도 한다. 이 의식은 외적 형상에서 정신적 깊이로,
인간적 시간성에서 초월적 영원성으로 발전하기도 한다. 반대로
옛날의 기억에서 현실을 그대로 느끼기도 하며, 어떤 때는 그 뜻을
표현하는 용어에 집착하기도 한다. 우리의 기억이나 감각은 고정
된 것이 아니라 서로 통하고 흘러오가는 성향을 가졌다. 따라서 우
리의 느낌이나 직감이 진정으로 자유로울 때, 우리는 이들 순연한
감각이나 의식의 움직임을 생명성으로 파악할 수가 있다.

마차도의 위의 시에서 "시간 속에서 건져낸 말"이란 구절도 일단
베르그송 식으로 이해할 수 있다. 우선 그는 현재의 모습이나 느낌
속에서 과거부터 지금까지 이어져온 영속적 말을 건져내는 행위를

시쓰기라고 본다. 마차도는 시간의 순환 개념과도 통하는, 니체 (F. W. Nietzsche)의 '영원 회귀' 사상에 가까운 시간 이미지를 더러 보여준다. 전통적인 시법으로는 현재의 정경 속에서 옛날을 회상하는 것이라고 할 수 있으나 그 비약이 심하다. 현재와 과거와 미래가 동시성, 즉 한 공간 속에 움직이고 있다.

소네트 Ⅳ

이 세비야의 빛깔…… 여기가 내가 태어난
집이다. 그 샘물소리와 함께.
나의 아버지는 당신의 사무실에 있다. ──그 높은 이마,
짧게 갈라진 턱수염, 그 성긴 콧수염.

나의 아버지는 아직 젊다. 책을 읽다가, 글을 쓰다가
당신의 책들을 뒤적이다가 생각에 잠긴다. 문득 일어선다.
정원 문으로 간다. 산책을 한다. 때때로
혼잣말을 한다. 때로는 노래도 한다.

그 커다랗고 열망에 찬 눈길이
이제는 지향없이 방황하는 듯하다, 지향없이
어느 머무를 곳을 찾아, 허공에서.

그 눈은 당신의 어제에서 빠져나와 내일로 뛴다.
시간 속에서, 오 나의 아버지!
측은한 눈길로 나의 흰 머리를 바라본다.

고향에 돌아가면 우리 눈은 옛날 눈이 된다. 우리가 태어난 집에 다다르면 우리는 문득 어린애가 된다. 벽에 걸린 낡은 액자 속의

사진을 보는 나 대신에 그 사진을 찍을 때의 내가 된다. 마당에서 뛰놀던 어린 시절 친구들이 눈에 선하고, 특히 코흘리개 순식이가 코를 푸는 모습은 뚜렷이 떠오른다. 모든 느낌은 이렇게 동시적이다. 과거와 미래는 구분지어 논리적으로 이해할 수 없다. 과거와 미래와 현재가 하나의 그림 속에, 지금 이 자리의 느낌 속에 동시로 나타난다.

마차도가 세비야의 고향집에서 경험한 것도 같은 것이다. 아버지의 사무실에 들어서니 아버지가 보인다. '회상'이라 이야기하면 이미 시간분석적 설명이다. 시인은 어제인지 오늘인지 모를 아버지의 몸짓을 읽는다. 책을 읽고 글을 쓰고 산책하던 옛 모습 그대로의 아버지. 그러나 그 눈길에는 이미 그 옛날의 먼 미래, 즉 오늘의 내 모습이 잡힌다. "그 커다랗고 열망에 찬 눈길이" 머물지 못하고 지향 없이 허공에서 방황하는 까닭은, 이미 먼 훗날 당신이 존재하지 않을 줄 알았던 아픔을 미리 읽었던 탓이며, 그때에 또한 당신의 아들 내가 다시 흰 머리를 달고 세월의 물결 속에 흘러가고 있음을 감지하였기 때문이리라.

마차도의 금언들을 되새겨보자. 그가 말하는 '서정시의 문법' 혹은 시간의 시학은 '동사'가 흘러가고 머무는 무늬를 직관하는 것이다. 동사는 더러 영원의 모습을 담기도 하지만 과거와 현재와 미래 시제가 있다. 그 문법 속의 문법은 마차도 시학의 문법이 아니다. 마차도의 시는 오늘의 풍경에서 내일을 투영하고, 어제의 꿈에서 아직 실현되지 않는 오늘을 읽는 동시성의 광장이다. 그의 시에는 시간과 시간을 나누는 설명이나 형용사, 동사는 빠진다. 모두가 현재이고 과거이다. 과거의 꿈은 항상 미래로 펼쳐지고, 내일은 아직도 오지 않았다.

마차도의 '시간 속에서 건져낸 말'은 과거에서 미래로 흐르는 시간의 강줄기를 한눈으로 바라보는 시각이다. 바라보는 위치는 강

언덕이 아니라 바로 자신이 서 있는 시간 속에서이다. 과거와 미래라는 편견과 관습의 강이 아니라, 나의 내부의 눈으로 바라보는 살아감의 무늬 속의 서글픔·슬픔·아픔·고뇌의 빈터. 그래서 마차도의 눈빛은 늘 기쁨보다는 우수에, 환희보다는 향수에 젖어 있다.

시간과 영혼은 스스로의 습관을 갖고 희망과 절망, 봄과 가을과 잿더미를 낳는다. 그것은 상상의 놀음과는 다르다. 나의 삶은 나의 살과 피가 엮어가는 문신이기 때문이다. 나의 민족, 내 민족의 민요 속에 녹아 흐르는 우수는 곧바로 내가 잊고 살아온 나의 그리움이고 아픔이다. 역사의 강물에서 건져낸 체험적 표상이 아니라면, 어떤 비유나 은유나 이미지 놀이도 시일 수는 없다. 그것은 시가 아니라 '싸구려 가짜 보석'일밖에.

마차도의 시가 가진 매력은 「나그네」에서 절정에 이른다. 박목월의 "강나루 건너서/밀밭길을/구름에 달 가듯이 가는 나그네……"는 정제된 초월미가 그 특징이다. 그러나 안또니오 마차도의 나그네는 그냥 일상을 사는 우리 모두의 모습이다. 사랑하는 형의 흰 머리칼에서 느껴지는 나의 모습. 우는 사람은 하나 없어도 우리 모두 그 자리에 주저앉고 싶은 살아 있음의 아픔과 한의 냄새. 이 시는 너무 일상적 사설이 많아 시 같지가 않다. 사랑방의 정담과 희끗희끗한 너와 나의 머리칼 냄새는 이야기를 가라앉힌다. 살아감의 체취, 그 열망과 그 덧없음을 벽시계의 똑딱거리는 소리가 재고 있다.

나그네

온 가족이 모두 한방에 모였다. 어둑어둑한
우리 사이, 어린 시절의 꿈속, 어느 밝은 날

먼 먼 나라로 떠났던, 사랑하는 형이 하나.

오늘은 벌써 관자놀이가 희끗희끗하고
좁은 이마에 회색 머리칼이 드리워졌다.
그의 눈빛의 차가운 열기가
거의 모든 혼이 사라진 느낌이다.

가을의 무성한 이파리들이 떨어진다,
어둡고 낡은 공원마루에서.
젖은 유리창 너머, 하오가 무늬진다,
우리의 거울 한가운데에도.

형의 얼굴이 보드랍게 빛난다. 저물어가는
하오에 대한 황금빛 체념이 꽃피고 있는가?
새로운 시절의 도래에 새 삶을 시작하려는
열망의 빛인가?

(중략)

형은 가을잎이 노랗게 굴러 떨어지는 것을
보았다. 유카리 잎사귀가 그 향기와 함께 구르는 것을
보았다. 그리고 다시 하얀 장미꽃을 내미는
장미밭의 아픔과 기쁨을……

그러나, 이 그리움과 회의에 얼룩진 고뇌가
형의 얼굴에 눈물 한방울의 떨림을 그리고 만다.
남자스러운 참음의 표정이
창백한 얼굴에 묻어난다.

숙연한 모습의 사진 하나 아직
벽 위에 빛을 발한다. 우리 모두 떠돌이가 된다.
집안의 슬픔 속에 시계의 똑딱 소리만
벽을 친다. 우리 모두 말이 없다.

4. 안개 속의 나그네

그렇다. 우리는 시간을 사는 나그네다. '몸'이 시간 속의 실체라
면 '시'는 숙명적으로 내 죽은 뒤까지 읽힐 수 있다. 구태여 위대한
시인이어서 무엇하랴. 그냥 이대로 늙지 않고 오래 웃고 싶다. 그
러나 우리는 그것이 내 뜻대로 안될 것을 안다. 이 뜻대로 안되는
서글픔, 슬픔, 뻔히 알면서 어쩔 수 없는 이런 실존적 상황은 시인
으로 하여금 시를 쓰게 한다. 더욱 슬픈 것은 희랍시인 사포
(Sappho)나 아나크레온(Anacreon)까지도 삶이 슬픔을 향해 있음을
노래했다는 것이다. 시를 쓰는 슬픔은 영원성이다. 시인은 서글픈
나그네인만큼 영원하다. 그래서 아리스토텔레스(Aristoteles)까지도
'비극'이 가장 위대한 문학장르라고 했다. 살아 있는 몸의 체취, 삶
의 냄새는 모두가 썩은 냄새를 풍긴다. 그래서 몸의 냄새는 영원하
다. 그것은 썩음의 예고이기 때문이다. 가장 향기로운 여인의 귀
밑머리 체취까지.
시간의 시인 안또니오 마차도의 '시간 속에서 건져낸 말'은, 직
역하면 '시간 속의 말'은 우리말로 '몸시(詩)'를 뜻한다. 살아 있음
의 마디마디의 굴절과 좌절과 열망과 그리움, 희망을 말로 옮기는
것이다. 그것은 어려운 수사학을 넘어서 너무나 절절하고 영원스
럽다. 모든 진실한 삶은 죽음으로 향했다. 여기 우리 시인의 '몸
시'나 안또니오 마차도의 '봄을 기다리는 나그네'의 어두운 찬가가

자리한다.

모든 나그네는 집이 없다. 아니다. 일상적·관습적 집은 집이 아니다. 마차도만 하여도 삼십 넘어 열세살의 레오노르를 사랑하고, 오십이 넘어 기오마르를 사랑한 두 시적 사건을 제외하고는 평생 홀로 살았다. 집이 여성이라고 할 때 마차도는 평생 안주할 길 없는 삶을 엮어간 것이다. 그러나 그보다 더욱 중요한 것은 인생을 시간의 흐름 위에서 볼 때 마차도에게 어느 것 하나 자신 곁에 머물러 있는 게 보였겠는가 하는 점이다.

마차도 시의 가장 뛰어난 점은 삶을 나그네길로 보는 진솔함에 있다. 우리 시인들에게 유행가 가락 같은 이 내용도 내적 깊이가 더해질 때 더 새로워진다.

노래 XXIX

나그네여, 길은 너의
발자국, 그뿐.
나그네여, 길은 없다.
걷다보면 길이 생기지.
걷다보면 길이 나지,
그리고 뒤돌아보면
오솔길이 보인다,
다시는 다시 밟을 수 없는 외길.
나그네여. 길은 없다,
바닷길 물자취.

그러나 그 나그네는 구름 위를 걷는 초월적 실체가 아니다. "네가 가는 데 어디냐" 물으면 지팡이로 구름을 짚으며 지나가는 다리 위의 스님이 아니다. 삶속에서 삶의 부서짐과 으스러짐의 무늬를 지켜보는 자존심 강한 세속인일 따름이다.

노래 Ⅰ

한번도 명예를 탐한 일 없다.
한번도 사람들 기억 속에
내 노래를 남기고 싶어한 일 없다.
나는 가볍고 너그러운
비누거품 같은
영묘한 세계를 사랑한다.
내 좋아하는 것은
햇살과 빨강이
푸른 하늘 아래
함께 물들다가, 날다가
떨다가
갑자기 부서지는.

깊은 심성의 가톨릭인 마차도는 모든 살아가는 사람들을 종교인
이라고 보았다. 교회나 절에 가서가 아니라 살아감 그 자체가 고뇌
와 자비와 기적의 연속이라고 본 것이다. 그는 기독교와 불교를 구
분하지 않는다. 용서와 자비 앞에 교파가 있을 수 있으랴. 그의
「새로운 노래」 중에는 불교를 말하는지 기독교를 말하는지 알 수
없는 향기들이 한데 얼룩져 있다.

어제는 하느님을 보는
꿈을 꾸었다, 하느님과 말을 나누었지
하느님이 내 말을 듣는 꿈을 꾸었다……
그리고 내가 꿈을 꾸고 있음을 꿈꾸었다.

*

도끼로 치거든 맞서라구
—— 불타도, 그리스도도 말했지 ! ——
너의 향기로, 너의 짚신으로.

*

인연의 물고랑을
무어라 길이라고 하랴……
길 가는 모든 것은, 발로 걸어간다
예수처럼, 바다 위로.

마차도는 같은 시대의 지성 미겔 데 우나무노와 함께 고뇌하는
실존적 신앙인이다. 신을 믿고 신에게 기대고 안주하는 신앙인이
아니라, 이해할 수 없는 삶의 무의미성 속에 스스로 이 믿음의 실
낱을 찾으며 방황하는 진솔한 나그네이다.

그런데 그건 아니다, 고통이여, 난 너를 안다,
너는 행복했던 삶에 대한 향수
그리고 어두운 심장의 고독,
별 없는, 조난도 없는 빈 배의 고독.

냄새도 발자취도 잊어버린
개처럼 길을 헤매는, 길 잃은 나그네.
축제의 밤에 군중들 사이

길을 잃은 아이처럼
먼지와 번쩍이는 촛불들 사이, 눈을 휘둥그레 뜨고
음악소리와 아픔에 콩콩대는 가슴을 안고

그렇게 내가 간다. 우수에 찬 주정뱅이 나그네,
미친 기타리스트, 시인,
그리고 꿈속에 사는 가난한 사나이,
안개 속에 항상 하느님을 찾으며.

　마차도의 우수는 봄을 잃은, 고향을 잃은 나그네의 향수다. 그
는 어쩌면 다가오는 봄을 기다리는 겨울 나그네인지도 모른다. 신
에게서 영원을 기대하기에는 너무 시간에 젖어 몸을 추스릴 수 없
는 주정뱅이. 그의 말처럼 "어제는 시인, 오늘은 슬프고 가난한／
덜 떨어진 철학자, ／어제의 황금을 동전으로 간직하고" 사는 보통
사람.
　그의 『까스띠야의 들판』이라는 시집의 서시에 나오는 다음 시는
스페인 내란으로 프랑스의 변방 작은 마을에서 외로이 숨을 거둔
마차도의 유언장 같은 데가 있다.

　　자화상

　(전략)
　결국, 그대들에게 빚진 것은 없다. 내가 글을 쓴 만큼 그대들이 내
게 빚진 거지.
　내 직장에 나가고, 내 돈으로 산다.
　내가 입는 나의 옷, 내가 사는 나의 집,
　내가 먹는 나의 빵, 내가 눕는 이 침대.

그리고 내 마지막 여행의 그날이 오면
다시 돌아오지 못할 그 배가 떠나려고 할 때,
그대들은 나를 보게 되리라, 배 위에서, 가벼운 여장으로,
거의 벌거숭이로 서 있는 나를,
모든 바다의 아들들처럼.

제 3 장
뻬드로 살리나스
(스페인, 1892~1951)

뻬드로 살리나스(Pedro Salinas)는 그를 시단에 내보낸 후안 라몬 히메네스처럼 봄의 시인이다. 그는 1923년 히메네스가 주관하던 시선에 『예감』(*Presagios*)이라는 시집으로 등단한다. 그때 살리나스는 이미 문학 교수였다.

봄의 시인, 사랑의 시인으로 살리나스를 이야기하려 한다. '봄의 시인'이라는 말이 나왔지만 우리는 시인의 향취에 따라 편리하게 사계절로 나눌 수 있다. 사계를 안 거친 시인이 있을까마는, 시인에 따라 가장 빛나는 시절의 언어, 가장 떠나지 못하는 계절의 감각이 있다. 예를 들어 안또니오 마차도는 가을의 시인이다. 하루로 말하면 어슴푸레해질 해거름쯤으로 마차도의 발길이 잡힌다.

모든 일반화·관념화는 개성을 희석시킨다. 우리가 여러 시인을 스페인 시인, 중남미 시인, 한국 시인으로만 바라볼 때는 그 시인의 어느 것도 감지할 수 없다. 우리가 계절의 감각으로 한 시인을 보는 것도 이런 일반적 정의나 규정의 오류에서 벗어나지는 못한다.

말이나 기호는 우선 관념의 무기다. 태초의 말, 예를 들어 구약의 "빛이 있으라"에서 "빛이 있어 좋았다"로 이어지는 말과 사물의 동일성이 동시적으로 혼연일치가 되던 시절의 언어, 또는 의성어 시대나 루쏘의 '모음언어' 시대의 언어가 아니라면, 나의 감정을 등가로 표현할 기호나 말은 불가능하다.

말은 자끄 데리다(Jacque Derrida)의 정의가 아니라도 일단 어떤 사고·감정·사물의 '대치물'이다. 시의 원형이 느낌이라면 씌어진 시는 일단 언어적 조형 즉 대치물이며 말의 광장이다. 우리가 쓰는 말은 원형의 모습보다 오늘 우리에게 기호나 관념으로 먼저 다가온다. 그래서 오르떼가 이 가세뜨는 학자나 평론가가 관념화를 포기할 수 없음을 이런 식으로 설명한다. "관념화는 생명성을 대치하기 위한 작업이 아니라 오히려 그 생명의 다양성을 확증하기 위한 것이다."

스페인어 시사에 몇몇 훌륭한 교수 시인의 예가 있다. 16세기 종교 시인 프라이 루이스 데 레온(Fray Luis de León), 20세기 미겔 데 우나무노, 마차도 등이다. 그러나 지금 살리나스가 속한 소위 '27년대 시인' 그룹은 거의 전부가 교수 시인이다. 호르헤 기엔, 다마소 알론소, 루이스 세르누다 등등. 살리나스는 쏘르본느·캠브리지 등의 대학에서 시를 강의한 석학이다. '27년대 시인' 그룹의 시는 안또니오 마차도의 눈에 지나치게 관념적으로 보였으나 기교와 함축미가 뛰어난 작품이 그 속에서 산출되었음은 부정할 수 없다. 이런 현상을 오르떼가 이 가세뜨는 「예술의 비인간화」라는 평론에서 짚고 있다.

뻬드로 살리나스 시는 호르헤 기엔의 시와 함께 시 기법이 지적으로 숙련되어서, 체험에서 오는 감동이 약하다는 비판이 있었다. 그러나 살리나스의 사랑의 시를 보면 그것이 얼마나 깊은 체험에서 비롯되었는가를 곧 감지할 수 있다.

1. 봄의 시, 사랑의 시

살리나스는 1923년 『예감』에 이어 1929년 『확실한 우연』(*Seguro azar*), 그리고 1931년 『우화와 기호』(*Fabula y signo*)를 펴낸다. 이 마지막 시집에는 다음과 같은 아름다운 서정시가 있다.

더욱 멀리 가는 물음

왜 나는 네가 어디 있느냐고 묻는가?
난 장님도 아닌데,
네가 여기 없는 것도 아닌데.

네가 오가는 것을
보면,
너, 너의 높은 높은 키는
너의 목소리에서 끝난다,
하나의 불길이
연기로 끝나듯,
손에 닿지 않는, 대기 속의
너.

그래, 그래서 난 묻곤 하지,
너는 무엇으로 되어 있는가?
너는 누구의 것인가?
그러면 너는 팔을 벌리고
내게 너의
그 높은 자태를 보여준다,

너는 나의 것이라고.

그러나 나의 물음은 늘 끝이 없다.

기적처럼 인연이라는 이름으로 내 곁에 머물고 있는 여인. 생각해 보면 너무나도 아슬아슬한 우연의 줄기 끝에 '나의 사람'으로 웃고 있는 이가 사랑하는 사람이다. 모든 사랑스런 여인은 땅으로 꺼질까, 하늘로 날아오를까 하는 아쉬움과 잃어버리지나 않을까 하는 안타까움을 안겨주는 존재이다. 그러기에 나는 시도 때도 없이 너를 찾는다. 너의 목소리를 들으면 나는 너를 느낀다. 너는 유형이면서 무형이다. 나는 너의 작은 몸보다 너의 목소리 끝에서 더욱 너를 느낀다. 너의 목소리를 나는 구태여 너의 영혼이라고 말하지 않겠다. 너는 그 많은 인연의 꼬리를 달고, 인연의 꼬리를 피워올리며 내 곁에 있다. 내게는 보이는 너보다 안 보이는 네가 더 크다. 안 보이는 너를 감싸안는 이 사랑의 황홀, 이 거짓말 같은 환희는 내게 다시 "너는 누구야, 내게 어떻게 왔어?" 끝없는 물음을 계속하게 한다.

플라토닉 러브? 그건 아니다. 살리나스는 현실의 여인 속에서 그 황홀과 신비를 읽는다. 살리나스는 육체를 떠나지 않는다. 육체를 떠나지 않고 육체를 떠나 있는 너를 만진다. 넌 항상 유형이면서 무형이다. 헤어짐과 추억조차도 나의 입맞춤을 막지는 못한다.

　너로 인한 목소리

어제 나는 너의 입술에 키스했다.
너의 입술에 입맞추었다. 응축된

빨간 입술, 하나의 입맞춤은 너무나 짧아

번갯불보다, 기적보다
오래 남았다.
시간은
너에게 바친 시간은, 그후
아무 쓸모가 없어졌다, 내게,
이제, 아무것도 아닌 것을 위해
전에 그 시간이 필요했었나보다.
시간은 그때 시작하고, 그때 그 속에서 끝났다.

오늘 나는 하나의 입맞춤을 키스하고 있다,
나는 나의 입술과 홀로 남았다.
나는 나의 입술을
이제 너의 입이 아닌, 이제 그건 아닌
——아, 어디로 도망간 걸까? ——
네가 준 입맞춤 위에
내 입술을 댄다,
어제, 서로 키스하던 그 입맞춤의
그 한데 붙은 입술 위에.
이 입맞춤은
침묵보다, 빛보다 오래간다.
이제 나의 키스는
살도 입도 없는,
자꾸만 달아나는, 자꾸만 내게서 멀어져가는
원경을 향한다.
아니다. 너를 키스하는 게 아니다.
나의 키스는 더욱 멀리 가고 있다.

살리나스의 키스는 형이상학이 된다. 이별이 이별로 끝나지 않
는 절대적 시간의 체험…… 그 행복은 짧았지만, 번개나 기적보다
오래간다고 말한다. 번개도 짧고 기적도 짧지만 그 섬광은 기억이
라는 터널을 통해 영원까지 달려가고 있다. 선불교에서 깨달음의
순간은 순간이면서 영원의 시작이라고 한다. 그런 역설적 시간이
살리나스의 절대행복에의 기억이다. "침묵보다, 빛보다 오래간다"
는 침묵과 빛으로 살아 있는 지극한 쾌락의 절대화. 그래서 우리는
사랑을 통해 영원에 길들어가는지도 모른다.

살리나스는 이 시에서 적절하지 않은 비교를 대단히 효과적으로
활용하고 있다. 입맞춤이 짧았다면 그 입맞춤보다 더욱 오래간 것
은 길어야 옳다. 그런데 아니다. '번개'보다 오래간다. 이 길 수
없는 번개를 끌어오면서 시인은 그 길이보다 또다른 '번개'의 깨달
음 같은 연상을 끌어온다. 또한 "입맞춤이 침묵보다, 빛보다 오래
간다"면 길 수 없는 것과의 비교다. 시인은 이렇게 부적절한 파격
적 비교 기법을 사용하여 다른 연상을 끌어오는 고급책략을 쓰고
있다. 이미지를 풍성하게 하기 위해 무리 없는 수사법을 도입한
다.

우리는 살리나스의 사랑 이야기를 조금은 알고 있다. 나이 든 유
부남으로 소녀 같은 여인을 사랑했다. 이런 불가능에 가까운 사랑
의 체험이 있었기에 시인의 느낌은 자꾸만 초월의 극치감으로 차
있다. 그가 마흔세살 때 『사랑 이야기』(*Razón de amor*)가 나온다.
시집 제목처럼 여기에도 절절한 사랑의 하소연이 무늬진다.

　　너의 꿈가에서

여기,
네가 잠든 침상의

하얀 물가에,
너의 꿈의
언저리에 앉아 있다. 내가
한발만 더 다가가면
너의 물살 위에
떨어지겠지, 수정 같은
너의 꿈을 깨뜨리며.
너의 꿈은 온기가
나의 얼굴까지 올라온다. 너의
숨결이 너의 꿈의
행방을 재고 있다. 서서히
걸어가는. 들고 나는

숨소리가 가벼이
꿈꾸며 사는 너의 리듬을
정확하게, 보물처럼
전해준다. 너를 본다.
너의 꿈을 데우는
화로를 본다. 너는 너의 몸 위에
가벼운 투구처럼
화로를 얹고 있다. 화로는
너를 경건하게 에워싼다.
너는 다시 처녀가 되어
온몸으로, 벌거숭이로
너의 꿈으로 간다.
물가에는 안타까움과
입맞춤만 남는다. 너를 기다리며
네가 눈을 뜨고
아마도 돌아갈 수 없는

너의 존재의 성을 열고 나올 때까지.
나는 너의 꿈을 찾는다. 온 마음으로
고개 숙여 눈길로 에워싼다,
말갛게 비치는 너의 살결 위로.
다정하게 너의 육체의 흔적을 젖히고
그 뒤 숨겨진 너의 꿈의
형태를 찾는다. 꿈은
잡히지 않는다. 마침내 나는
너의 꿈을 생각한다. 난
네 꿈을 해몽하고 싶다. 해몽은
쓸데없다, 비밀이 아니다.
그건 꿈이다. 신비가 아니다.
문득 한밤중 침묵 속에
나의 꿈이 너의
몸뚱어리 가에서 시작된다.
그 속에 너의 꿈을 느낀다.
너는 자고, 나는 뜬눈으로

너와 나는 하나의 꿈을 꾸고 있었다.
더이상 찾을 것이 없었다.
너의 꿈은 나의 꿈.

2. 섬세한 사색의 물결

살리나스의 마지막 시를 우리말로 옮기면서 나는 중간에 그만두
고 싶었다. 사설이 많고 상징적 의미체계가 약하기 때문이다. 그
러나 나는 이 시가 죽은 살리나스의 어떤 구체적인 사랑의 체험인

것을 느낌으로 안다. 그리고 이미지의 통일성과 "너의 꿈은 나의 꿈"이라고 할 때의 설득력, 이 모든 것은 너와 나의 존재가 은폐된 두 꿈의 만남이라는 것을 전제하고라도 아주 장구하고 쎈티멘털하다. 한 시인은 사랑하는 여인의 잠자는 모습 앞에서 정말 시를 쓰고 싶은 마음을 경험한다. 사랑이 깊으면 깊을수록 시와는 상관없이 시를 쓰고 싶은 마음이 생겨난다.

나의 애인은 시는 모르지만 내 삶의 짙은 무늬의 주인공이다. 내 애인은 시를 위해서 존재하지 않는다. 내 애인은 내가 시인인 것이 오히려 불만스럽다. 너와 나의 관계가 시를 위한 것이라면 너는 나를 이용하고 있다. 비문을 쓰기 위해 일생을 사는 사람처럼. 그래서 나는 죽은 뻬드로 살리나스와 함께 「너의 꿈가에서」는 좋은 작품, 좋은 비문이 아니라고 이야기하고 싶은 것이다.

살리나스는 후기에 아주 명확한 시를 쓰고 싶어했다. 그러나 그는 먼저 삶과 인연의 이해할 수 없음과 안타까움을 노래한 시인이었다. 우연이 아닌 인연의 질서, '확실한 우연' '예감'의 시인은 원한처럼 소리친다.

> 너는 보이지 않는다, 나는 안다.
> 너는 여기 있다는 걸, 얇은
> 벽돌 벽과 횟가루 뒤, 내 목소리가
> 들리는, 내가 부르면……
> 하지만 나는 너를 부르지 않는다.
> 내일쯤 너를 부르마.
> 너를 볼 수 없을 때,
> 네가 아직 내 곁에, 여기 가까이 있음을
> 생각할 때.
> 그러면 되지, 어제는 들려주고 싶지 않던

목소리 하나 오늘 네게 들리는 건.
내일…… 네가 하나의
얇은 바람과 하늘과
세월의 벽 뒤에 자리잡는 날.

살리나스가 죽기 2년 전 발표한 시집은 『모든 걸 더욱 명확히』이다. 1949년에 그는 스페인 내란의 도피자이자 사랑의 쓰라린 경험을 뒤로 한 생명의 시인이 된다. 그는 수많은 갈등과 아픔을 거친 뒤, 인생이란 간단한 수학인 것을 깨닫는다. 이미 체념의 어둠도 없이 시인은 절규한다.

　　시

이제, 여기 너는 내 앞에 있다.
그 많은 투쟁도, 어려움도,
잠 못 들고 밤을 지새우던 열정도,
그 많은 좌절의 고비도
이제 이 조용한 광휘 앞에
이젠 아무것도 아니다. 모두 잊혀진 과거.
그는 남는다, 그리고 그 속에 세상도,
장미라든가 돌, 새,
그리고 그들, 그 맨 처음의 무리들,
이 마지막을 겁내던 철새들.
이미 자명한 것들을
아직도 더 밝게 밝힐 수 있지!
이런 게 더 좋다. 태양도 모르는
햇살 하나, 밤도 없는 빛들이
이들을 비춘다, 영원히

본 모습을 드러낸 채.
지금의 밝음은
5월의 꽃보다 더욱 찬란하다.
거기 있었던 거라면 지금 여기 있다,
보다 더 투명한 지표를 향하여.
위대한 기적은
왜 이리 단순한가,
왜 이리 자연스러운가!

이 시의 밝음 속에
모두,
가장 어두웠던 입맞춤부터
하늘빛 광휘까지,
모든 것 훨씬 더 밝다.

제 4 장
미겔 데 우나무노
(스페인, 1864~1936)

    스페인의 철학자·소설가·극작가·시인인 미겔 데 우나무노 (Miguel de Unamuno)를 반드시 읽고 넘어갈 필요가 있다. 왜냐하면 그는 창의성과 형이상학에 바탕을 둔 시를 스페인어 시에 끌어들인 장본인이며, 스페인 문학에서 세르반떼스(Cervantes)·께베도와 함께 보르헤스에 가장 큰 영향을 미친 문학가이기 때문이다.

    그런데 이상하리만큼 보르헤스는 미겔 데 우나무노에 대해 언급하지 않는다. 동서고금의 대다수의 시인·작가·철학가를 모두 작품 속에 끌어들이고 있는 보르헤스지만 해체시의 선구자답지 않게 우나무노에 대해 침묵을 지켜 우리의 궁금증을 유발한다. 보르헤스가 신인으로 스페인에 있던 1920년경 대가 우나무노에게 문전박대를 받았던 건 아닐까? 『부에노스아이레스의 열정』(1923년) 시절을 기억하면서 보르헤스는 1969년 8월 18일 이렇게 쓰고 있다. "나는 그때 (시을 쓰면서) 여러가지 목표를 세웠다. 미겔 데 우나무노의 몇가지 약점(내가 당시 좋아했기 때문에)을 흉내내는 것, 17세기의 스페인 작가가 되는 것, 마세도니오 페르난데스가 되는 것." '우나무노의 약점을 흉내내는 것'이란 아리송한 표현은 여러 가지 해석을 가능케 한다. 그가 뒤에 말하는 마세도니오 페르난데스(Macedonio Fernández)나 우나무노는 철학적 사고나 관념을 시화하는 스타일에 있어 유사하다.

참고로 우리에게 낯선 아르헨띠나 시인 마세도니오 페르난데스가 당시 유행한 후기 낭만주의적 감성 속에서 '지성이 노래하는' 시법으로 어떻게 보르헤스를 감동시켰는가 알아보자.

또다른 죽음

죽음의 그늘로 날 데려가지 말라
거기서는 내 삶도 그늘지고 만다,
거기서는 오직 살았던 것만이 산다.
난 추억만으로 살고 싶지 않다.
내게 오늘 이들 살아 있는 느낌과 같은 또다른 날들을 달라.
아, 그렇게 빨리 나를
없는 사람으로 취급하지 말라,
내게 내가 없는 사람으로.
내게서 나의 이 성스러운 오늘을 가져가지 말라!
나는 아직 내 속에 머물러 있고 싶다.

또다른 죽음이 있다, 사랑하는 눈동자로부터
사랑이 떨어져내릴 때,
그리고 삶을 바라보는 일만 남을 때.
죽음의 그늘에서의 바라봄의 눈짓.
죽음의 신은 사과빛 볼을 빨아먹지 않는다.
이것이 죽음이다. 바라보는 눈길 속에서 잊혀지는 것.

생각의 깊이가 감동스러운 시로 용트림하고 있다. 보르헤스의 초기 시가 깊은 내적 성찰의 눈을 소박하게 가지고 있다면 이는 페르난데스의 영향이다.

그렇다면 우나무노의 어떤 점이 보르헤스에게는 좋으면서 싫었단 말인가? 보르헤스는 자신의 울뜨라이스모 시절 즉 『부에노스아이레스의 열정』 시절을 그의 문학 줄기에서 떼어놓고 싶어했다. "너무나도 시끄럽고 피상적인 천진한 유행을 따랐던" 시절의 이야기는 '내적 욕구에서 산출된 가난함'(íntima pobreza)을 최상의 시학으로 섬기고 싶었던 보르헤스 자신에게는 예외처럼 보여졌기 때문이리라. 보르헤스의 우나무노에 대한 침묵도 같은 맥락에서 이해할 수 있다. 즉 우나무노의 야단스러운 독창성, 스페인적인 권위주의, 실존의 절규에 가까운 시끄러움이 우선 진실함·소박함·가난함, 그리고 무엇보다도 '별로 새로울 게 없는 글'을 표방한 그의 취향에 오래 와닿지 못한 때문이리라.

보르헤스와 우나무노의 같은 점은 성서 인용벽이다. 우나무노는 성 아우구스티누스(Augustinus)나 성 부에나벤뚜라(Buenaventura), 프란시스꼬 데 아시스(Francisco de Asis), 성 떼레사(Santa Teresa) 등 신비주의자들을 주로 좋아했다. 보르헤스가 구약성서의 솔로몬 왕의 말을 인용할 때도 반드시 재인용(베이컨)을 통한 인용을 좋아한 반면에 우나무노는 보르헤스의 '미궁놀이'보다는 갈등과 고뇌의 현장에 살아 있음과 살아감의 구도를 설치하고자 했다. 보르헤스가 동양 현자의 풍모를 지녔다면 우나무노는 죽을 때까지 불멸을 향한 목마름으로 싸웠던 내적 투사였다.

1. 현대 시학의 선구자, 우나무노

우나무노는 여러 면에서 서구 전위문학의 선구자이다. 깊이와 독창성이 그의 사고와 문학의 특성이다. 그의 소설이나 시는 무엇

보다도 시대를 앞서간 내용의 개혁이 두드러진다. 그 하나가 이딸
리아의 삐란델로(Pirandello)의 유명한 『작가를 찾는 여섯 명의 작
중인물들』(1921년)보다 7년 앞서서 쓴 소설 『안개』(1914년)라는 작
품이다. 여기에서 그는 작중인물로 하여금 작가를 찾아오게 만든
다. 삐란델로가 본체를 알 수 없는 인간의 이중성·다중성을 위해
작중인물을 등장시켰다면, 우나무노는 문학과 인생, 꿈과 현실의
만물제동적 비전과 갈등을 위해 작가와 작중인물을 대치시켰다.

『안개』의 작중인물 아우구스또 뻬레스는 인생의 역설적 '비극'을
산다. 우나무노의 '삶의 비극적 느낌'을 온몸으로 사는 주인공은
삶의 희망과 이상, 불멸에 대한 소망을 가진다. 살아 있음은 늘 살
아 있을 것 같은, 늘 살아 있고 싶은 소망을 키운다. 이것은 삶이
지향하는 불멸에 대한 욕구이다. 그러나 동시에 우리의 생각이나
이성은 "그러나 너도 죽을 것이다"라고 가르쳐준다. 아우구스또 뻬
레스의 주변에는 죽음을 예고하는 슬픈 군상들이 행진한다. "성 마
르띤 성당 옆을 지나다가 우연히 자기도 모르게 안에 들어간다. 들
어가자 안에 보이는 것은 대제단 앞에 타고 있는 램프 하나의 죽어
가는 듯한 광휘 하나. 숨쉬는 공기 자체가 어둠, 늙음의 냄새, 향
에 전 전통, 수세기 동안 간직한 집 냄새였다. 그는 더듬더듬 걸어
서 한 벤치에 가서 앉았다. 앉았다기보다는 그냥 의자에 떨어졌다
고 해야 할까. 온몸의 피로를 느꼈다. 죽을 것 같은 피로가 겹쳐왔
다. 마치 그 모든 어둠이, 주위에 가득한 늙고 헌 것들의 무게가
가슴을 짓누르는 것 같았다."

아우구스또는 죽음을 예고하는 과거와 미래의 어둠 앞에서 살아
있는 자신의 행복에 대한 소망을 포기할 순 없었다. 그는 이 실존
의 구도 앞에서 고뇌한다. 나는 내 삶의 목소리처럼 영원한 삶을
향하여 가고 있는 것이냐, 아니면 내 이성의 목소리처럼 죽음과 허
무를 향하여 돌진하고 있는 것이냐. 내가 사는 것은 살아 있다는

실감 속의 하나의 허구냐, 아니면 진짜 살아 있는 것이냐. 내가 살
아 있다고 하는 것은 하느님이나 어떤 절대자의 꿈속에서처럼 하느
님이나 그가 깰 때 문득 사라지는 허상이냐.

　이 『안개』의 절정은 마침내 소설의 주인공이 소설의 창조주인 작
가 앞에 나서는 장면이다. 어느 날 작중인물 아우구스또 뻬레스가
살라망까대학 총장실의 미겔 데 우나무노를 찾아온다. 꿈의 주인
공이 꿈을 꾸는 주인공을 찾아온 셈이다. 아우구스또는 자살을 하
겠다고 한다. 우나무노는 당신은 자살을 하게 되어 있는 게 아니라
서서히 죽게 되어 있다고 말한다. 주인공 아우구스또는 "작가 당신
맘대로?" 하며 대든다. 소설은 허구이며 작가의 꿈의 소산이다.
그러나 아무도 꿈속에서 꿈꾸는 사람의 맘대로 행동하지 않는다.
꿈속의 나, 꿈속의 주인공은 꿈의 역학을 따른다. 꿈속에서 바람
에 불려가는 나를 절벽으로 떨어지지 않게 할 능력이 그 꿈을 꾸는
나에게 있는가.

　허구와 꿈의 주인공 아우구스또 뻬레스는 작품에서 설정된 죽음
의 운명에 맞서 강력히 저항한다. 주인공은 살고 싶다. 인간이 신
의 꿈이라면 인간은 신의 명령과 신의 꿈을 벗어나서 영원히 살고
싶다. 아우구스또 뻬레스는 절규한다. "당신은 내가 나 자신으로
되는 걸 용납하지 않는군요. (삶이라는) 이 안개를 벗어나 사는
것, 살아가는 것, 살아 숨쉬는 것, 나를 보고, 내 소리를 듣고,
나를 만지고, 스스로 아파하고, 나 자신으로 되는 것을 용납하지
않는군요. 그러니까 그리는 못하시겠다고요? 그러니까 나는 허구
의 존재로 죽어가야 된다고요? 좋습니다, 나의 위대한 창조주 미
겔 데 우나무노씨, 하지만 당신도 죽을 것이외다, 당신 자신도.
당신도 당신이 태어난 허무로 다시 돌아갈 것이외다. 당신도 꿈꾸
기를 그만둘 때가 있을 것이외다! 당신도 죽을 것이외다. 당신도
요, 원하지 않으시겠지만 당신도 죽을 것이외다. 나의 이야기를

읽는 모든 사람들도 죽을 것이외다. 모두가, 모두가, 한 사람도 남기지 않고 다 죽을 것이외다! 나처럼, 나 자신처럼 모두 허구의 실체들이니까요!"

우나무노의 기독교주의는 독특하다. 하느님이 하느님이기 위해서 우리를 필요로 하듯, 우리 또한 우리이기 위해서(우리가 단순한 '그림자'나 꿈이 아닌, 실체 혹은 존재라는 것을 확인하기 위해서) 신을 필요로 한다. 인간이 신이 꾸는 꿈의 산물이라면, 신 또한 인간이 꾸는 꿈의 산물이다. 영원히 살고 싶은 인간 소망의 끝에 신이 있다. 신과 인간의 관계와 같이 작가와 작품, 작가와 작중인물의 관계도 같다. 작가는 상상과 허구를 사실화한다. 혹은 내가 쓴 것을 현실 자체라고 생각하는 꿈을 꾼다. 글을 쓴다. 그러나 그것은 작가의 꿈이다. 그 작중인물은 작품 속에서, 작가의 꿈속에서 허구를 현실로 알고 행동한다. 이것이 소설의 사실성이다. 그러나 소설 속의 현실을 작가의 현실로 착각해서는 안된다. 꿈을 꾸는 자의 의도대로 작중인물이, 혹은 꿈속의 내가 움직여주는 것은 아니다. 결과는 오히려 반대다. 꿈속에서 불에 타죽는 나는 꿈꾸는 나의 침상을 식은땀으로 젖게 하고 경악하여 깨어나게 한다. 꿈속의 나는 자고 있는 나를 지배하는 것이다.

아우구스또 뻬레스는 자신을 작품 속에서 죽게 만들어놓은 작가 우나무노의 횡포에 저항한다. "당신도 죽을 것이외다, 당신도요, 원하지는 않으시겠지만 당신도 죽을 것이외다!" 그렇다. 꿈과 현실, 부조리와 이성, 환상과 철학 사이의 싸움에서는 이기는 자도 지는 자도 없다. '뼈와 살로 생각하는' 우나무노의 실존철학은 이렇게 허구와 현실, 문학과 삶, 작가와 작중인물의 관계를 대등관계, 상호관계, 다같이 고뇌하는 실존의 그림자들로 펼쳐놓는다.

우나무노는 서구 최초의 탈장르를 실천한 문학인이다. 그에게는 소설·시·연극·철학의 구분이 없다. 그가 소설을 '노벨라'(novela)

라는 일상 명명이 아니라 '니볼라'(nívola)라는 신조어로 불렀던 것
도 이 때문이다. 우나무노는 문학이 삶과 다를 수 없음을 알았다.
그는 작가가 지배자이고 작품이 피지배자라는 관념을 깼다. 작가
가 지배자이고 독자가 피지배자라는 통념도 깼다. 서로는 보완관
계이며 실존적 유대관계 속에 있다. 작가도 작품도 작중인물도 실
존상황 속에서 방황하고 고뇌하는 그림자들인 것이다.

우나무노의 『하나의 소설이 어떻게 만들어지는가』는 소설론이며
철학론이자 하나의 소설인데, 처음에는 프랑스어로 발표되었다가
(1926년) 다시 스페인어로 발표된 탈장르·간텍스트 문학의 선구적
작품이다. 거기에서 우나무노는 작중인물 라사를 통해 이렇게 말
한다. "우리들, 우리 작가들, 우리 시인들은 우리가 창조하는 시
적 인물들 속에 우리를 집어넣고 우리를 창조해나간다고 나는 말했
다. 마침내 우리는 우리를 떠나서 살과 뼈를 가지고 존재한다고 믿
는 인물들을 창조하고, 시화하고, 이야기로 만든다. 그렇다면 우
리의 왕 알폰소 13세, 지금 독재자 쁘리모 데 리베라, 나의 친구
마르떼네스 아니도, 로마노네스 백작 또한 나의 생각으로 만들어
낸 창조물들이 아닌가? 그러니까 이들은 내 소설들의 작중인물
들, 아우구스또 뻬레스나 빠치꼬 사발비데, 알레한드로 고메스와
다를 바 없는 또다른 창조물들이 아닌가 말이다. 우리 모두, 주로
책을 읽고 책을 사는 우리 모두는 역사적인 인물들과 소설적인·시
적인 인물들을 구분하여 생각할 수 없다. 돈 끼호떼는 우리에게 세
르반떼스처럼 실제로 존재한다. 오히려 세르반떼스만큼 돈 끼호떼
도 실체이다. 우리에게 모든 것은 책이다. 읽을거리다. 우리는 역
사 책을, 자연과학 책을, 우주의 책을 이야기할 수 있다. 우리는
성서적이다."

2. 살과 뼈로 빚은 우나무노의 시

그러나 다마소 알론소를 비롯한 대부분의 평론가들은 우나무노가 무엇보다 시인이었다고 평한다. 그가 공인된 철학자이고 시인이었듯이 그의 시에서 생각은 곧 감정이고, 느낌은 곧 형이상학이 된다. 그의 철학서의 제목이 "삶의 비극적 느낌"인 것만 보아도 그의 살은 뼈고, 뼈 또한 살이었음을 보여준다. 우나무노는 즐겨 "나는 생각하는 자가 아니라 느끼는 자다!"라고 말했다. 왜냐하면 그의 느낌은 생각 없이 오지 않기 때문이다.

우나무노의 시나 보르헤스의 시는 우선 전통적 율격의 개혁을 중요시하지 않는다. 둘 다 르네쌍스 때부터 시작된 소네트를 즐겨 쓰고 있는 것만 보아도 알 수 있다. 보르헤스는 더러 시 같은 산문을 썼고 우나무노는 정형시의 가장 자유로운 형태인 무각운시 (versos blancos)를 즐겨 썼다. 「벨라스께스의 그리스도」에서는 전통적 11 음절을 존중할 뿐 각운(rima)은 지극히 자유롭다. 두 사람 다 개성이 강하지만 자유와 속박 중 어느 한면으로 치우지지 않는 성격에서는 유사한 점이 많다. 또 이 둘은 어린애와 어른의 성격을 항상 함께 지니고 있는 면에서 노자(老子)와 흡사하다.

지극히 투쟁적인 우나무노이지만 그의 시는 이상하리만큼 어린 시절에 대한 집착이 강하다.

어린 시절

헤라클레스에게 세 번이나 패한 안테이오스가
딸의 격려만 받으면 다시 일어서듯, 나 또한 내 고향
나의 어린 시절로 되돌아가 기운을 차린다. 너의 품에

누우면 나는 내가 더 잘 보인다. 너와 함께 있으면
나는 가장 편안하다.

오솔길 내 인생에서 너만이 나를 모든
방황으로부터 멀리 있게 하는 길잡이.
내 안의 모든 더러운 욕망을 씻어내고
너는 거기 기쁨의 샘물로 가득 채운다.

내가 나를 찾고 싶어 너에게 다가갈 때마다, 내 고향
내 어린 시절의 보금자리 빌바오여, 내가 처음
비상을 시작할 때의 그 열심스러움이 남아 있는 곳이여

내 너를 잊지 않게 하라, 나의 영혼이 꽃피어 있던
나의 첫 나이의 순수를 내 몸에 올려다오, 예언자처럼
희망과 위안에 찬 내일을 노래할 수 있도록.

  그렇다. 나이가 들고 내일로 향하는 길에는 허무와 죽음이 기다
리고 있다. 아직 살아 숨쉬는 나에게 회의가 없을 수 없다. 차라리
앞보다는 뒤로 향하는 것이 더 큰 영생과 순수, 생명으로 가는 길
이다. 다시 어린애가 되는 것이 불가능하다고 생각하는 것 또한 이
성이다. 살아감에 있어서의 유일한 희망은 그 어린 시절의 꿈과 행
복이 우리의 미래가 되는 것이다.

  나의 오랜 잠자리

  오늘 다시 네 위에 눕는다, 나의 친숙한 잠자리여,
어렸을 때 나의 밤들을 지켜주었지,
너의 따스함은 나의 모든 감각 사이로

은밀한 즐거움을 전파한다.

꿈속에서 오늘도 나는 네 속의 오랜 기억의
실타래들을 마디마디 되찾아낸다,
아직 턱에 수염도 안 난 그 시절부터
나의 고민은 어떻게 명예를 얻느냐였던

그리고 네 속에서 나는…… 그만두자, 입을 다물자.
잠자리는 베일이어야 하고 방패이니까. 더러
가장 성스러운 이야기도 속되어질 수 있다.

입다문 가슴으로 간직해주지 않으면
비밀은 가장 따스한 햇살에도 꽃피지 않는다.
오 나도 네 속에 너처럼 벌거숭이로 죽을 수 있다면!

이 시에서 "명예를 얻는다"는 말은 해설이 필요하다. 돈 끼호떼
나 우나무노는 명예를 얻기 위한 투사였다. 명예란 쉬운 우리말로
'이름 나는 것'이다. 이름을 얻고 만천하에 이름이 알려지는 것, 다
음 세대에서도 이름이 이어지는 것. 이것은 두 영웅에게 불멸의 영
예를 통하여 다시 태어나는 길이었으며, 죽지 않고 영원을 얻는 하
나의 길일 수 있었다.

사람은 이름이 없으면 하나의 살덩어리의 행진이다. 삶은 순간
순간 다양한 모습으로 바뀌어간다. 나의 삶이라고 하는 것도 실은
"이거!"라고 이름할 수 있는 것이 없다. 교단에 서면 선생, 카메
라 앞에 서면 탤런트, 고향에 내려가면 착한 어린아이…… 아파트
를 옮길 때는 부동산 투기꾼이 되고, 사랑스런 여인들 앞에서는 천
하에 없는 돈 후안(Don Juan)이 된다. 이 많은 나, 나의 삶속에서
모양지어져가는 이 많은 나의 모습에게 붙여줄 단 하나의 이름, 우

리 모두는 그 하나의 이름에 굶주려 있다. 나에게 나는 다른 사람이 아닌 이 사람, 어제와 내일의 내가 아닌 "실제 이 사람！"이라는 확신이 필요하다. 이런 확신은 자기 투쟁을 통하여 얻어야 한다. 이것이 이름을 세우는 일이다. 따라서 이름을 얻고 이름을 나게 함은 자기 실체를 인지하고 설립하는 작업이다. 하나의 통일된 실체로서의 자기 설립 없이 "나는 ○○○이다" 혹은 "나는 ○○○로 있다"라고 말하는 것은 공허하다.

나라는 존재가 있어야 앞으로도 존재할 수 있다. 그 존재의 확인작업이 이름얻기, 이름나기이다. 자기 실체에 대한 내부발굴 작업, 감각과 육체의 구체성을 넘어서 그 변함의 복합성을 넘어서 하나로 영원히 변치 않는 '나라는 실체의 의식'은 사실 끝없는 자기 투쟁을 통해서만 가능하다.

우나무노의 실존적 고뇌는 바로 '명예 얻는' 것으로부터 시작된다. 그러나 그 뒤 그는 끝없는 종교적 회의와 갈등을 체험한다. 그 많은 자서전적 부분은 그의 '오랜 잠자리'만이 알고 있는 비밀이다. "비밀은 가장 따스한 햇살에도 꽃피지 않는다"라는 구절은 내가 약간 의역한 것인데, 꽃과 열매까지를 거부하는 은밀한 이름은 노자의 '무명(無名)'을 연상시킨다. 피흘리기와 싸움 좋아하는 스페인 정열꾼 우나무노에게는 어울리지 않지만……

나의 어린 시절 머리칼 하나 앞에서

이 머리칼 하나는 하나의 추억인가
모든 추억은 하나의 머리칼인가?
이것은 꿈인가 마술인가?
머리칼 하나를 발견하고 나는 혼미해진다.

어린 시절, 어머니의 가위로
──아, 지나간 세월이여 !──
잘라낸 나의 머리칼. 그것이
나의 앞날을 예고하는 유물처럼 집안에 남아

"내 것이었어 !" 내 마음이 되뇌인다.
내 것 ? 그땐 내가 나도 아니었는데 ! ……
이 모든 것은 이미 지나간 일
우리에게 현재가 남을 수 있을까

이것은 깊이를 알 수 없는 바다에
침몰한 한 죽은 자의 유물.
부두에서 나를 기다리고 있는 것은
또 무슨 알 수 없는 신비일까?

이 머리칼은 나를 갈기갈기
찢어놓는 발톱 하나……
어머니 ! 당신의 품속에 나를 데려가주세요
어둠의 장막을 넘을 때까지 !

우나무노의 실존의식은 어린 시절의 머리칼 하나의 발견에서 절
정에 이른다. 이 낯설고 눈에 잘 잡히지도 않는 실체가 나의 것이
라니…… 내가 철들기 전, 내가 나라는 의식도 없었던 시절의 이상
한 증거물 하나. 도무지 인정할 수 없는, 실감할 수 없는 증표 하
나. 우나무노는 생각한다. "이것은 깊이를 알 수 없는 바다에/침
몰한 한 죽은 자의 유물"일 뿐이라고. 우나무노는 자기 자신에게서
이렇게 많은 사람이 죽어갔다는 게 믿어지지 않는다. 그런 느낌은
동시에 공포이다. 나 또한 내게서 침몰할 수도 있다는 공포 ! 그렇

다. 이것은 나를 갈기갈기 찢어놓는 어둠의 발톱이다.

우나무노의 실존의식은 맨 처음 이야기했던 것처럼 자연스럽게 '간텍스트 문학' 의식으로 향한다. 남의 글을 읽고 나 또한 글을 쓰는 일, 이것이 너와 나의 작가라는 숙명이다. 그들 또한 사라졌고 나는 그들의 사라진 삶을 책으로 줍는다. 이 책 속에 남아 있는 삶은 그들의 실제 삶이 아니다. 결국 글을 쓴다는 것은 허구를 담는 일인 것이다. 나의 살점 어느 부분도, 어느 호흡도 동시에 같은 양으로 이 시 속에 들여놓을 수 없다. 어느 아방가르드 작가는 지금보다 수천배 빨리 쓰고, 수억배 빨리 생각하고, 다시 수천배 빨리 읽으면 이 문학이 삶이 될 수 있다고 생각했으나 그 또한 허구이다.

그러나 더욱 어처구니없는 상황은 내 삶의 어느 것도 담아내지 못한 이 글이, 이 시가, 내일, 마치 내가 살아 있는 것처럼 나의 삶과 사랑과 느낌을 대신하며, 나로 둔갑하여 존재할 것이라는 점이다. 내가 내 맘대로 지금 지울 수도 있는 이 시를 썼는데, 내 삶의 허구, 대치물이 마침내는 나를 대변하는 유일한 실체가 될 것이라는 어처구니없음! 내가 창작자이자 창조자인데 그 피조물이 나를 대신하여 살아가고, 이 펄펄 살아 있는 지금의 나는 하나의 지나간 이야기, 하나의 허구로 남고 말 것이라는 억울함……

　　읽는다, 읽는다, 읽는다, 남들이
　　꿈꾸었던 삶을 산다.
　　읽는다, 읽는다, 읽는다, 영혼은
　　지나간 일들을 잊는다.
　　남는 것은 남는 것뿐, 허구들,
　　붓끝에 핀 꽃들,
　　물결들, 인간의 창조물들,

거품의 앙금.
읽는다, 읽는다, 읽는다, 나 또한
내일은 하나의 읽을거리가 될까?
창조주 내가 피조물 내가 될까,
이 나는 없어진 것이 될까

제5장
가브리엘라 미스뜨랄
(칠레, 1889~1957)

1945년 가브리엘라 미스뜨랄(Gabriela Mistral)이 중남미에서 여성시인으로는 최초로 노벨상을 수상했다. 미스뜨랄처럼 '여성시인'이라는 명칭이 어울리는 시인도 없으리라. 그녀는 무엇보다도 사랑의 시인이다. 연인에 대한 사랑, 아이들에 대한 사랑, 아메리카 대륙에 대한 사랑, 자연에 대한 사랑으로 그녀의 시는 채색되어 있다. 미스뜨랄의 사랑의 시는 그녀의 삶의 비극적 체험으로부터 비롯되었다. 그녀를 사랑했던 한 청년이 실연당함을 비관해 자살을 했고 이 비극적 체험은 그녀에게 커다란 파문을 남긴다. 1922년도에 출판된 『비탄』(*Desolacíon*)에는 못 이룬 절절한 사랑의 아픔이 씌어져 있다.

죽음의 소곡

1

사람들이 너를 놓아둔 그 얼음구덩이로부터
나는 너를 옮기리라, 보다 조촐하고 양지바른 곳으로.

사람들은 몰랐겠지, 나도 그 안에서 죽게 되리라는 걸,
우리가 같은 베개 위에서 같은 꿈을 꾸게 되리라는 걸.

나는 너를 양자바른 땅 위에 곱게 누이리라,
잠든 아이를 내려놓는 어머니의 고운 손길로.
아픈 아이, 너의 몸을 받아든 흙덩이는
보금자리 같은 보드라움이 되겠지.

마침내 나는 장미의 먼지며 흙을 훌훌 털고 가리라
달의 가볍고 파아란 먼지와 그 달무리 속에
무게를 잃은 너의 껍질들이 갇히게 되겠지.

나는 나의 아름다운 복수을 노래하며 멀어져가리라,
이제 그 은밀한 깊은 장소에 어느 여인의 손도
한줌 너의 뼛조각을 내게서 앗아갈 수는 없을 테니까.

미스뜨랄의 저 세상에 대한 이미지는 독특하다. 그것은 전통적 기독교의 세계라기보다 "가볍고 파아란 먼지"가 쌓여 된 달무리가 있는 세상이다. 물론 그것은 시인의 상상력으로 창조된 은밀한 공간이다. 그러나 그것은 이 세상을 껍질이나 감옥으로 보고 저 세상을 하느님이 있는 곳으로 보는, 즉 연옥·지옥·천국으로 보는 기독교의 비전은 아니다. 오히려 이 세상과 저 세상을 아랫마을·윗마을 정도로 보는 우리네 저승관이나 토착인 인디오들의 저 세상에 대한 사고에 가깝다.

시인이 말한 '아름다운 복수'는 무엇일까. 그것은 우선 '나 혼자만'의 사랑이다. 여기서 '나 혼자'란 다른 사람으로부터 연인을 빼앗기지 않으려는 세속적 질투심만은 아니다. 첫 연에서 강조하듯 '사람들'의 편견과 타성으로 죽게 된 연인이기에 순수한 사랑을 모

르는 모든 더러운 손길로부터 그의 순수를 보호하겠다는 의지인 것
이다. 미스뜨랄은 출발에서부터 삶의 내부적 체험을 심도있게 시
화하였다. 일상적 경험을 멀리하지 않으면서 여성 특유의 감성으
로 독자를 삶의 내부로 인도한다. 전위문학의 극성시대, 에로티시
즘의 난무 속에서 이런 차분한 목소리를 조율하는 능력은 그녀를
노벨상까지 수상하게 한다.

사랑의 시인 가브리엘라 미스뜨랄은 유년시절과 아이들에 대한
애착을 보여주었는데, 「우린 모두가 여왕이 되고 싶었어요」에는
그녀의 소녀시절에 대한 청순한 꿈이 서려 있다. 자연 속에서 강과
산을 남편으로 삼아 꽃이나 물방울과 같이 많은 아이를 갖겠다던
소녀들. 그녀들은 모두 하나같이 말한다. "땅에서는 우리 모두 여
왕이 될 거예요, /정말로 통치를 잘하는, /그리고 우리 왕국들은
너무너무 커서/우린 모두 바다까지 갈 거예요."

아이들에 대한 그녀의 사랑은 아이를 사산한 쓰라린 경험이 기도
를 통해 승화작용하여 생겨난 것이다. 젊은 시절 국어선생이었던
그녀는 유달리 아이들을 좋아했다. 그러나 자신이 한번도 아이를
가져보지 못한 안타까움은 그녀의 노래를 더욱 깊은 곳으로 우리를
끌고 간다.

커다란 꿈

그렇게 잠에 빠져 있는 아이를
난 기억하고 싶지 않아요.
내 뱃속에서 그렇게 게으르게
잠만 자고 있었어요.

아무것도 원하지 않는

꿈속에서 아이를 꺼냈어요,
그런데 이제 다시 또
내 곁에 잠들고 말았어요.

이마는 멈춘 그대로
관자놀이도 꼼짝 않고요.
발은 두 개의 바지락,
허리는 물고기.

꿈에 이슬이 내리나봐요,
이마가 젖었어요.
꿈에 음악이 들리나봐요,
온몸이 파르르 떨려요.

흘러가는 고요한 물속에서는
아이의 쌔근거리는 숨소리가 들려요.
계수나무 이파리에서는
아이의 속눈썹이 움직여요.

나는 모두에게 말해요, 그렇게
그대로가 행복하다면 내버려두라고.
그러다 정말 마음이 내키면
깨어나게 하라고……

모두가 아이의 잠을 도와주어요,
지붕도 문지방도, 땅덩어리도
땅의 여신 시벨레스도,
어머니도, 여자도.

　　나도 아이의 잠자는 법을
　　배워야겠어요, 잊어버렸거든요.
　　깨어 있는 모든 불성실한 것들은
　　아이의 잠을 배웠지요.

　　아이의 은총이련 듯 이윽고
　　우리도 잠들고 있어요,
　　그 꿈이 넘치고 넘쳐
　　동이 터올 때까지……

　뱃속에서 나와도 깨어나지 않는 아이, 즉 죽어서 태어난 아이 앞에서 어머니의 슬픔은 그보다 더욱 큰 깨달음으로 여과된다. 꿈에서 꺼내자 다시 잠들고 만 아이. 자연의 상태와 인간으로의 태어남 사이에서 그만 자연으로 머물기를 고집하는 이 '커다란 꿈'을 어머니는 경배의 눈으로 살피고 있다. 아이는 발 대신에 두 개의 바지락으로, 허리 대신에 하나의 물고기로 남는다. 이것은 이미 이미지가 아니다. 이미지를 넘어서 성서의 언어처럼 말이면서 현실이다. "흘러가는 고요한 물속에서는/아이의 쌔근거리는 숨소리가 들려요./계수나무 이파리에서는/아이의 속눈썹이 움직여요." 이 현묘한 또다른 진솔성 앞에서 우리는 시 쓰는 재주를 포기한다. 계수나무 이파리와 그 잔 가시가 아이의 속눈썹을 연상시킨다는 구차스런 설명은 필요없다. 그것은 그대로 아이의 속눈썹일 수 있으니까. 흘러가는 고요한 물소리를 들으면 잠든 아이의 숨소리가 들리는 듯하지 않느냐고 설교하지 않아도 좋다. 태어나지 않은 아이는 자연이니까.
　미스뜨랄의 어머니스러운 따스함과 티없는 진솔성은 여자의 감상주의로 빠지기 쉬운 사랑의 테마들을 자연스럽게 드높은 감동의

경지로 이끈다. 미스뜨랄의 자장가 소리는 어떤 어머니의 손길보
다 더 크고 보드랍다.

자장가

바다가 수만의 물결로
성스럽게 아이를 잠재운다.
사랑스런 바다소리를 들으며
나의 아이를 잠재운다.

밤 속을 방황하던 바람도
밀밭을 잠재운다.
사랑스런 바람소리를 들으며
나의 아이를 잠재운다.

하느님 아버지와 그의 수만의 세상도
소리없이 자장가를 부른다.
어둠속에 그의 손길을 느끼며
나는 아이를 잠재운다.

위의 시가 기독교의 신비에 가득 차 있다면 다음 시는 아주 박애
적이다. 살아간다는 것은 모든 것을 잃어가는 쓸쓸함의 여정이다.
세월이 땀구멍처럼 가늘어질 때 우리는 그 사이 아직도 붙어 있는
작은 솜털을 발견한다.

내게 꼭 붙어서

내 가슴속에서 짠

내 살의 털실아,
추위에 떠는 털실아,
내게 꼭 붙어서 잠들려무나!

꿩은 세잎클로버 사이에서 잠잔다
그 숨소리를 들으며.
나의 숨소리에 놀라지 말렴,
내게 꼭 붙어 잠들려무나!

삶에 놀라
떨고 있는 작은 풀잎아,
내 품에서 떨어지지 마.
내게 꼭 붙어서 잠들려무나!

나는 모든 것을 잃었단다,
이젠 잠들기가 무섭구나.
내 품에서 미끄러 떨어지면 안돼.
내게 꼭 붙어서 잠들려무나!

모든 낭만주의 시인처럼 가브리엘라 미스뜨랄 또한 죽음의 시인
이다. 그러나 미스뜨랄의 서정은 초기 낭만주의처럼 요란스럽거나
어둡지 않다. 특히 그녀의 세대보다 앞서간 중남미의 모더니스트
가 지나친 수사와 색깔, 화려체로 깊이를 소홀히했다면 이 칠레 여
성시인은 어떤 수다스런 치장이나 예쁜 척하기도 거절한다. 그녀
는 남을 보기 전에 자신의 마음을 가다듬고, 꾸미기 전에 몸과 말
을 씻는 소박함과 진실성이 앞선다.
스페인 시에서 로살리아 데 까스뜨로(Rosalía de Castro)와 안또
니오 마차도의 시가 '내성주의'를 대표한다면 미스뜨랄의 시는 중

남미 내성주의의 또다른 이정표이다. 그녀의 시에는 외부의 사물과 내부의 풍경 사이에 벽이 없다. 어머니의 품은 너무 넓어서 곧 대자연이다. 아픔이 많아서, 아주 춥고 떨려서 여름이다가 가을이다.

당시에 유행하던 중남미 시 개혁자들과는 달리 그녀는 외적 형식에서도 대단히 온건하다. 소네트 형식을 쓴다든지 되도록이면 크게 외재율을 손상하지 않는다. 물론 음수율을 제외한 각운이나 다른 리듬에 크게 신경을 쓰는 것은 아니다. 그것은 시를 만들고 있다는 느낌 자체가 그녀의 진솔성에 거부 반응을 일으키기 때문이리라.

그러나 그녀의 시어 사용은 의외로 함축적이고 비약이 심하다. 함축적이라 함은 말 흐름의 자연스러움을 깨뜨리지 않는 한도에서, 즉 시의 상황이나 풍경, 이야기의 흐름을 자연스럽게 따라가면서 동시에 그 말들로부터 상징성을 유발한다는 뜻이다. 상징이란 은유와 달라서 특별히 말 흐름의 끊음이나 파격, 뛰는 과정을 필요로 하지 않을 때가 있다. 은유는 기차를 '철마' 즉 '강철로 만든 말'이라고 하듯 비상식적·비논리적 단계를 필요로 한다. 형식주의 시학이 모든 시의 구조를 '이탈' '파격' '불합리'에서 출발한다고 한 것(장 꼬양의 『시어의 구조』)은 주로 메타포(은유)를 염두에 둔 생각이다.

시에서 진실스러운 톤을 유지하려면 파격적 은유나 이미지보다는 상징을 많이 사용해야 한다는 말이 된다. 어떤 수사법이 좋으냐는 어리석은 질문이다. 시가 좋으면 그 시에 쓰인 모든 수사법은 좋게 마련이다. 당위성을 갖기 때문이다. 미스뜨랄의 시가 우리 마음에 쉽게 와닿는다면 우리가 바로 이런 방향에 익숙해 있기 때문이리라. 로르까(F. G. Lorca)의 시를 이야기할 때도 비슷한 설명을 한 기억이 난다. 예를 들어 미스뜨랄이 "물고기와 놀듯 물을 가지고 논다"고 할 때 우리는 하나의 자연스러운 그림을 본다. 소녀가 물장난을 치는 장면, 물고기가 노니는 장면, 고기를 가지고 노는 장면 등등. 그러나 물은 오래 전부터 세월의 상징이다. 따라서 이 시의 상징에서 우리는 한마디로 말하면 세월의 흐름을 만지지만 자꾸만 물고기처럼 빠져나가는 서운함을 느끼게 된다.

미스뜨랄의 후기시는 보르헤스 말처럼 '가난한 소박성과 단순성'의 경지에 이른다. 위의 설명으로 말하면 감각성과 상징성이 혼연일체가 되어 묘를 이루는 것이다. 물이나 빛·꽃·자연풍경은 감각의 자극제이며 이미지의 소재가 된다. 그것들이 시인의 심안 속에 용해되어 시어로 나타날 때 우리는 의미를 발견한다. 상징성은 이렇게 해서 자연스럽게 외적인 경험과 내적인 성찰이 마주칠 때 불똥이 튄다.

세상사

1

한번도 가져본 일 없는 것들을 사랑한다
이제는 내게 없는 또다른 것들과 함께.

나는 조용한 물을 만진다,
추위에 떨고 있는, 풀밭에 머문.
물은 바람 한점 없어도 자꾸만 떨고 있었지,
나의 정원이었던 그 정원에서.

나는 그때 그 물을 바라보듯이 물을 바라본다,
이상한 생각이 든다,
나는 서서히, 그 물을 가지고

논다, 물고기나 신비와 놀듯.

이 조용한 시에서 그녀는 물과 세월의 흘러감을 통해 세상을 관조하고 있다. 옛날 그 어린 시절에 철없이 바라보던 웅덩이 물은 바람도 없는데 떨고 있었지. 나는 그때 물이란 원래 그런 거려니 생각했다. 그러나 세월이 지나 다시 떨고 있는 가을 풀잎 사이 조용히 머문 물을 보며 그 어린 시절의 물이 왜 그리 떨었던가 알 듯도 하다. 그 물을 바라보는 지금 나도 고독과 추위에 떨고 있는 것이다.

"나는 한번도 가져본 일이 없는 것을 사랑한다." 나는 나이가 들지 않고, 겨울이 없고, 항상 행복이 넘치는 영원한 봄나라를 사랑한다. 그러나 그런 나라는 없다. 그래서 물도 풀잎도 늘 파랗게 질려 있다.

그러나 그녀는 실의나 절망에 빠지지 않는다. 그는 그 물을 가지고 놀 줄 안다. 모든 것이 사라진 지금의 서글픔까지도 또다른 삶의 맛이다. 하늘처럼 키가 크고 싶었던 시절이 지나가고 하늘로 돌아가도 될 만큼 어른이 되다니…… 산다는 것은 신비스럽다. 신비한 놀음이다.

2

하나의 문지방을 생각한다, 거기
나는 즐거운 발걸음을 놓고 왔다,
이제는 더이상 내 발에 없는.
그 문지방에 하나의 상처가 보인다,
이끼와 침묵이 가득한.

3

나는 내가 잃어버린 시구 하나를 찾는다,
일곱살 때 사람들이 가르쳐준.
빵을 만들던 한 여자였지……
아직도 그 성스러운 입술이 보인다.

4

갈기갈기 찢어진 향기 하나가 느껴진다,
향기가 느껴지면 나는 정말 행복하다,
너무 가늘어져서 이젠 향기도 아니거든,
벚꽃 냄새는 벚꽃 냄새인데……

5

나이가 들수록 감각은 어린애가 된다,
이름을 찾아도 적당한 말이 없다,
대기며 곳곳의 냄새를 맡는다,
찾지 못하는 벚꽃나무를 찾아서……

그렇다. 어린 시절의 순수와 즐거움은 이제 녹슬었다. 즐겁게
뛰놀던 그 마당, 그 문지방엔 이끼와 침묵에 묻혀 이제는 아프지
않은 상처가 남았다. 잃어버린 것이 어찌 발자국뿐이랴. 빵 만들
던 아낙네가 들려주던 노래 가사도, 그 순박함, 깨끗함도 다 잃어
버렸다. 이미 가을이다. 아니면 곧 초겨울. 모든 향기는 가늘어질
대로 가늘어져 이제 남은 게 없다. 모두 그저 그렇다. 때로 봄의
향기, 그 벚꽃 냄새라도 느껴지면 나는 아직 젊구나, 살아 있구나

생각될 것이다. 나이가 들수록 입맛은 어린애가 된다. 옛 즐거움이, 기쁨이, 행복이 그리워진다. 그저 철없이 뛰놀고 마냥 즐겁기만 하던 나 자신을 보고 싶다. 이런 마음을 뭐라고 이름할까. 사방으로 방황해보아도 다시 벚꽃나무는 내 눈에 없다.

6

강 하나가 항상 가까이서 소리낸다.
그 소리를 느낀지가 벌써 사십년.
어쩌면 내 피의 노래거나
타고난 생명의 리듬.

어쩌면 내 어린 시절의 일끼 강
거기 가슴을 적시며 첨벙첨벙 건너간다.
강은 항상 내 곁에 있다. 가슴과 가슴을 맞대고
두 어린아이처럼 우리는 꼭 붙어 있다.

내가 꼬르디예라 산언덕을 꿈꿀 때면
내 발걸음은 산속 비탈길로 향한다,
걸어가며 나는 끝없이 강과 산의
휘파람 소리를 듣는다, 거의 맹세에 가까운.

이만하면 우리의 시적 서정에 호소하고 있지 않은가. 추석이면 서울이며 도회를 껍질 벗듯 팽개치고 고향으로 향하는 발길들, 바퀴들. 미스뜨랄은 고향마을 시냇물 소리를 핏속에서 느낀다. 그 소리는 어느새 따라와 내가 되어 있다. 그것은 피의 부름, 그리움의 부피이다. 그래서 고향마을 산자락 언저리가 생각나면 늘 나를 부르는 휘파람 소리가 들린다. 꼭 돌아가야지 하는 맹세의 다짐소리처럼.

7

태평양의 끝에 섬이 보인다
검붉게 멍든 나의 섬,
한 섬에서 내게 남은 건
죽은 물총새의 썩은 냄새……

8

사람 등 하나, 무겁고 다정한 등 하나
내가 꾸는 꿈에 종지부를 찍는다.
내 길의 마지막 사건.
도착하면 나는 쉰다.

그건 죽은 나무둥치 혹은 나의 아버지,
잿더미에 싸인 희미한 등어리.
나는 아무것도 묻지 않는다, 시끄럽게 않는다.
가만히 옆에 눕는다, 말없이 잠이 든다.

9

오악사까의 돌 하나를 사랑한다
과떼말라의 돌인지도 모르지.
내가 가까이 간다. 내 얼굴처럼 굳은
빨간 돌. 그 깨진 틈바귀에서 숨소리가 들린다.

내가 잠들면 돌은 벌거숭이가 된다,

내가 무엇 때문에 돌을 돌려놓는지 모른다.
어쩌면 나는 이 돌을 한번도 가진 일이 없다,
그리고 지금 내가 보는 것은 나의 무덤.

　별로 설명이 필요없는 극도의 절제된 언어와 여운을 가진 시들이
다. 죽음의 이미지에는 무거운 가운데 따스함이 있다. 태평양 너
머 외로운 섬에서 죽은 물총새의 썩은 냄새가 아련히 코끝을 스친
다. 끝없는 고독 속에 푸른 파도 속을 자맥질하던 물총새도 죽고
이제 남은 건 느껴지지도 않는 종말의 냄새뿐이다.
　산다는 것은 꿈꾸는 일인가. 꿈의 마지막 장면에 무겁고 다정한
등 하나가 보인다. 먼저 가신 나의 아버지의 숙명적 모습. 죽어 잿
더미에 싸인 등 결에 내가 무슨 질문을 할 수 있겠는가. 그 옆에
가만히 눕는다. 말없이 죽는다. 죽는다는 것은 매일 보는 일상의
일. 야단스러울 건 없다. 나만 죽지 않으리라고 생각했던가. 너무
나 잘 아는 이 일은 배우기 힘든 과제여서 미스뜨랄의 다소곳한 자
태가 눈물겹도록 거룩하다.
　'오악사까의 돌'에서도 무서운 비약이 돋보인다. 우리가 모두들
하나쯤 가지고 있을 법한 돌 이야기다. 어디서 굴러온 돌인지도 모
른다. 가까이 보면 그 돌은 나의 얼굴을 닮았다. 그 굳은 표정하며
주름살투성이 이마하며…… 문득 돌의 균열 속에서 숨소리가 들리
는 듯하다. 이 시는 다음 연에서 무섭게 상징화된다. "내가 잠들면
돌은 벌거숭이가 된다"란 표현은 알 듯하면서 상이 잘 잡히질 않는
다. 돌은 벌써 벌거벗었는데 어찌 더 벌거벗을 수 있는가? 여기에
는 상징적 해석이 필요하다. "내가 잠들면 돌은 ○○○가 된다"라
는 말은 돌이 나의 잠과는 다른 상태가 된다는 소리다. "○○○가
된다"라고 이야기함으로써 결국 잠든 돌은 더욱 잠든 상태(즉 벌거
숭이)로 됨을 암시한다. 산 사람은 일상의 잠을 자지만 돌은 진짜

죽음에 이르는 잠을 자는 것. 시인은 무서워서 돌을 돌려놓는다. 무서워서 돌려놓는다는 의식없이, 그냥 싫어서 그럴지도 모른다. 그런데 갑자기 상식을 뛰어넘는 "어쩌면 나는 이 돌을 한번도 가진 일이 없다"라는 소리가 나온다. 어떻게 좋아하는 돌을 두고 살면서 이런 말이 가능한가. 이래서 상징적 의미를 풀지 못하면 이 말의 뜻을 알 수 없다. 풀이하면, 나는 살아 있는데 이 돌은 죽음이다. 따라서 나는 한번도 죽은 일이 없으니까 "나는 이 돌을 한번도 가진 일이 없다"라는 것이다.

어떻든 미스뜨랄은 우리가 항상 옆에 두고 사는 죽음의 그림자를 이렇게 "오악사까의 돌인지 과뗴말라의 돌인지"라는 이미지로 승화시켰다. 나의 죽음도 무덤도 어디에 어떻게 있을지 알겠는가. 우리는 그 죽음을 옆에 두고 살거나, 혹은 돌을 돌려놓고 잠자거나, 심지어 돌을 사랑하며 산다. 이것이 진정으로 삶을 그 뿌리로부터 사랑하며 사는 방법이기에.

제 6 장
리까르도 몰리나리
(아르헨띠나, 1898~   )

1. 엘레지의 시인

지금은 저 세상에서 꿈을 꾸고 계실지도 모르는 아르헨띠나 '장미'의 시인 리까르도 몰리나리 (Ricardo Molinari). 아이러니컬하게도 내가 가진 1984년도판 시집에는 아직 살아계신다. 한때 현대 중남미 시의 서정을 대표하는 시인으로 널리 알려졌던 몰리나리, 스페인 시의 전통에 뿌리박은 낭만과 초현실적 미의 창조자 몰리나리. 시간 속 존재의 가벼움과 고뇌를 노래한 시인. 그는 장미의 시인이면서 누구보다 가을과 엘레지의 시인이었다.

엘레지

3

나는 나의 나라에 갇혀 있다, 안타까움과 권태와 공포가 나의 전부다, 아무것도 즐겁지 않다, 심심풀이가 못된다, 다만 들판은 높고, 넓고, 찬연하고, 가볍다

내 집, 빨간 기왓장 위의 구름 그림자처럼.

죽음의 키가 커간다, 나는 나와 떨어져서 멀리 걷는다, 꿈속으로,
4월의 가볍게 차가운 바람이 가볍게 뒤흔드는 나무들 곁에서
의식의 끝없는 바다안개 속에서, 뜬눈으로 지새우는 소름끼치는 밤들,
불타는 공허의 공간 속으로 추방되기를 기다리는 가난한 불씨 하나,
공허는 부질없이 반짝이는 먼지를 주웠다가 흩뜨리다가, 어쩌면
또다른, 보다 고요한, 보다 높은 공간으로 짜올릴지도 모르는……

가을은 이 흔들리는 잎사귀들을 말아올린다,
나는 먼 하오를 지켜본다,
해를 본다, 깊은 곳에 빠져죽은 강력한 불씨를 본다,
안타깝게 부서진 목마른 수평선 속, 그 깨끗하고 다정한 빛속에.

새 한 마리가 노래한다, 밤의 발걸음을 재촉한다, 하루의
가장 낮고, 가장 큰 가지에 걸린 단조로운 사랑의 노래.

가을은 잎사귀들을 말아올린다, 조인다.

　나는 몰리나리의 시를 번역하면서 그 마지막 극적인 구절 "가을
이 조인다"를 "가을은 잎사귀들을 말아올린다, 조인다"로 옮겼다.
우리 시의 시법이나 우리말의 연상력으로는 "가을이 조인다" 할 때
이파리들이 죽음의 보자기에 싸이며 조여간다는 느낌이 안 든다.
　이 시는 나이 든 시인의 시간의 끝에 대한 공포와 허무가 사랑과
자기 설득으로 서글픔을 더한다. 여기 물론 죽음과 허무에 대한 공
포와 함께 갈등과 투쟁과 역설의 드라마는 있지 않다. 그러나 이
시를 "가을이 조인다"라고 끝낸 것은 '사랑의 노래'도 '깨끗하고 다
정한 빛'으로 이해하려고 노력하는 시인의 아픔을 드러낸 것이다.

시는 교훈도 설득도 아니다. 아픔이다. 아픔이나 감동이나 황홀
은 롱기누스(Longinus)의 말처럼 예술작품이 줄 수 있는 최대의 은
혜이다. 롱기누스는 문학이 "설득하는 언어가 아니라 황홀에 이르
게 하는 메시지"라고 말한 일이 있다. 그 '황홀'은 '물아일체'나 술
취한 상태는 아니라고 할지라도 너와 내가 하나 되는 순간이다. 작
품과 내가 하나 되고 아파하는 몰리나리의 위의 시는 나를 울린다.
누구나 죽음을 향하여 가고 있지 않는가.

세상의 모든 시인처럼 리까르도 몰리나리는 슬픔을 잘도 참는
다. 이어지는 「엘레지」를 보자.

   4

보지 않는 게 좋아요, 어쩌면, 이 말들을——이 말들의 씨줄 아닌
딱딱한 날줄, 그 책략들을, 이게 나의 전부거든요, 내게 도망가지 않는.

이 여자들이 유일하게 내 말을 믿어요, 나의 혀나 모국어처럼. 날
이 갈수록 더 가난해지겠지요. 의미만 결국.

더 어려워지구요. 다만 한가지 의미만 떠나질 않겠지요.

한 여자, 다가오는 여자, 다가와서, 문득 일어서고, 내 주위를 맴
돈다.

메마른 가을잎이 되어 나를 헤집는, 땅을 긁어 파헤치는
의지가지없는 허허벌판의 커다란 마당에서.

2. 사랑과 고독의 날줄과 씨줄

나는 엘레지의 시인으로 몰리나리를 소개했다. 시간의 화살 아
래 몸부림치는 실존의 고뇌를 보았다. 사실 리까르도 몰리나리의

시세계는 현대시의 기본 명제인 시간의 그림자와 상처의 세계이
다. 그에게 시쓰기는 시간 속에 살아가는 맛을 언어화하는 것이
다. 그의 시에 대한 훌리오 아리스띠데스(Julio Aristides)의 연구
『리까르도 몰리나리, 시간 속 존재의 고뇌』가 말해주듯 사실 그의
시는 긴 세월 동안 같은 테마, 같은 고뇌를 붙잡고 있다. 여기서
우리가 '사랑과 고독의 날줄과 씨줄'을 살펴보려 함은 같은 내용과
느낌이 어떻게 몰리나리의 독창적 시어에 의해서 무늬와 색깔을 달
리하는가를 음미하겠다는 뜻이다.

　시인은 사상가가 아니다. 사상은 시인을 만들어내지 못한다. '권
선징악'의 테마가 『춘향전』을 위대하게 만든 게 아니다. 그 내용이
어떤 구성과 주인공, 어떤 언어의 날줄과 씨줄에 의하여 맛과 감동
을 자아내고 있느냐에 문학성이 좌우된다. 따라서 시 속의 사상은
철학의 그것보다 훨씬 감정적이고 구체적이다. 시의 사상은 살냄
새와 함께 있다. 아리스토텔레스는 시가 일반적 진리, 모두가 수
긍할 수 있는 참의 세계를 추구하는만큼 "역사보다 훨씬 진지하고
철학적이다"라고 그의 『시학』에서 말한 바 있다. 그렇다. 문학은
철학적이다. 그러나 철학은 아니다. 이 '철학적'인 것의 장치는 언
어이다. 사실스럽고, 철학스럽게 말하는 시인의 인생은 그 말 마
디마디의 향취와 느낌으로 철학성을 이룩하고 있는만큼 '시간 속의
고뇌'라는 일반적인 말 하나로 설명할 수 없는 다양한 무늬를 가지
고 있다.

　먼저 몰리나리의 고독과 우수의 원인을 살펴보자. 시인은 말한
다. "나의 시는 나의 세계다. 나는 내가 가지고 있지 않은 것을 노
래한다, 내게 없는 것을." 이 말은 가브리엘라 미스뜨랄의 「세상
사」의 시구를 연상시킨다. "나는 한번도 가져본 일이 없는 것들을
사랑한다／이제는 내게 없는 것들을." 여기서 우리는 있다가 없는
것, 즉 시간이 앗아가버린 삶과 존재에 대한 고뇌의 문제를 잠시

제쳐놓고, 애초부터 "내가 가지고 있지 않은 것", 미스뜨랄의 말대로 "한번도 가져본 일이 없는 것"을 알아보자.

그것은 우선 불멸, 절대적 아름다움, 절대적 선 등이다. 우리의 사랑은 늘 멀리 있다. 모든 예술이 찾는 아름다움의 지표는 늘 멀리 있다. 시인은 「벨라스께스의 소녀」라는 초기시에서 "아, 온 마을이 정말 조그마해서／모든 길거리가 우리 문으로 지나간다면" 하고 염원한다. 이어 "나는 창문을 하나 갖고 싶다／세상의 한가운데,／그리고 하나의 아픔을／만지면 금방 어두워지는／모란꽃 같은 아픔 하나"라고 노래한다. 시인은 순수와 아름다움과 우주의 아픔 하나하나를 내 몸으로 지키고 상관하고 사랑하고 싶은 충동을 느낀다. 시인은 '벨라스께스의 소녀'가 보았던 순수와 은혜로 가득 찬 세상이 영원하기를 바란다. 시인은 소녀가 살던 마을이 하나의 수로를 통해 두고두고 우리에게 전해져서, "그녀의 두 눈이 본 풍경이／항상 젖어 있기를" 바란다. 우리 누구도 그 풍경에 진력이 나지 않도록.

몰리나리의 긴장은 현실에서 불가능한 세계에 대한 염원으로 유지된다. 벨라스께스(Velázquez)의 그림 속에 나타난 소녀의 꿈과 경험은 초현실이다. 시인은 그것을 진정한 현실로 받아들인다. 그리고 그것이 나의 경험으로 와닿는 또다른 현실을 꿈꾼다. 꿈에서 또다른 꿈으로 이어지는 그리움과 갈망의 물줄기. 이것이 그의 첫 시집 『상상하는 자』(1927년)의 주된 이미지이다. 몰리나리의 시가 소위 '순수 서정시'의 성격을 고수하는 것도 시간 속에 존재하고 꿈과 행복과 아름다움을 염원하는 것이 그 무엇보다 더 구체적이고 뼛속에 사무치는 일이었기 때문이다.

상상의 세계가 현실로 나타나지 않는다는 것은 일반인에게 고통일 수 없다. 그러나 꿈을 먹고 사는 시인에게 꿈의 비현실성은 고뇌를 가져온다. 자신의 삶과 몸까지도 현실성이 없어 보이기 때문

이다. 우리 개개인에게 엄연한 현실로 존재하는 그리움이나 소
망·사랑 등이 실현 불가능한 것이라고 한다면 우리가 진정으로 원
하는 것은 이 세상에서 존재하지 않는다는 이야기가 된다. 「피에
게 바치는 송가」에서 시인은 "나의 피가 온 땅으로 흘러가는 것을
보고 싶다"고 설토한다. 시인은 사라져간 행복한 날들을 울 수밖에
없다. 그래서 그는 한때 꽃이었던 피의 몸뚱어리를 치며 통곡한
다. 시인은 시간 속 자신을 떠나 "벌거숭이로, 홀로, 즐겁게" 있고
싶어한다. "죽음의 그림자를 벗고／부서진 커다란 불행의 구름장
처럼." 그러나 그는 그의 소망이 불가능하다는 것을 느낀다.

> (전략)
> 그러나 그런 마술의 시간은 결코 오지 않으리라,
> 망각이 살지 않는 곳에
> 행복이 오지 않듯, 하나의 죽은 목소리가
> 제풀에 꺼져갈 뿐.
> 어느 바다도 하늘도 꽃도 여인도 없다,
> 아무도 상처투성이의 장미를 계속 달고 다니는 하늘을, 여인을 보
> 지 못했다,
> 부질없는 입들 사이에 길을 잃은 사막.
> 얼마나 견고한 침묵이 장미를 덮고 있는가!
> 나는 모른다, 어디에 진정한 생명이 있어 장미의 혼을 빼고
> 그녀를 시간으로부터
> 떨쳐놓을 수 있을지,
> 어디에 장미의 불가능한 살결이 좁아질 대로 좁아져
> 그 서서한 수수께끼의 기호가 가능해질지, 변함없는 본질의 불꽃이.

그렇다. 영원과 절대, 사랑에 대한 꿈은 곧 불가능한 현실에 대
한 집착이다. 시인은 가질 수 없는 것을 꿈꾸는 자이다. 거기에 시

간의 횡포는 우리 눈앞에서 모든 꽃을 사위게 한다. 결국 '변함 없는 본질의 불꽃'으로 남을 수 있는 장미란 불가능하게 된다.

3. 시간 속 우수수 지는 우수의 이파리들

리까르도 몰리나리의 기본 테마는 시간의 느낌이다. 불가능한 꿈과 아름다움, 행복에의 소망과 그 불행감은 「송가」 「긴 슬픔에 바치는 송가」로 절정에 이른다. 「송가」에서 시인은 외친다. "나는 내 스스로에게서 기쁨을 끌어내고 싶소, 두 눈을 크게 뜨고, 정말로 크게 뜨고, 내 눈에 아픔을 주고 싶소, /그리고 아픈 눈으로 바라보아야지, 수평선을, 거기 그 노스탤지어의 빈터, 그 너머까지, 거기 나의 그림자가, /나무처럼, 겨울 되어 또다시 잎사귀를 바꾸는……/오 사랑이여, 잃어버린 세월이여!"

「긴 슬픔에 바치는 송가」는 더욱 비극적이다. "하나의 더러운 광휘가 하늘의 꽃들을 태우고 있소, /저 위대한 대평원을 불지르고 있소. /나는 이 추방된 긴 슬픔을 노래하고 싶소, /하지만, 아벌써 바다가 내 입까지 차오는 것을 느끼오." 처참하게 무너져내리는 시간의 드라마 속에서는 광란이나 고통조차 허락되지 않는다. 벌써 죽음의 물살이 목까지 차올랐기 때문이다.

우수수 지는 우수의 이파리들은 그의 여행시 「베르가라 왕자의 노래 모음」(1933년)의 곳곳에서 발견된다.

1

잠든다는 것. 모두들 혼자 자요,
어머니! 하루가 아픔을 가져온대요,

하지만 아, 나의 아픔 같은 아픔이
또 있을까요.

2

내게 빌려준 하늘도 없어요,
나를 돌아보는 눈도 없구요,
한순간의 꽃들도 안 보여요,
잠도 안 와요.

3

친구여, 고독한 대기가
내 몸에 영 안 좋다,
고독한 대기, 길 잃은 공기,
엑스뜨레 마두라 지방의 고독한 대기.
입다문 돌.

　김현승의 「견고한 고독」 같은 절대 적막의 느낌. 몰리나리는 사물 속에서 나와 고독과 망각의 향취를 읽는다. 불이 타다가 꺼지듯이 사랑도 타다가 꺼져 하얀 망각만 남긴다. 사물과 나, 세상과 나는 하나다. 꽃이 피듯 행복에 대한 소망도 사랑도 핀다. 그리고 세월 속에 이내 시든다. 영원한 절대적 아름다움은 없다. 현실을 잃은 언어만 내 시 위로 쏟아진다. 몰리나리의 「우수에 바치는 작은 송가」는 오히려 따스하다.

　너는 대평원 속 젖은 계절의 달아나는 태양으로
　만신창이가 되어 다가온다,

세월의 차가운 이파리들, 그 넓고 굳은 숲을 넘어.
색깔도 희미해진 채 떨리는 발걸음으로 다가온다. 그리고 나의 마음은
행복을 느낀다, 행복을 간직한다, 말없는 말 하나로.
풀잎 사이 소곤대는 발걸음이 권태를 덮는다, 멀고 꺼져가는 향기가
머물러 피운 불길. 너는 곧바로 몸을 추스리고
뼈 사이 부서진, 주름투성이의 옷을 집는다.
너를 스치고 네 안에 들어가기 위해서는 또 얼마나 많은 영혼과 깊이를 요구하는가!
그렇다, 대기처럼 불길과 안개가 자욱한 너의 입속으로 내가 들어가리니……
너의 발걸음은 대양의 해일과 느린 하늘, 그 마지막 숨결에 젖은 광휘.
빨간 바다 기러기와 밤이 날다 깃들이는 남쪽의 꿈으로
서서히 다가오는 마지막 하늘,
꽃핀 어둠 밑으로 돌아와 고뇌의 목소리로 부른다
그리움에 차서, 산산이 부서진 채로.

몰리나리의 시구가 느리고 길고 모호한 것은 그것이 세월과 고통과 슬픔의 길이이기 때문이다. 따스한 남쪽 나라의 꿈이 누군들 없으랴. 그 꿈을 꿀 때 하늘은 갈수록 더욱 어둡고 불탄다. 대답 없는 그리움의 목소리만 산산이 부서지고 있다.

그러나 몰리나리는 자신의 기억과 삶의 안타까운 절망의 구도에만 연연해한 것은 아니었다. 그는 오히려 이런 절망적 구도 속에 아늑함을 자기 것으로 한다. 절규와 망각과 구름과 새아침 속에서 눈물겹도록 살아감과 살아 있음의 맛을 경험한다. 시인의 고뇌는 어찌하여 그 아름다운 기억들이, 생명들이, 본질들이 시간의 횡포 속에 무형화되는가 하는 것만은 아니다. 그의 절망은 또다른 세상살이의 희망으로, 우주와 계절에 대한 깊은 이해로 나아간다.

겨울밤에 바치는 송가

망각이 비둘기처럼 커갈 때, 너를 그리워한다, 그리고 바람은
끝없이 나무들 사이에서 울부짖고, 하나의 경악처럼
굴뚝의 검은 목구멍으로 파고든다. 안에 불이 탄다, 서서히, 그리고
문득 기습당한 고독감이 부서진 기둥 사이에서 서성인다,
이 그리움의 신비 사이에서 불쑥 일어나.
영혼은 잃어버린 따스함을 찾는다, 닳고 닳은 옛 책들 속이나, 지
상의
횡포 속으로 도망쳐온 발걸음 속에서.
그토록 너를 사랑했기에, 오늘 과거도 아늑하고, 세월의 차가움도
빗줄기도 따스하다.

나는 나와 함께 있는 허수아비를 바라본다, 말없이 키만 우뚝 선,
두려움 없이 나의 생각을 이들 불길에 데운다,
혹시 이 밤 이 불을 지키며 내가 죽지 않을까 생각해보며, 오늘밤
나의 선조들의 마술스러운 미궁의 삶과 그 영원성을 반추하며——나
자신도——나의 주위에 텅 빈 채 머물러 있는 실존의 하나일 것을 생
각하며……

그리고 나는 나의 거칠고 스산해진 무거운 머리칼과 흩어져서 서성
대는 구름떼를 정성스레 매만진다, 허무를 허무 속에 더욱 가두고,
사랑도 욕심을 버리고 사랑하기.
그런 마음으로 너를 생각한다, 꿈속에서, 이윽고 동이 터오른다.

나는 어느 겨울에 화로 옆에 쭈그리고 있다. 아니다. 어느 숲속
별장에서 나이 들어 추운 몰골로 사위어가는 프랑스식 벽난로 앞에
몸을 데우고 있다. 바람이 차다. 문득 네가 생각난다. 기억조차

아스라한 아픈 사랑의 사연과 절규가 솔숲을 아우성으로 덮고 있다. 까만 벽난로 굴뚝을 기억의 바람이 어지럽게 한다. 기억도 아득한 네가 생각난다. 깨어진 기둥처럼 이미 잊혀진 사연들이 겨울의 찬바람과 함께 나를 잠 못 들게 한다.

나는 나의 사랑, 그 아무것도 지키지 못했다. 날이 갈수록 키만 큰 허깨비의 삶. 날이 갈수록 나는 더욱 춥고, 추억의 벽난로에 몸을 데운다. 책을 읽는다. 거기에도 나와 같은 애절한 사랑이 있음을 본다. 전신전화국 앞에서의 이별을 아파한다. 그와 똑같은 아픔과 절규가 나의 선조들의 아픔이었음을 알고 놀란다. 나만의 고뇌인 줄 알았는데······

나의 나이는 인류의 나이이다. 구름의 나이이다. 이미 머리칼도 스산하고 구름 또한 평온하지 못하다. 나는 나의 머리칼과 우주의 머리칼, 혹은 구름을 정성스레 매만진다. 슬픔과 그리움을 졸업해서가 아니다. 다시 돌아오기를 기다린다거나 다시 인생을 시작할 수는 없음을 안다. '욕심 버리고 사랑하기'의 마음일 때 동이 트는 것이 보인다. 세상은 나처럼 고뇌하고 또 조금은 웃는 모습으로 있구나!

제 7 장
에우헤니오 플로리뜨
(꾸바, 1903~   )

 리까르도 몰리나리의 경우와 같이 에우헤니오 플로리뜨(Eugenio Florit)의 마지막 날도 내가 적을 수가 없다. 지금도 마이애미 어느 어수룩한 아파트에 가면 검은 커피와 꼬냑 잔, 그리고 두 서너 개의 비스킷을 내오며 적막보다 아늑한 미소로 반길 것이다. "마침내 또 여기를 들르는군" 하면서.

 내가 1985년경에 플로리뜨를 봤을 때는 정정했다. 출생 연도를 보니 그때 그는 벌써 팔십둘이었다. 나는 혼령을 만나는 기분으로 그의 시집을 뒤적인다. 그가 손수 보낸 『추억이 사는 곳』(1984년)이라는 시집이다. 나는 또 한번 무서우리만큼 게으른 나의 불충을 발견하고 말았다.

 에우헤니오 플로리뜨는 『열대』(1930년)라는 시집을 펴낼 때부터 후안 라몬 히메네스의 수제자로 평판이 높았다. 히메네스가 주창한 '순수시'의 후계자로 '비순수시'를 표방하던 빠블로 네루다(Pablo Neruda)의 라이벌로 플로리뜨는 쉬르리얼리즘(surrealism)을 마다 않는 정교한 시어의 기수였다. 히메네스는 그때 그의 시에 대해서 "지혜의 즐거움의 응결체"라고 격찬했다. 중남미의 대표적 지성이며 시인인 알폰소 레예스(Alfonso Reyes)도 "기하학에 가까운 자연의 응축미"라고 그의 시를 이야기했다.

1. 이미지의 기하학

17세기 바로끄 시인 공고라를 섬기는 스페인 '27년대 시인' 그룹과 호흡을 같이 한 에우헤니오 플로리뜨는 이미지와 상징이 혼연일체가 되는 시표현을 알고 있었다. 이미지는 '영상' '심상'으로 해석되듯 사물의 감각적 측면을 부각시킨다.

아르놀트 하우저 (Arnold Hauser)는 『문학과 예술의 사회사』의 '인상주의'라는 장에서 시에서의 '고답파' '상징주의'를 설명한다. 그는 '상징주의'가 발견하려는 순수시를 "비합리적·반개념적 언어 정신에서 생겨난" 것이라고 설명한다. 상징주의에서 시란 "자체로서 독립된 언어가 구체적인 것과 추상적인 것, 물질적인 것과 개념적인 것, 그리고 감각의 여러 다른 영역들 사이에서 창조해내는 제 관계와 제조응의 표현"이라는 것이다. 말라르메 (S. Mallarmé)는 시란 이리저리 떠돌며 사라지려는 이미지들이 주는 암시라고 생각한다. 따라서 한 대상에 이미지가 아니라 정의나 이름을 붙이는 것은 "대상을 점차적으로 예측해가는 데서 생기는 기쁨의 4분의 3을 없애는 일"이라고 말한다.

현대시를 난해하게 만든 주범인 말라르메는 한마디로 쉬운 시란 시가 아니라고 말한다. "한 대상에 이미지가 아닌 정의나 이름을 붙이는" 것은 일상적인 일이기 때문이다. 말라르메가 말하는 시는 이미지와 메타포를 풀어가는 재미, 즉 상상력을 최대로 발동시키는 장치인 점에서 수수께끼와 같다. 예를 들어 우리 어머니들이 아이를 놀리며 "너는 다리 밑에서 주워왔다"라고 하는 것은 일종의 수수께끼이다. 물론 아이들은 '다리 밑'이라면 금방 거지나 고아를 상상하지만 그 '다리'는 사실 어머니의 다리 밑이다. 여기에서 우리는 어린아이의 상식과 어머니의 말뜻 사이의 뜻하지 아니한 연결에 재미있어한다.

다만 수수께끼의 재미와 시의 재미가 다른 점은 그 알송달송한 말이 일으키는 효과이다. 수수께끼는 대부분 '난센스 퀴즈'처럼 웃음을 터뜨리게 하거나 말장난의 묘에 머문다. 즉 수수께끼 놀이를 하는 사람들은 웃음을 터뜨리거나 재미를 느끼지만 감동에 이르지는 않는다. 다시 말하면 수수께끼에서 자신의 삶이나 느낌에 반향을 불러일으키는 감동을 느끼지는 않는다. 이 감동과 공감대의 형성이 시와 수수께끼의 다른 점이다. 시는 같은 수수께끼여도 감동이나 설득력을 가진 공감대를 형성한다. 수수께끼를 들을 때의 결론은 "에이, 말도 안돼!" 하며 웃음을 터뜨리는 것이다. 그러나 시를 들을 때는 "아아"라는 느낌 혹은 깨달음의 소리가 나온다.

상징주의 시는 대상에서 느낀 직접적 감각을 이미지로 전개한다. 시적 이미지란 우리의 일상언어나 문학관습에서 때묻지 않은 창조적 이미지이다. 신선한 느낌을 주는 것일수록 좋은 것이다. 그것은 처음엔 생소해서 저항감을 불러일으키지만 곧 색다른 상상의 세계로 우리를 인도한다. 인상주의에서 대상은 고정된 색깔이나 모양이 없다. 하늘은 항상 푸른 게 아니라 빛에 따라 까맣게 보일 수도 있고 사람의 마음에 따라 노랗게 보일 수 있다. 상징주의의 이미지는 시인의 마음 상태에 따라 굴절되는 자연을 제시한다. 따라서 독자는 이런 굴절된 이미지, 그런 오목·볼록 거울의 희미한 이미지들 속에서 시인의 마음을 가늠해보는 재미를 느낀다.

19세기 초 에즈라 파운드(Ezra Pound)가 시에서 이미지를 강조하자 점잖은 전통주의자들은 여기에 반발했다. 예를 들어 "이미지 놀이만으로는 시가 안된다. 의미가 있어야 시가 된다"는 주장들이 그것이다. 그러나 점차 시인들은 뽈 발레리 등과 함께 겉으로는 무수한 이미지 놀이를 하고 안으로는 깊은 상징적 의미를 심는 '순수시'를 개척해갔다. 이런 노력을 기울인 사람 중의 하나가 에우헤니오 플로리뜨이다.

바다 12

> 꺼져가는 한숨이 멀어져가는
> 물결에 수없이 굽이친다.
> 수천의 거울이 보드랍게
> 나를 완전히 산산조각으로 만든다.
> 웃음짓는 통곡, 원경에 마음 둔
> 울부짖음. 그 많은 포효가
> 차가운 뱃길을 따라 항해하고 있었다
> 나를 떠나는 소리들, 나의 나날은
> 날개 돋은 다리 위로 그렇게 달아났다.

플로리뜨는 멀어져가는 바닷물결의 포효 속에서 그리움을 본다. 끝없이 나에게서 떠나가는 물살의 행렬을 본다. 세월이 흘러가듯, 나날이 흘러가듯 나의 젊음과 꿈은 나를 떠나고 있다. 나의 오늘은 금방금방 어제로 물러서고, 산다는 것은 내가 산산이 부서져가는 모습을 지켜보는 일이다. 그 슬픔을 반추하듯 바다는 깊게 울부짖는다.

이 시에서 파도의 멀어짐과 나의 삶의 떠나감은 같은 무늬를 가진다. 그 안타까움과 울부짖음이 바다에 있다. 내가 플로리뜨 시의 제1성격을 '이미지의 기하학'이라 이름한 것은 이 두 구조, 다시 말하면 '파도의 멀어짐'과 '나의 나날의 떠나감' 사이의 감각이나 이미지의 연결이 기하학에 가까울 정도로 지극히 투명하다는 것

을 일컫기 위해서이다. 시인은 바다를 보며 떠나간 사람들을 생각
할 수도 있다. 그 안타까움과 그리움에 몸부림친다. 그것을 "바닷
가에서 떠나간 임을 생각한다" 하면 바다가 배경이 되고 내가 그
배경 속에서 임을 생각하는 주체가 된다. 에우헤니오 플로리뜨는
시인이다. 바다는 곧 내가 된다. 나의 마음을 그리는, 나의 마음
을 연주하는 그림과 음악이 된다.

　에우헤니오 플로리뜨의 다음 시는 시에서 묘사가 얼마나 감동적
인 상징성을 유발하는가를 잘 보여준다.

　　하나의 석상에 바치는 시

　　너의 죽음의 먼 시절 한때를
　　허리에 두른 기념탑.
　　너는 그렇게 꿋꿋이 서 있다, 나비가 되어
　　달아나는 햇살들 사이, 그 물가에서.

　　너, 하얀 석상, 석회로 피어난 장미,
　　너는 이 땅에 순수로 남기 위해 태어났다.
　　향기로운 잎가지에 에워싸여
　　하늘 아래 눈 멀고 귀 먹은 채.

　　너는 햇빛이 어떻게 죽어가는가를 느끼지 못하리라.
　　오직 네 등으로 미끄러지는 색깔을 느낄 뿐,
　　네 무릎에 엉겨붙는 추위를 느낄 뿐,
　　하오의 침묵에 젖은 너의 무릎 언저리.

　　돌 위에 하나의 미소가 죽을 때
　　황금빛 벌 하나 그의 날개를 으스러뜨렸다.

영원한 공간에 영혼은
꿀과 입술의 추억을 심었다.

너의 완벽한 기하학은 이제
대기의 허무와 이슬의 부끄러움을 안다.
바다는 그 많은 소라의 기억을 안고
네 발밑 모래밭에 몰려오는가를.

별빛의 입맞춤, 너의 이마에 와닿는 빛은
이제 추억도 눈물도 없는 맨발.
이제 꿈조차 가버린
공고한 석회질 표면.

너의 어깨까지 늘어뜨린 잎사귀를 타고
새 노랫소리 하나 내려와 네게 입맞춘다.
이 투명한 밤에 영원을 꿈꾸는
너, 고요의 석상이여.

2. 슬픔과 우수의 사념들

내가 에우헤니오 플로리뜨를 처음 만났을 때는 그의 전집 『죽음
전야의 선집』(*Antología penúltima*, 1970년)이 나왔을 때였다. 여름방
학 때 마드리드에 들르면 그는 꼭 나를 불러 극장에를 가거나 커피
를 함께 하곤 했다. 영국신사 같은 그의 깔끔한 용모와 다정한 미
소는 늘 나를 안온하게 감싸곤 했다. 당시 나는 그의 시구 중에서
"주여, 용서하소서, 모든 것은 모든 것을 너무 사랑한 죄이옵니다"
를 좋아했다. 내가 크리스천이어서라기보다 그 진솔성이 마음에

와닿았던 것이다. 그의 서정은 야단스런 이데올로기나 찬란한 수
사보다는 "사랑스런 사념과 다정한 메아리로" 가득한 따스함이었
다.

플로리뜨는 쉬운 말로 '슬픔과 우수'의 시인이다. 그의 우수만큼
그에게는 길고 슬픔에 젖은 시구들이 많다. 예를 들어 「야상곡 2」
에서는 "너를 본다, 어느 하늘 어느 구석에서 그토록 많은 비둘기
가 내리는가"라든지, "나는 너의 추억을 내 두 손에 묻는다, 나를
떠나 멀리 끝없는 여명 속에 너를 씨뿌리기 위해"라는 감동적인 시
구가 있다.

산다는 것은 플로리뜨에게 끝없는 떠나보내기이자 고독의 연습
이다. 현재는 기억의 메아리들이 차지한다. 꿈과 소망은 한번도
내 곁에 있어본 적이 없다. 꿈은 너무 멀리 있다. 소망은 너무 앞
질러 간다. 우리는 항상 뒤처져 있거나 이미 떠나와 있다. 우리의
일은 그 많은 기억의 옷과 꿈으로부터 해방되는 작업이다.

플로리뜨의 시세계는 현대시에서 가장 큰 명제의 하나인 시간의
흐름, 시간의 횡포, 시간의 변형으로부터의 제 모습을 찾기 위한
몸부림이다. '알 수 없는' 인생의 길에서 슬픔만이 가장 또렷한 실
존을 이룬다.

슬픈 대기

아무도 이유를 모른다. 아무도 모른다.
아무보다 난 더 모른다.
그러나 있다. 온누리에 하나의 슬픈 대기.
잿더미가 그 어두운 회색빛을 온땅으로 흩뜨릴 때
솟아나는 주검들의 숨결일까?
굴뚝들로부터 쏟아져내리는

연기보다 더러운
살인자들의 죄악의 냄새일까?
한밤중 길을 가는
고독한 나그네의 두려움일까?
마주칠 눈길 하나 없는, 만날
희망조차 없는, 지향 없는
사랑의 눈길들일까?
잠들지 않는 불안한 세상 위를
떠도는 날갯짓, 모든 것은 허공에 떠 있다.
온누리에 슬픈 대기가 있다. 그러기에
아무도 무언지를 잘 모른다. 그러나 있다.
영혼의 불을 끄려는
죽어도 살겠다고 몸부림치는 불을 끄려는.

『시간과 고뇌』라는 시집 속의 시다. 삶이 허물어지는 냄새는 대
기처럼 막막하고 알 수 없다. 사람은 왜 태어나서 늙고 죽어가야
하는지 알 수 없다. 그러나 분명한 것은 나도 이 순간 조금씩 죽고
있다는 것이다. 밤길을 걷는 나그네의 두려움 같은 막연함과 피를
말리는 고독함이 있다. 지향 없는 사랑의 눈길을 태우는 우리의 소
망과 기대 위에 허공의 냄새가 있다. 슬픈 대기가 있다.

그러나 희망은 시인의 의상이다. 『희망의 옷』이라는 시집에서 플
로리뜨는 시인의 시쓰기가 '신들의 열망'과 같다고 말한다.

신들의 열망

신들은 영원히 행복하고 싶어한다.
신들의 열망은 인간의 열망.
사랑이 오른다, 신들을 위로한다,

향기 피어오르듯.

어느 또다른 가난한 신이 있어, 이 땅에
무슨 특별한 음식을 원하겠는가.
오직 누군가 그의 시구에 눈길을 보내기 바랄 뿐,
사랑을 위해, 사랑으로
또다른 신들을 찾아나설 뿐, 내부 속에
그들의 빛을 찾고 있을 뿐,
언젠가 한번 잃어버린 하늘의
그 작은 기억들과, 날마다 잃어가는
하늘 빛깔을 찾는 가난한 신의 눈길.

추방된 신, 시인이
바라는 것은 오직 그 사랑 하나.
얼마나 적은——얼마나 많은——얼마나 큰
열망인가, 계속 존재할 수 있다는 힘은?

　시인은 그러나 고독만이 그에게 주어진 삶임을 안다. 희망은 늘
허공에서 끝난다. 봄은 늘 가을을 향한다. 그래서 봄의 따스함은
인생길의 유일한 소망이다. 에우헤니오 플로리뜨는 다음의 시에서
봄냄새 나는 평범한 동반자를 꿈꾼다. 그 동반자는 다름아닌 자신
의 그림자 같은 고독 자체였다.

　　동반자

때로는 인생의 길 한가운데에
우연히 만난다. 그리고
모든 게 다 좋다. 아무 상관 없다.

시끄러운 소음도 도시도 기계소리도 좋다.
너도 상관 않는다. 손잡고 그녀와 함께 간다.
──죽음처럼 충실한 동반자──
그렇게 풍경이 기차와 함께 달리듯
사월의 대기 속에 봄이 달리듯
바다 옆의 소나무숲처럼
야자수 옆의 산둥성이처럼
강 옆의 포플러들처럼
물 옆의 잔 풀잎처럼.
무슨 상관이랴. 모아지고
보완되는 모든 것처럼. 물의 목마름
그 고통 곁에 망각. 불길 곁에 불
꽃과 파란 잎,
그리고 파란 바다, 하얀 물거품.
작은 여자 아이와
그녀를 안고 가는 사랑의 팔,
봉사와 길잡이 개.
하나와 다른 하나, 꼭 닫힌 하나로
부족한 다른 반쪽을 채워준다.
하늘과 땅
몸과 영혼.
너는 마침내 내게 그 이야기를 해주려
신이 되어 내 곁에 머물고 있구나, 고독이여.

　그를 마지막 만났던 날 어둡고 작은 뉴욕 방에서의 쌉쌀한 커피 맛을 나는 아직도 기억한다. 손수 커피를 끓이고 동양시 이야기를 하며 쓸쓸히 웃던 초인스러운 그의 미소가 떠오른다. 나를 만나고 하이꾸 같은 시를 쓰기 시작했다면서 내게 바치는 짤막한 시 몇편을 내놓는다. 그후 나는 더이상 그를 만나지 못했다. 그러나 그의 목소리는 항상 한결같이 고요하고 맑다. "나의 가장 조용한 친구 민용태에게"라는 헌사가 있는 시집 『세르누다에게 바치는 시』는 그가 내게 마지막으로 보낸 시집이다. 스페인 시인 루이스 세르누다의 "돌아오는 길은 모두가 슬픔"이라는 시구에 바치는 표제시가 슬프다.

　세르누다에게 바치는 시

　아니면 차라리, 모든 것은 슬픔.
　슬픔은 우리 속에 꼭꼭 지니고 다니는
　재산. 지금 슬픈 것은 원래 슬펐던 것.
　백번을 되돌아와도
　백번 우리의 슬픔에
　꿈은 더욱 멀리라
　돌아오는 길은 더욱 비어 있으리.

제 8 장
호르헤 기옌
(스페인, 1893~1980)

스페인의 뽈 발레리이자 '순수시'의 거장이 바로 호르헤 기옌 (Jorge Guillén)이다. 우리에게 알려진 스페인 시인은 로르까와 노벨상을 수상한 알레익산드레 정도지만 이 둘의 한때 스승이 바로 호르헤 기옌이다. 기옌의 시를 보면 깡마른 절제의 언어, 완벽을 향한 끝없는 견고에의 지향, 그 절제 속에 흐르는 꿈과 봄에 대한 염원이 특징을 이룬다.

루이스 세르누다나 옥따비오 빠스를 다루려고 하면 호르헤 기옌이 생각나기 때문에 나는 호르헤 기옌을 그들보다 먼저 이야기하려고 한다. 앞에서 이야기한 에우헤니오 플로리뜨도 기옌 시의 위대성을 잘 알고 있었다. 발레리가 수학선생적 시학을 구사했다면 호르헤 기옌은 그 수학을 종달새보다 높은 법열의 극치감으로 노래했다.

기옌도 소위 '27년대 시인' 그룹에 속했지만 헤라르도 디에고 (Gerardo Diego), 로르까와 함께 1927년 이전에 이미 잘 알려진 시인이었다. 이들을 '교수시인 세대'라고 하는 것은 대부분이 교수직을 가진 탓이다. 다마소 알론소, 세르누다, 디에고가 모두 교직에 있었고 창작 외에 스페인문학 연구가로서도 혁혁한 공을 세웠

다. 특히 호르헤 기옌은 1917년부터 1923년까지 쏘르본느대학 스
페인어 교수로 있으면서 시를 쓰기 시작했고, 뽈 발레리와 교분을
맺으면서 시를 성숙시켜갔다. 1925년에 그는 스페인 무르시아대학
문학교수가 되나 1929년에서 1931년 사이는 영국 옥스포드대학 교
수가 된다. 스페인 내란이 터지자 그는 미국으로 건너가 웰레스리
대학을 비롯한 여러 대학에서 문학을 가르친다. 1958년에는 하바
드대학에서 강의를 했는데, 그 당시에 강의했던 내용을 모아 『언어
와 시』(1962년)라는 연구집을 냈다. 1970년대 스페인 민주화가 무
르익어가자 귀국했고, 1977년에는 스페인어계의 노벨상이라 불리
는 '미겔 데 세르반떼스 상'을 수상했다.

　기옌은 이처럼 명실상부한 지적 시인이다. 그는 『송가』(*Cántico*,
1919~1950년)라는 시집 하나만을 펴냈다. 1973년에 나온 그의 시
선집 이름 또한 '송가'이다. 말라르메의 산문시집 『하나의 주사위
놀이가 모든 우연을 전부 배제하는 것은 아니다』에서 보이는 우연
과의 교감, 우주 속 존재의 신비는 기옌에 있어서도 중요한 시학이
다. 기옌의 한결같은 목소리는 생명과 존재의 환희에 대한 찬가였
다.

　「송가」의 맨 앞에 나오는 몇마디 말들은 호르헤 기옌의 뿌리와
오늘을 반추한다. 우선 앞에는 스페인 중세 시인 호르헤 만리께의
시구 "즐거운 마음으로"가 인용되어 있다. 만리께의 「아버지 돈 로
드리고의 죽음에 바치는 조가」에 나오는 구절이다. 삶을 하늘의
뜻대로 성실히 살다 가신 아버님은 하느님이 죽으라 할 때 "즐거운
마음으로" 기꺼이 목숨을 바치셨다는 이야기가 그 시의 내용이다.
다음에는 르네쌍스 시대 스페인의 위대한 시인 가르실라소 데 라
베가(Garsilaso de la Vega)의 시구가 나온다. "순연한 광휘 하나
바람을 고요히 잠재운다."

　이런 서두에서 우리는 삶의 처음과 끝을 빛과 즐거움으로 지탱하

는 시인을 만난다. 시집에는 「하늘에 계시는 나의 어머님에게」라
는 헌시가 보인다. 시 형식으로 이어지는 헌사의 말은 기엔의 진솔
성을 웅변으로 말해준다.

> 어머니, 그녀는,
> 나의 존재와, 나의 삶, 나의 언어를 선사하시다.
> 내가 지금 여기 말하는 언어,
> 얼마나 즐거운 마음으로
> 나는 나의 죽음 아닌 삶에 감읍하고 있는가,
> 얼마나 성실하게 한 생명체로서
> 겸손하게 내게 존재하는 기쁨을
> 가르쳐주셨는가,
> 어머니, 나의 그녀에게 이 시집을 바친다,
> 내게 사랑과
> 감탄을 가르치시고
> 나의 운명을 점지하신,
> 그 큰 뜻이 이 송가의 혼의 말로 살아 숨쉬길.

나는 지금 가장 우리 시의 마음에 가까운 시인 하나를 소개하고
있다. 비록 그의 시는 우리 시와 멀지만, 시인 기엔의 마음에는 깊
은 효(孝)의 울림이 있다. 때로는 휘트먼의 자유의 찬가 같기도
하고, 절제된 삶과 존재의 찬가 같기도 한 깊은 목소리 및 그 소프
라노에 가까운 절정감이 우리의 뼈에 사무친다.

1. '비인간적'으로 기하학적인 시

스페인에서 아방가르드운동이 한창일 때, 특히 '27년 그룹'의 시

인들이 발돋음을 시작할 때, 오르떼가 이 가세뜨는 「예술의 비인
간화」(1924~25년)라는 평론을 발표한다. 그는 아방가르드와 발레
리의 '순수시'가 기승을 부리던 1920년대에 이미 그 이전의 예술과
완전히 다른 '비인간적' 예술이 젊은 세대의 열망인 것을 알아차린
다. 1924년 『쉬르리얼리즘 선언』 발표 이전에 이미 서구 예술은
모든 예술에 대한 권태와 증오로 가득 차 있었다. 오르떼가는 그런
현상이 전통적 인간형에 대한 권태, 모든 살아 있는 유기체적 형상
에 대한 혐오로 해석한다.

낭만주의까지 예술은 살아 있는 사람의 느낌과 경험을 비쳐주는
거울이나 유리창으로 이해되었다. 하나의 유리창이 있다. 유리창
을 통해서 보면 두 남녀가 포옹을 하고 있다. 남녀의 격정적인 키
스 장면은 웬지 불안하다. 이별을 생각하게 한다. 나도 그런 아픈
경험이 있다. 둘은 마침내 헤어진다. 뒤돌아보고 또 돌아보고 손
을 흔들며 사라진다. 창 안의 나도 울음을 터뜨린다. 이 장면에서
유리창을 통해서 보는 나(독자)와 유리창 밖(작품 속)의 광경은
차이가 없다. 낭만주의 예술과 그 뒤의 사실주의는 작가의 경험이
나 독자의 경험이 모두 똑같이 우리의 일상적 경험구조에서 발생한
다고 본다. 즉 작가는 인생을 경험하고 그것을 실감나게 제시하
며, 독자는 자신의 경험을 반추해 작품 속의 현실을 실감한다는 것
이다. 여기서 글의 문체나 그림의 색깔은 현실을 더욱 잘 볼 수 있
는 투명성·유사성·실감을 연출하는 것이어야 한다. 그러나 이
장면에서 만약 우리가 그 유리창을 채색하면 지금까지 보아왔던 정
원이나 청춘남녀의 스토리는 잘 안 보이게 된다. 오르떼가가 말하
는 새로운 예술이란 '유리창'을 통하거나 거울을 통하여 제시하는
현실은 유리와 거울에 의하여 조작된 현실이라는 신념에서 출발한
다. 소설은 허구일 뿐 현실이 아니다라는 생각이다. 허구가 아무
리 실감나게 전개되어도 그것은 허구이다. 자연을 아무리 자연스

120

럽게 묘사해도 그건 실제 자연이 아닌 것이다. '자연스러운 화장'
은 두 번의 거짓말이다. 첫째는 화장을 자연 그대로라고 속이고 있
는 점이고, 둘째는 그 화장된 자연이 실제처럼 보이도록 한 점이
다. 새로운 예술은 이 화장술의 영역이다. 시는 말의 놀이이다.
새로운 예술에서 예술가는 비로소 철학자·도덕군자·지성인의 탈
을 벗고 말의 연금술사 정도로 겸손해진다. 말과 '유리창'의 채색
을 책임 지는 기술자의 위치로 물러서는 것이다.

　　우리는 유리창을 볼 때 유리창 밖의 풍경을 보지 못하고, 풍경을
볼 때 유리를 보지 못한다. 전통적 예술감상에 익숙해져 있는 독자
들에게 순수시는 극도로 난해하다. 유리창 밖 현실은 색유리 때문
에 형상이 잘 잡히지 않는다. 인간적인 모습이 아니라 산만한 기호
와 추상만이 난무한다. 여기에서 우리는 호르헤 기옌의 시를 만난
다.

　　이름들

　　여명. 수평선이
　　속눈썹을 반쯤 연다.
　　보이기 시작한다. 무엇？ 이름들.
　　고색 창연한

　　사물들 위에 펼쳐진다. 장미다.
　　아직 그 이름은
　　오늘의 장미, 그 흔적이
　　지나감과 바쁨의

　　더욱 살고 싶은 바쁨의 이름.
　　그 밀어올리는 힘, 순간의

풋포도알, 그 날쌤이
긴 사랑으로 우리를 끌어올리길

정점에 다다르면, 달리고
또 다음을 점지한다.
비상, 비상, 비상,
나는 되리라, 되리라.

그럼 장미는? 닫힌
속눈썹. 최후의
수평선. 허무라고?
하지만 이름들은 남는다.

시쓰기는 생명의 어떤 파동도 붙잡지 못한다. 그냥 이름 붙이기이다. 생명과 자연의 기운과는 직접적 관계가 없는 겉이름 붙이기. 여명에 해가 속눈썹을 반쯤 연다. 햇살은 장미를 밀어올리는 생명력이다. 아직 익지 않은 신 풋포도알의 기대감. 우리는 그 바쁜 햇살의 움직임이 우리를 길이 사랑과 행복으로 채워주기를 바란다. 그러나 모든 순간은 지나가게 되어 있다. 나는 끝없이 다음 장미를 기다린다. "나는 되리라, 되리라"는 완전한 장미를 느낄 때까지의 기다림이다. 그러나 영원한 행복도 장미도 없다. 수평선이나 우리의 기대는 결국 '닫힌 속눈썹'이다. 절대적 사랑은 없다. 그러나 우리에겐 아름다운 기억과 이름이 남는다. 시가 남는다.

기옌의 시는 극도로 간결하다. 번역이 어려운 것은 시의 상징성과 응축력 때문이다. 이 시의 이미지와 상징은 한치의 빈틈도 없는 기하학의 적확성을 가지고 있다. 처음 '여명'의 수평선이 반쯤 속눈썹을 열고 해를 내비치는 장면까지는 이해가 간다. 그러나 그 다음 풍경부터는 도무지 상이 안 잡힌다. 이름이니 기억이니 밀어올림이니 이런 추상적 기호들이 이어지고 있다.

기옌의 시에는 쉬르리얼리즘까지 가는 극단적 변형은 없다. 그는 상징주의 시의 마지막 보루인 순수시의 위치를 지킨다. 말의 장난보다는 말의 표현력에 대한 신뢰감이 그의 시를 이룬다. 그의 시를 움직이는 것은 존재에 대한 인식, 생명에 대한 환희, 우연의 소용돌이 속에 내가 나로 존재한다는 신비감이다. 기옌 시의 난해성이나 '비인간성'은 우주를 보는 유리창으로 우리의 현실이나 정원을 보기 때문에 나온 결과이다.

2. 망원경으로 본 우리의 현실

기옌의 시는 감탄사의 연발이다. 원초적 생명의 부르짖음과 환희는 사물과 말 자체를 감탄사나 의성어로 보는 습성이 있다. 그의 시어에는 모음조화가 두드러진다. 그것은 그가 뽈 베를렌느처럼 소리를 통해 아름다운 음악을 산출하려는 의도보다는 존재와 생의 환희를 노래하려는 것에서 비롯된다.

예를 들어 바다는 "씨, 씨, 씨"로 노래한단다. 파도소리를 쏴아 쏴아가 아니라 씨, 씨, 씨로 들을 수도 있다. 이런 의성어는 곧 살아있는 상징이 된다. 시인은 수많은 우연과 인연의 늪에서 오늘 하나의 존재로 우뚝 섰음을 느낀다. 태어나지 않을 수도 있었던, 태어나서 사라질 수도 있었던 그 많은 우연과 예측 불가능한 실존의 망을 뚫고 지금 나는 존재한다. 나는 은혜로운 대기에 싸여 있음을 느낀다. "대기는 깊다." 나는 지금 내가 어떻게 이렇게 존재하고 있는지 모른다. 나를 나이게 하는 현실을 알 수 없다. 그러나 그 "현실은 나를 창조한다." 나는 지금 여기 있다! 나를 나로 느끼는

이 순간은 기적이다. 이런 느낌 속에서 바다의 소리는 쏴아 쏴아
하며 수평으로 움직일 순 없다. '아'의 연속이 갖는 수평감보다
"씨, 씨, 씨"가 갖는 강력한 수직의 솟아오름이 내 존재의 환희다.
더군다나 '씨'(sí)는 스페인어에서 '아니다'가 아닌 '이다 ! '의 뜻이
다. '예스 ! '다. 생의 긍정적 환희의 소리가 이 이상 적합할 수 있
겠는가. '씨, 씨, 씨'는 높게 솟구치는 존재의 소리며 바다의 말이
다.

　　더욱 먼 곳에

　　1

　　(영혼이 몸으로 돌아온다,
　　눈으로 다가간다
　　충돌한다.)──빛 ! 빛이
　　나의 온 존재를 휩싼다. 경악 !

　　아직 손 닿지 않은, 크나큰
　　시간이 에워싼다…… 갑자기
　　시끄러운 소리. 아, 햇살이 뛰논다, 노란

　　아직 햇빛으로 날카로워지기 직전의
　　여명의 따스함이
　　희미한 방으로 퍼진다.

　　모든 영원성이
　　순간순간 모습을 나타내며
　　사물 속에 자리하며

나를 제한한다. 나를 포위한다 !

혼란 ? 시원을
멀리 떨어져서, 그것은 내게
끓는 햇살 사이
불똥 튀는 신성함을 선사한다. 대낮 !

하나의 확실성이
펼쳐진다, 전파된다, 지배한다.
광휘는 예시된 아침을
땅 위에 늘어뜨린다.

아침은 무겁다,
나의 눈 위에서 아침이 파닥인다,
나의 눈은 다시 기적을 본다. 모든 것.

모든 것은 수세기의
뿌리로, 나에게
영원한 이 순간 속에
응축된다.

계속하여 지나가는
순간순간들 위에
나는 현재를 구해낸다,
공중에 뜬 이 영원을.

피가 흐른다, 숙명적
갈증으로.
눈을 감고 나는 나의

운명을 축적한다. 나는 존재하고 싶다.

존재한다는 것, 그뿐. 그것으로 족하다.
그것이 절대적 행복.
본질을 침묵시키면
모든 것은 같다 !

줄줄이 이어가는 유일한
운명들의 우연을 타고
세상 속에 솟아오른다는 것,
존재로 우뚝 일어선다는 것,

모르는 힘 앞에, 기어이
보다 끈질긴 낭랑한
목소리로 뒤섞인다는 것. 씨, 씨, 씨,
바다의 말 !

모든 것은 나와 말이 통한다,
승리자, 정말로 실제로
존재하기 위하여,
용기로 세상을 만들어, 승리한다.

나는 존재한다, 그리고 여기 있다. 숨을 쉰다.
깊은 것은 대기.
현실은 나를 창조한다,
나는 현실의 전설. 만세 !

  기옌의 목소리에는 극도의 염세주의로 치닫던 당시의 실존주의
적 고뇌가 있다. 그리고 그 고뇌를 짚고 일어서는 용기와 힘찬 생

의 구가가 있다. 세상을 사는 일은 '야간비행'이거나 밤길을 걷는 것이다. 우연과 숙명이 겹치는 벽과 구토의 현장일 수 있다. 그러나 기옌은 포기하지 않는다. 그는 망원경을 쓰고 다시 본다. 그것이 빛의 역사일 수 있음을 읽는다. 살아 있음, 여기 있음. 그 느낌은 또 얼마나 기적처럼 귀한 확신인가.

시간 속에 존재하는 것은 비극이 아니라 환희일 수 있다. 영원한 행복, 본질과 영혼은 이제 육체를 찾는다. 느낌을 찾는다. 육체와 시간 속에 영혼과 영원의 황홀함이 살아간다. 기옌은 선사(禪師)들처럼 색즉시공(色卽是空)을 찾는 건 아니다. 다만 이 변하는 현실 속에 나라는 실체가 숨을 쉬고 있음을 볼 뿐이다. 본질이 없다고, 보이지 않는다고 존재하지 않는 건 아니다. 내 생명의 욕구와 용기만큼 나는 분명히 있다. 대기는 은혜롭다. 깊다. 나는 알 수 없는 이 실존상황 속에 존재하는 전설!

그러나 기옌은 현실을 직시하기도 한다. 기하학자라기보다 그는 삶을 즐기고 가구를 만지고 그 체적과 무게를 즐기는 시인이다. 그는 사물들이 어떤 먼 빛속에 모습을 드러낼 때 황홀하도록 아름다운 무늬와 느낌을 가졌음에 경탄한다.

더욱 먼 곳에

4

발코니, 유리창들,
책 몇권, 식탁.
이것밖에 없다? 그렇다,
구상으로 자리한 신비들.

항상 눈에 안 보이는, 슬픈
원소들이 드러난
표면은, 이들로 하여
즐거운 물체로 변한다.

벌거숭이 칼끝으로,
혹은 주전자 손잡이의
동그란 사랑을 타고, 충만한
에너지가 움직인다.

생의 에너지, 혹은 그 영광!
소란 없이 나의 영역에
가장 현실적인 범주 속에
오늘 월요일이 빛난다.

재빠르게, 겸손하게
물체는 부처의 현신을
기록한다. 이것은 횟가루, 이것은 버들가지.

물론 이 번역은 우리 감각에 맞게 약간 의역한 것이다. 마지막
연의 '부처의 현신'이란 말은 기독교의 신비주의 이미지를 불교식
으로 바꾼 것이다. 성모 마리아의 은총이나 부처의 현신은 그 신비
감에서 다를 바 없기 때문이다. 그가 우연의 연속으로 보는 시간관
은 불교의 업보나 인연설에 가깝다.
   또한 그가 '에너지'라고 한 부분을 우리의 '기'로 옮길 수도 있었
지만 그대로 두었다. 다만 '생의 에너지'라는 해석을 덧붙여 은혜
로운 삶의 신비를 암시했다. 죽음이 중요한 만큼 생 또한 귀하다.
살아 있음의 맛이 인생의 의미나 삶의 덧없음보다 강렬하다. 인생

을 생각하면 어둡고 슬픈 죽음으로 가는 길에 불과하다. 그것은 혼란일 수 있다. 그러나 그것은 내 삶의 실감을 없애지는 못한다. 오히려 그것들로 하여 나의 살아 있음은 더욱 큰 행복으로 된다. 이 손에 만져지는 것들은 내가 알 수 없는 아주 먼 곳에 있는 것들이다. 그것들이 지금 내 손에 만져진다. 너무나 신기하다.

3. 지성으로 느끼기

지금까지 우리는 호르헤 기옌의 시에서 지적인 구도를 살펴보았다. 평론가 호세 마누엘 블레꾸아(José Manuel Blecua)는 기옌의 시체에 대해 두 개의 축을 이야기한다. 「지혜와 감정 사이에서」라는 글에서 블레꾸아는 기옌의 시가 극도의 감성과 극도의 지적인 요소 사이에 존재함을 이야기한다. 그는 기옌이 좋아하는 시어를 두 개의 축으로 제시한다.

　감정적　시어: 경악·갈망·탐욕·열기·행복·즐거움·예감·꿈·전율
　지적인　시어: 정확·균형·수준·완전·선·직선·한계·수평·수직

블레꾸아의 구분은 이들 두 축이 극치감이라는 공통분모를 가지고 있음을 잊고 있다. 기옌의 시정은 이들 감정과 지성 사이에서 움직인다기보다는 극도의 추상과 극치감이 하나 되는 환희 속에 있기 때문이다.

시가 자연이나 현실을 투영한다는 전통 시학이나, 시가 시인의 감정이나 내적 체험을 자연스럽게 표현한다는 낭만주의적 영감론

과는 반대로, 시는 자연과 상관없는 언어의 무늬라는 것이 기옌의 시학이다. 따라서 그의 시에서 대상이나 일상체험을 발견하려고 하는 독자는 자연히 그의 시가 어려울 수밖에 없다. 기옌은 삶의 넓은 위상과 의미를 궁극적으로 파악하려는 지적 자세를 잊지 않고 있다. 여기에 그의 시가 극도의 지적 성찰과 추상성을 띠게 된 연유가 있다.

기옌이 발레리처럼 동사나 형용사보다는 명사를 선호하고 있는 것은 그것이 어떤 극치감을 잘 표현할 수 있기 때문이다. "그 여자는 참 아름다워!"보다는 "그 여자는 아름다움 그 자체다!"가 훨씬 큰 칭찬이다. 명사는, 더 나아가서 추상명사는 모두 감탄사를 내포하고 있다. 기옌이 하나의 풍경을 아름다운 형용사로 접근하지 않고 기하학적 추상명사로 그리고 있는 것은 바로 이런 극치감을 표현하기 위해서다.

샘 물

잘 보라. 지금!
곡선의 백색들이
개선하듯 한 선으로 휘어
──형태를 찾는 신선함──

균형을 이끌어간다.
이미 살아 움직이는 혼돈의
──방탕한, 미래의──
소란과 난동 사이로

벌거숭이 물은
더욱 벌거숭이가 된다.

더, 더, 더! 육체가 되어
깊어진다, 순연해진다.

더, 더! 마침내 만세!
샘물은 소녀가 된다.
두 다리의 원경,
찬연하게 빛나는 조약돌들.

그리고 솟아난다——날씬하고
곡선 많은 강물일 수도 있었던
그 모습이 응결된——
하나의 완전한 소녀가.

　샘물을 묘사한 위의 시에서 우리는 섬세하고 감탄에 찬 감정을 덧입힐 수도 있으리라. 기옌은 다르다. "햐얀 물결이 굽이치며 한 줄기로 솟아오른다" 할 수 있었던 것을 "곡선의 백색들이／개선하듯 한 선으로 휘어"라고 말한다. "형태를 찾는 신선함" 즉 신선함이 매우 역동적이어서 마침내 새로운 모습을 이루며 솟아오른 모습이 바로 샘물이란다. 벌거숭이 순수에서 더욱 벌거벗어 마침내 소녀가 된 샘물, 젖가슴과 허리 선이 선정적인 강물일 수도 있었으나 그 원형으로 응결되어 솟아오른 샘물, 지순의 소녀상……
　이미지즘 운동이 한창이던 1920년대에 "이미지만으로는 시가 안 된다"는 논란이 있었다. 이미지는 새롭고 독창적일 수 있지만 의미를 산출하는 데는 역부족이라는 게 전통주의자들의 주장이었다. 이미지는 상징성을 유발하지 못한다는 것이었다. 그러나 그들의 생각은 짧았다. 독자들은 시인이 제시하는 대로 감흥하는 수동적 실체가 아니라, 그 뒤에도 계속 생각과 연상을 하는 능동적 실체라

는 것을 잊은 것이다. 예를 들어 이미지와 메타포만으로 아무 의미
도 산출하지 않는 문학을 만들겠다고 나선 스페인의 라몬 고메스
데 라 세르나(Ramón Gómez de la Serna)라는 사람이 있었다. 그가
창조한 문학 이름이 '그레게리아'(greguería)다. 그는 이미지와 유
모어, 또는 메타포와 유모어로 된 짧은 글들을 썼다. 그는 아방가
르드의 선구자답게 무의미의 문학을 주창한 사람이었다.

데 라 세르나의 '그레게리아'에 이런 게 있다. "손풍금장이는 금
방 쓰러져내리는 책더미를 되주어올리는 시늉을 한다." 길가에서
손풍금을 타는 걸 본 기억이 있는 사람이면 이 '그레게리아'가 정말
그럴듯함을 금방 알아차리리라. 정말 쏟아지는 책더미를 주워올리
듯이 손풍금을 아슬아슬하게 폈다 오무렸다 하는 것이 손풍금 연주
자의 모습이다. 데 라 세르나의 '그레게리아'는 여기에서 끝나지
않는다. 길거리 악사의 애처러운 모습은 동시에 거리에서 허물어
져가는 인간성과 질서('책'의 상징)를 되살리려는 몸부림으로 생각되
기도 하기 때문이다. 의미를 산출하지 않겠다고 하는 게 작가의 권
리요 의도일 수 있다면, 그것을 의미나 상징으로 받아들이는 것은
독자의 권리다.

호르헤 기옌은 지적 언어, 추상어, 명사를 제시하면서 우리에게
샘물을 보는 순간의 감각을 되불러일으키고 있다. 예를 하나 더 들
면서 우리의 이야기를 계속해보자.

달 밤

망대의 높이.
수많은 달빛을 타고
순찰들이 내려온다.

바다의 천체적 순수!
추위의 깃털들이
안개처럼 촘촘히 에워싼다.
그리고, 평원, 모두가 달을 기다린다.
말없이 물거품의
기대를 퍼뜨린다.

아! 마침내? 밑바닥에서부터
해초의 꿈들이
밤을 밝게 비춘다.

가벼운 것의 의지.
사랑스런 모래들이
바람에게 은총을 바란다.
하얀 것으로의 승천!
더욱 깊은 주검들이
바람에 바람을 타고 간다.

어렵게 가늘어지기.
세상은 마침내 하나의 하얀
완전한, 영원한 그리움을 찾는가.

　가벼운 것들의 의지가, 그 어렵게 가늘어지기의 연습이 달밤을
누비고 있다. 여기에 달의 이미지는 없다. 달과 달빛이 보이는 부
분은 첫 연 정도다. '망대의 높이'의 원뜻은 추상에 추상을 더한
'최상의 감시' '감시의 최고봉'이다. "수많은 달빛을 타고／순찰들
이 내려온다"는 구절이 이해가 가리라. 그러나 그밖의 구절들은 아
주 비현실적이다. 감각보다 초현실적 심상들이 달밤의 풍경을 이

룬다. "밑바다에서부터 / 해초의 꿈들이 / 밤을 밝게 비춘다"라든지, "사랑스런 모래들이 / 바람에게 은총을 바란다"라는 시구들은 상이 쉬 잡히지 않는다. 다만 어둡고, 깊고, 작은 것들이 문득 목소리를 높이는 교교한 밤의 신비만이 피부에 와닿는다. 산다는 것은 결국 죽는 것. 이 존재의 가벼움을 벌거숭이로 보여주는 달밤. 가벼운 것은 죽은 후 바람에 뜬다. "더욱 깊은 주검들이 / 바람에 바람을 타고 간다." 달빛은 연하다. 가늘다. 햇살처럼 야단스럽거나 폭력적이지 않다. 우리는 달밤에 '어렵게 가늘어지기'를 배운다. 세상은 고뇌나 의미보다 더욱 가는, 아무것도 손에 잡히지 않는 부재와 그리움의 흔적일 뿐인 것이다.

여기에서 우리는 기옌의 사고와 추상이 곧 달밤의 느낌임을 알 수 있다. 달밤에는 큰 것, 위대한 것, 야단스러운 것을 느끼는 것이 아니라 섬세한 것, 교교한 것, 작은 귀뚜라미 소리, 해초의 꿈, '가벼운 것의 의지'를 느낀다. 구태여 황홀이라고 하지 말라. 그리움이다. 돌아올 사람을 기다리는 그리움이 아니라 그리움 자체로 완전하고 영원한 기다림이다.

기옌의 시를 차갑다거나 지나치게 지적이라고 하는 것은 잘못이다. 그의 시는 안으로 뜨겁기 때문이다. 기옌의 시에서는 지성과 감성이 한치의 틈도 없이 공존한다. 그의 지적 시어는 뜨거운 감정의 응고체이다. 그에게 있어 지성은 느낌이고 지혜는 행복이다.

해와 추위

젊은 대기에 한자락
추위가 흘러든다.

대기가 더욱더 젊어진다.

유쾌하게
추위가 햇살 위에 미끄러진다, 내가 달린다.

맑고 맑은 차가움을 통해
창생 속에 나도 청결하게 취한다.

지혜는 이제 행복이다,
빛의 차가움 같은
은총이 입 가득히 숨결로 와닿는다.

4. 생의 환희

기옌의 시세계는 한마디로 생의 환희, 존재의 황홀에 대한 찬가
이다. 가파른 인연 끝에 기적처럼 매달려 있는 너와 나의 존재, 그
많은 우연의 그물망 속에 살아 날갯짓하는 새의 높이, 그 높은 가
벼움의 황홀을 그는 노래한다.

열락의 정상

열락의 정상!
대기 속 모든 것은 새가 된다.
가까운 것은 엉기어
먼 원경으로 끝난다.

가냘픈 힘들의 무리!
바람 많은 대기 속에,
현재로, 현실로 부풀어오른

젊음의 힘찬 약동!

세상은 순연한
거울의 깊이를 간직한다.
가장 밝은 원경들이
진실을 꿈꾼다.

어찌할 수 없는
나이들의 달콤함! 날마다
사랑할 수 없었던 역사와의
뒤늦은 결혼!

더욱, 더욱더.
태양을 향하여, 날개를 달고
충만함은 달아난다.
내가 아는 것은 노래뿐!

낙천주의? 그렇다. 그러나 기옌의 열락은 "날마다／사랑할 수
없었던 역사와의／뒤늦은 결혼!"이라는 확신에서 온다. 어제를
잃어버림은 우리를 울린다. 그래서 과거는 아름답다던가. 과거는
회한과 불만의 세월일 수 있다. 그러나 다시 보면 지금의 살아 있
음은 어두웠던 지난 세월로 해서 더욱 향기로워진다.
세월은 날개돋친 듯 날아간다. 가까웠던 것들은 멀어져 원경이
된다. 그러나 다시 보면 그것은 슬픔만은 아니다. 그것은 삶의 풍
경 속에 한데 무늬지는 현묘함이다. "대기 속 모든 것은 새가 된
다." 내가 경험하는 시간은 항상 현재다. 노력하지 않아도 내 앞에
내 가슴속에 차오르는 살아 있음의 맛. 모든 것은 태양을 향하여
자란다. 내가 할 줄 아는 것은 노래뿐!

삶의 맛

이미 대기에는 하늘이 있다,
숨결이 느껴진다.
나는 숨을 쉰다, 행복 속에 둥실 뜬다,
즐거움으로.

한 사람의 즐거움은
깊어진다, 밖으로 분산되면서.
나무 위에서 나는 행복하다,
더위 속에서, 그늘 속에서.

모험이라고? 나의 사냥은
모험을 찾지 않는다.
내게는 하늘의 태양과의 영원한
언약이 있다.

현실! 그 속도 껍질 부스러기도
한낱 덧없는 것이지만,
느린 나의 몸짓에
삶의 최상의 맛을 선사한다.

영혼은 더디다, 걸음은 느리다
그러나 함께 간다.
영광은 영원히 오지 않을지 모른다
그러나 약속은 끝나지 않았다.

에우헤니오 플로리뜨는 "희망은 인간이 마지막 버리는 병이다"라

고 했다. 기옌은 우리 모두처럼 "하늘의 태양과의／언약이 있음"을
기억한다. 태양과의 약속이 가장 확실해지는 계절은 봄이다. 기옌
은 다음의 연시에서 생의 환희에 이른다.

봄의 구원

1

오직 너의 벌거숭이
몸뚱어리에 꼭 달라붙어,
대기와 빛 사이
너는 순연한 원형.

너는 있다！ 아주 벌거숭이여서
아주 잇대어 있어서, 아주 단순해서
세상은 또다시 참을 수 없는
우화가 된다.

주위로, 하나씩 하나씩
일상의 사물들이 모양지어
나타난다. 그리고 사물들은
기적이다, 마술이 아닌.

썩을 수도, 용해될 수도 없는
태양의 행복,
하나의 유리창을 통해
투명한 진실이 펼쳐진다

온 천지에 확실한

광휘가 펼쳐진다.
보라 이 시간이
그 하늘로 행진하고 있음을.

기옌은 영원한 봄의 나라를 예감하고 있다. 그는 영원히 늙지 않
고 행복하게 사는 젊음의 샘물을 발견했는지도 모른다. 아니, 그
는 그것을 발견해야 한다고 외치고 있다. 기옌은 행복을 만질 줄
아는 촉수를 하나 더 가지고 있다. 그는 전혀 꿈꾸지 않는다. 그는
확실하게 봄이 오고 있음을, 행복이 손 안에 와 있음을 감지할 줄
안다.

출 현

오, 달이여, 수천의 4월이여!
대기는 또 얼마나 달고 광활한가!
내가 잃은 모든 것은
새와 함께 돌아오리라.

그렇다. 여명의 합창 속에
새들을 데리고
은총의 도움도 필요없이
짹 짹 짹 짹 나타나리라.

달은 아주 가까이 있다
우리의 대기 속에 고요히.
내가 나였던 사람이
나의 생각 밑에서 나를 기다린다.

안타까움의 높이에서
종달새는 노래하리라.
하늘과 미풍 사이 펼쳐지는
아침노을, 노을.

내가 잃었던 시간은
사라졌는가? 손은
가벼운 신이 되어
나이를 잃은 이 달을 손바닥 위에 올려놓는다.

기옌의 행복의 소망 속에 과거는 과거에 머물러 있을 수 없다. 오늘은 모든 그리움이 발과 날개를 달고, 여명의 합창과 종달새의 노래 속에서 내 앞에 나타날 것이다. 그것은 내 손 위에, 내 손바닥에 쥐어질 것이다. 달에는 행복이 무더기로 존재한다. '수천의 4월'이 그 속에 머물고 있다. 기옌이 아니면 표현할 수 없는 달에 대한 이 무서운 비약 "오, 달이여, 수천의 4월이여!" 이런 구절에서 시어는 상식의 마지막 발판을 잃는다. '달'과 '수천의 4월' 사이에는 무의식에 가까운 유사성만 존재한다. 단순한 상징이기에는 너무나 감각적이고, 감각적이기에는 너무나 먼 비유이다.

이미 이야기했듯이 기옌은 쉬르리얼리스트가 아니다. 그러나 그의 이미지나 은유는 초현실주의 시인들의 시학인 '무의식적 유사성'(까를로스 보우소뇨)에 바탕을 둔 것들이 많다. 그만큼 그의 시는 절정감과 극치감의 표현들인 것이다.

기다리던 것

행복을 꿈꾸는 자를
지름길로 달려와 괴롭히는

어둠의 떨리는
엷은 공식을 뒤로 하고,

침묵과 구름이 스치고 간 자리
달이 갇힌 터널 속에
웅크리고 있던 그 많은 밤들 뒤에

여기 비로소 기다리던 것이 왔다.
아픈 허공이
가득 차고 있다. 새들!
여기 바로, 바로 여기에.

마침내 꿈꾸지 않는 자를
다시 모험으로 이끄는
명확성의 절대적 맛 속에

영혼은, 몸을
잃지 않고, 그 충만을
창조해간다. 손가락의
현기증 나는 높이를.

5. 살았기에 죽음까지 어여쁜 법열이여

나는 호르헤 기옌을 읽으며 가끔 우리의 김현승을 생각한다. "꿈을 아느냐 네게 물으면, /플라타너스, /너의 머리는 어느덧 파아란 하늘에 젖어 있다"고 노래한 플라타너스의 시인은 나무와 새를 노래한 점에서 기옌과 비슷하다. 우리의 김현승처럼 기옌은 시체

나 내용의 완벽을 추구한 시인이었다. 기옌의 가장 대표적 시들이
'완벽' '완전'을 구가한 것들이다.

시계 12시

난 말했다. 모든 건 이제 충만 그것.
플라타너스 하나 몸으로 떨었다.
은빛 반짝이는 이파리들이
사랑으로 수런댔다.
파란색은 잿빛이었다,
사랑은 태양이었다.
그러자 한낮,
새 한 마리
바람 속에 노래를 태웠다.
꽃은 너무도 놀랍게
자신이 바람 속에
노래로 피어 있는 것을 발견했다,
키가 큰 벼이삭들 사이
갑자기 노래로 자라오른 꽃.
그게 나였다, 모든 주위 속
그 순간, 한 중심,
그것을 보고 있던 사람. 모든 건
완전했다, 하나의 작은 신을 위하여.
난 말했다. 모든 건 완전.
시계 12시 !

여름 한낮, 12시의 절정감. 생명의 절정, 그 법열을 새가 노래
한다. 꽃이 노래로 핀다. 파란색이 잿빛이 된다. 같은 색, 생명의

색깔. 깨달음에 가까운 이런 절정감은 이 시인의 시 곳곳에서 발견
된다. 생명감으로 충일한 절정의 환희를 기옌만큼 명확하게 표현
하기도 어렵다.

완 벽

천체가 굽는다,
완벽한 푸르름, 대낮 위에.
찬연함은 굽는다, 둥글어진다.
한낮. 모든 것은 원형 지붕.
장미가 사랑도 없이
한가운데 쉬고 있다,
하늘 한가운데 매달린 해.
지금 모든 것은 현재, 현실.
나그네의 발밑에
지구 전체가 느껴진다.

기옌은 성철스님도 아니고 돈오돈수(頓悟頓修)를 이룬 진인도
아니다. 시인은 존재의 절정감을 짚는다. 생각과 현실이, 느낌과
이데아가 하나인 한낮의 절정감. 태극 무늬처럼 그 느낌 또한 굽고
동그랗다. 삶의 비전은 기옌에게 늘 긍정적·창조적·순환적이다.
그래서 모든 것은 원형 지붕이다.

기옌의 후기시는 득도의 냄새가 짙다. 노자의 '무명(無名)'의 도
를 깨친 것일까.

수많은 사람들 사이에 묻혀

수많은 사람들 사이에 묻혀

이름없는 얼굴이 되어,
나는 더도 말고 덜도 말고 그냥 인간이다.
아무 상관없는 나의 추상.
어찌할 것인가? 소리칠 것인가? 다정하게
피로의 물결 속에
침묵 속에 변덕 없는 무명을 간직하고
너무 많이 이야기해서 말이 없는
말소리 하나를 세운다. 난 참 좋은 친구예요.

기옌은 사람과 자연이 하나임을 느낀다. 어쩌면 자연이나 동물
이 더 인간적일 수 있음을 안다. 그는 말 앞에 선다. 풀밭에 갈기
가 질질 끌리거나, 꿈쩍 않고 가만히 서 있거나, 귀를 조용하게 내
린 말을 바라보다 그는 소리친다. "저기 있다, 말들이. 거의 초인
간적 자태로."
　생명의 시인은 죽음을 모르는 게 아니다. 생을 구가하는 시인은
사실 그의 열락을 죽음 위에 세운다. 그 기쁨의 뿌리는 사실 죽음
이다. 그는 말한다. "나의 확신은 어둠속에 뿌리를 둔다,/번개가
어두울수록 그 빛은 더욱 나의 것,/검은 어둠속에 하나의 장미까
지 웬지 우뚝 선다." 그러나 그에게도 죽음의 그림자가 다가온다.

　멀리서 죽음이

때때로 하나의 명확성이 나를 고뇌에 빠뜨린다,
내 앞에 나의 미래가 전율한다.
문득 발끝에 차이는, 마지막 가장자리의
벽이 나를 엿보고 있는 것을 느낀다

들판의 빛이 사라지는 지평선. 그러나 태양은

들판을 벌거숭이로 만드는데 슬픔이 있을 수 있는가?
없다. 아직 바쁘진 않다. 지금 급한 것은
잘 익은 과일. 손은 과일의 껍질을 벗긴다.

……그리고 날이 가면 그 많은 날 중 하루가
가장 슬픈 날이 되리라. 열망도 열기도 없이 손은
그대로 펼쳐지리라. 다가오는 운명의

힘을 알아보며 눈물 없이 나는 말하리라. 덤벼라
정당한 숙명이여. 흰 머리의 벽이
그 법칙을 내게 적용하는 것뿐, 뜻밖의 사고는 아닐 터.

제 9 장
루이스 세르누다
(스페인, 1904~1963)

스페인 현대 시인 중에서 가장 서구적 감성을 가진 쉬르리얼리스트가 루이스 세르누다(Luis Cernuda)이다. 앙드레 브르똥(André Breton)은 1924년 『쉬르리얼리즘 선언』을 발표한다. 그는 "심리적 자동필기법을 통하여 말이나 글 혹은 다른 방법으로 의식을 표현하는 것"이 쉬르리얼리즘이라고 정의한다. 그리고 쉬르리얼리스트의 임무는 무엇보다 "일체의 도덕적·미학적 편견을 떠나 이성의 작용으로 인한 모든 제약을 벗어난, 의식과 사고의 진솔한 기능을 그대로 제시하는 것"이라고 못박는다. 세르누다는 초기 『대기의 옆모습』(1927년)이라는 시집에서의 호르헤 기엔 풍의 원형감각으로부터 차차 쉬르리얼리즘에 가까운 의식과 잠재의식의 자유로운 춤을 시속에 구현한다.

루이스 세르누다는 스페인어계의 다른 쉬르리얼리즘 풍의 시인들(빠블로 네루다, 비센떼 알레익산드레 등)처럼 브르똥의 '자동필기법'을 따르지는 않았다. 그러나 그는 의식과 무의식의 최대한의 자유를 자신의 시학으로 하고 있다. 현실은 상상과 잠재의식의 무대이며 이성이나 의식으로 감지할 수 있는 세계는 극히 미미한 껍질에 불과하다는 것이다. 프로이트(S. Freud)나 싸드(Sade)처럼 욕망과

에르티시즘은 현실의 뿌리가 되고 있다고 한다. 그의 대표시선집
『현실과 욕망』(1936년)은 바로 이런 그의 내부적 의식과 꿈의 무늬
가 이룬 세르누다의 자서전이다. 스페인이나 중남미에서 대성공을
거둔 이 시집은 당시 젊은 시인들에게 진정한 상상의 자유가 무엇
인가를 가르쳤다. 이미 이야기했듯이 오르떼가 이 가세뜨는 '예술
의 비인간화'란 예술과 삶, 시와 시인의 삶이 같다는 편견을 깨뜨
리는 것으로부터 출발한다고 말하고 있다.

  "문학은 자연을 모방하는 것"이라는 생각은 아리스토텔레스로부
터 낭만주의 · 사실주의 시대까지 지속되어온(비록 17세기의 바로
끄 예술은 예외일 수 있지만) 사회적 통념이었다. 이런 자연 모방
적, 자연 예속적, 사실 위주적 문학관은 오래도록 서구 문학을 이
끌어왔고 문학이나 예술에 대한 통념이 되어왔다. 그러나 자연 모
방, 현실 모방설은 독일의 문학평론가 에리히 아우어바흐(Erich
Auerbach)가 『미메시스』(1946년)에서 말했듯 아리스토텔레스의 지
론은 아니었다. 아리스토텔레스는 모방이 가진 두 가지 쾌락을 역
설한다. 작품 속에서 모방된 것이 우리가 실제로 아는 인물이거나
체험한 사실일 때, 경험과 작품을 비교해 보면서 얻는 쾌락이 그
첫번째이다. 그리고 경험해보지 못한 현실이나 상상을 소재로 할
때 우리가 체험하는 쾌락이 그 두번째로, 그런 예술은 묘사된 글의
리듬 · 색조 · 조화에 의하여 쾌감을 산출한다는 것이다. 그는 이어
서 리듬은 그 자체가 자연적이고 쾌락적이라고 덧붙였다.

  아리스토텔레스가 말한 예술의 쾌락적 성격 중 두번째의 것은 바
로 현대 예술의 당위성을 포함한다. 즉, 환상이나 초현실은 비록
경험된 것이 아니라고 할지라도 작품 스스로의 리듬과 색조에 의하
여 재미를 산출할 수 있다는 것이다. 예술 나름의 미학이 큰 힘을
발휘할 때 지금까지 작품 속에서 현실을 들여다보는 것에 익숙해
있던 독자들은 비도덕적이라고 비난하거나 어렵다고 눈을 돌린다.

마치 자신은 신처럼 세상일을 다 알고 있기나 한 듯이.

루이스 세르누다는 로르까와 함께 이런 비도덕성의 첨단을 걸었다. 세르누다가 좋아한 다눈찌오(G. D'Annunzio)나 로뜨레아몽(C. de Lautréamont), 말라르메, 지드(A. Gide) 그리고 싸디즘의 선구자 싸드 백작은 그처럼 모두 에로티시즘의 대가들이면서 현대 예술의 아버지들이었다. 이들은 예술이 자연에 종속되거나 도덕과 이성에 예속되는 것을 싫어했다. 브르똥이 이들을 쉬르리얼리스트라고 한 것도 이 때문이다. 비센떼 우이도브로(Vicente Huidobro)가 말하듯 그들은 모두 '조그만 신'들이었다. 자연이나 큰 신을 모방하는 작은 신이 아니라 시를 관장하는 유일한 신들.

세르누다에게서 시와 인생은 평행선을 그린다. 현대 예술은 자연과 예술, 체험과 예술의 종속적 관계를 끊는 대신 보다 더 자유로운 대등관계, 혹은 평행선상에서의 만남을 추구한다. 낭만주의의 신이 자유였듯이 쉬르리얼리즘의 신도 자유이다. 다만 전자가 프랑스혁명을 이끈 이성적 자유였다면 후자는 잠재의식과 무의식까지를 해방하는, 일체의 구속 상황에서 탈피하도록 하는 우주적 자유이다.

세르누다 시의 주된 열기는 욕망이다. 욕망은 프로이트의 공식처럼 잠재의식 속에서 꿈으로 나타난다. 따라서 세르누다의 시는 초현실적 연상과 부조리한 열기에 젖어 있다.

1. 욕망이 무늬지는 정원

세르누다 시의 가장 빈번한 소재 중의 하나가 '정원'이다. 더러 '마당' '과수원' 등으로 변주되지만 이들 이미지는 한결같이 그가 태어난 스페인 남쪽 세비야의 옛집에 대한 기억이다.

대기의 옆모습——호르헤 기옌에게
시 23

담장 속에 숨어서
이 정원은 나에게
은밀한 쾌락의
물과 잎사귀를 드리운다.

고요! 세상은
이러한 것인가?…… 하늘이
멀리, 미소진 얼굴로,
갖가지 풍경을 펼치며 지나간다.

무심한 땅! 운명이
헛되이 반짝인다.
조용한 물가에서
나는 꿈을 꾼다, 살아 있다고 생각한다.

그러나 시간은 이미
이 순간의 한계를 재고 있다.
순간이 무르익자, 시간은
거기서 장미를 따가지고 달아난다.

그리고 밤이 가까워오자
신선한 대기가 다시
보드라움을 되찾는다
물과 잎사귀도 잊고.

원시의 매력은 많은 부분 7·7조의 소박한 리듬에서 나온다. 리듬의 매력을 죽이고 나니 조촐한 풍경시만 남았다. 풍경 곳곳에 상징이 살아 숨쉰다. 우선 '운명'이나 '무심한 땅'이란 말이 정원을 단순한 바깥의 풍경이 아니라 마음의 그림임을 깨닫게 한다. 여기에 세르누다 특유의 시간 이미지가 나온다.

옥따비오 빠스는 『루이스 세르누다의 구축물적 언어』("Palabra edificante" en "Papeles de Son Armandis")에서, 세르누다의 『현실과 욕망』이란 시선집은 "그의 생애의 경험 위에 구축된 사념과 살아 있던 순간들의 연속이 이룬 일종의 정신적 자서전"이라 평가한다. 빠스는 세르누다의 인생 이야기가 시를 이루는 것이 아니라 삶의 순간순간이 절대성으로, 의미로, 상징으로 구축되고 있음을 설명한다. 자서전적 작품의 위험을 빠스는 두 가지로 지적한다. 그 하나는 아무도 알고 싶지 않은 자기 고백이 주는 지루함이고, 또 하나는 듣고 싶지도 않은 인생 충고이다. 그는 세르누다가 이런 사적 시의 단점을 극복하고 있다고 말한다. 이야기는 사적이지만 내용은 형이상학적 눈이 받쳐주는 새로운 시를 세르누다는 구축하고 있는 것이다.

빠스는 시어에 대한 인식이 각별한 시인으로 기옌과 세르누다를 꼽는다. 기옌의 시에서 존재의 환희가 주를 이루고 있다면, 세르누다는 존재보다 시간에 관심을 둔다. 세르누다에 있어서 사색이란 우리가 살아가고 변해가는 모습에 귀를 기울이는 것인데, 사는 것과 생각하는 것 사이에서 시어는 다리가 된다. 산다는 것도 생각한다는 것도 흘러가는 신비이며, 거기에서 시쓰기란 이들 안개 속에 희미한 다리를 놓는 소박한 작업일 뿐이다.

정원을 그린 위의 시는 우선 두 개의 정원을 생각할 수 있다. 그 하나는 세르누다의 옛집 정원이고 또 하나는 상징적 의미의 자연이다. 산문시집 『오크노스』(1942년)의 「과수원」이라는 시를 보면, 그

가 그리는 정원이나 과수원은 잃어버린 '에덴동산'이라는 신화적
의미를 띤다.

그런 생각이 그 장소를 그토록 매혹적으로 보이게 한 바탕이었을
까? 오늘은 그때 이해하지 못했던 것을 이해할 수 있을 것 같다. 어
떻게 그 작은 온실의 공간, 이상하고 분지에 가까운 그 분위기가, 어
쩌면 눈에 안 보이는 생물들이 살지도 모르는 거기가, 내게는 완전한
에덴동산으로 보였는지, 그 향기며, 그늘, 물 그 모든 것이…… 마
치 공고라의 시구에 나오는 '파란 거리, 보드라운 빛, 차가운 수정'의
동산처럼.

어떻든 「과수원」은 외적인 모습이나 상징성에서 하나로 닫혀진
공간이 아니라 어떤 '은밀한 쾌락'이 숨쉬는 공간임에 틀림없다.
그러나 거기에는 운명이나 시간의 횡포가 기다린다. 운명은 때로
는 빛이 되어 반짝이기도 하나 "시간은 이미 이 순간의 한계를 재
고 있다." 때가 되면 "시간은 장미를 따가지고 달아난다." 영원한
행복도 은밀한 향기도 오래가지는 못한다. 손에 잡히는 잎사귀도
물도 곧 흘러가고 잊혀질 뿐.

옛날의 정원

닫혀진 정원으로 다시 간다는 것,
담장 사이 둥그스름한 사립문 뒤
목련이며 레몬나무 사이,
물의 매혹이 기다린다.

고요 속에 다시 새소리며
잎사귀가 살아 있음을 듣는다는 것,

대기의 따스한 속삭임 속에
오래된 영혼들이 떠돌고 있다.

멀리 깊어가는 하늘을 다시
본다는 것, 가냘픈 첨탑이며
야자수 이파리 위에 핀 빛의 꽃.
세상 모든 것은 항상 아름답다.

그때처럼 다시 욕망의
날카로운 가시를 느낀다는 것,
지나간 젊은 시절이 다시
돌아오고 있다, 시간을 잃은 신의 꿈속으로.

이 시처럼 인칭을 쓰지 않고 감정을 무인칭화하는 기법은 우리
시에서도 많이 쓰이고 있다. 사실주의 소설의 인칭이 항상 객관적
인 3인칭이라면, 시의 목소리는 대부분 1인칭 즉 '나'이다. 순수시
이후 현대시에서 '나'라는 말은 거의 생략된다. 따라서 무인칭이나
3인칭, 명사 또는 명사구를 사용할 때 주관성은 오히려 강해진다.
즉, 나의 감정을 모두의 감정으로 적극화하고 절대화하게 된다.
위의 시는 주관을 일반화·무인칭화하고 과거를 현재화하는 시법
으로 성공을 거둔 예이다. 나의 추억과 느낌은 영원한 현재, 즉
'시간을 잃은 신의 꿈'이 된다.
　그러나 우리의 어린 시절이나 과거는 우리에겐 굳게 '닫혀진' 공
간이다. 세월은 흘러갔는데 새소리와 이파리의 푸르름과 물소리는
생생하게 살아 있다. 오늘 다시 온 정원의 풍경은 나에게 한치의
거리도 없이 열살 때처럼 다가온다. 추억의 아픔까지 어여뻐지는
이 순간의 법열이여. 지금 나는 시간을 잃은 신의 꿈속에서 황홀하

다. 『오크노스』에 나오는 또 하나의 정원은 이렇다.

옛날의 정원

처음에는 하나의 어둡고 긴 복도를 지나가야 했다. 안쪽에서, 아치를 통하여, 정원의 빛이 나타났다. 그 밝고 노오란 광휘가 연못의 물빛과 이파리들과 어우러져 파르스름하게 물들어 있었다. 물은 분수처럼 밖으로 솟구치다가, 거기 쇠창살 베란다에 뒤에 갇혀, 물방울 에메랄드처럼 고요하게 신비롭게 눈만 반짝였다……

그 모든 아름다움은 주위의 고요 속에 숨겨진 맥박으로 숨결이 돌고 있었다. 마치 한때 이 정원을 즐겼던 사라진 사람들의 가슴이 우거진 잎사귀 뒤에 숨어 있다가 갑자기 뛰기 시작하듯이. 쉬임없는 물소리가 마치 멀어져가는 발소리를 흉내내곤 했다.

깨끗하고 순연한 푸르름의 하늘이었다, 햇빛과 햇살로 찬연한. 정원을 에워싼 하얀 길목들, 하얀 지붕들 너머, 야자수 봉오리 사이로, 황토색 잿빛 첨탑 하나 예쁜 꽃받침처럼 가녀리게 솟구쳐올랐다.

섬세한 묘사로 지극히 객관적으로 그려진 정원이다. 마치 선배 시인 안또니오 마차도의 말 "이미지, 메타포……? 부질없는 짓. 삶의 냄새, 그 숨결에 묻은 풍경을 있는 그대로 표현하는 것이지"를 반복하고 있는 듯하다. 그러나 사물이나 풍경이 나의 눈을 통하지 않고는 현실일 수 없듯이, 아무리 객관적인 풍경도 외적이지만은 않다. 숨겨진 상징성이 그윽하게 숨쉬고 있는 것이다. 다음 시는 「정원」이란 산문시의 일부분인데 일종의 자작시 해설이다.

인간의 운명이라고 하는 것은 한 장소나 한 풍경과 밀접하게 연결되

어 있다. 거기 그 정원에서, 하나의 샘물 가에 앉아 너는 꿈을 꾸었
지, 인생이란 끝없는 황홀의 샘물이라고. 넓은 하늘이 너를 움직여
라, 움직여라 졸라댔지, 꽃들의 숨결, 이파리들, 물의 숨소리를 들으
라고, 후회 없는 즐거움에 취하라고.

　그후 너는 이해하게 되었지, 어떤 움직임도 쾌락도 네가 샘물 가에
서 꿈꾸었던 것처럼 완전하게 누릴 수는 없는 것이라고. 그리고 그 슬
픈 진리를 깨닫던 날, 비록 너는 멀리 있었지만, 낯선 땅에 살고 있었
지만, 넌 다시 그 정원으로 되돌아오고 싶어졌어, 다시 그 샘물 가에
앉아, 다시 그 지나간 젊음을 꿈꾸어보고 싶어진 거지."

세르누다에게 있어서 '정원'이란 그의 시세계에서 보면 총체적
상징이 된다. 어린 시절, 사춘기, 성년기, 노년기를 거치며 끝없
이 되돌아보는 삶의 소망 혹은 욕망의 샘물이 소리없이 용솟음치는
곳이다. 그러나 다시 보면 그곳은 그 욕망이나 샘물이 현실적으로
영원히 채워질 수 없는 어떤 것이란 것을 느끼게 하는 뼈아픈 좌절
의 벤치이다.

2. 욕망과 사랑 사이

프로이트가 '이드'(id)라고 한 원초적 욕망은 대상 없는 에로티시
즘의 샘물이다. 그러나 욕망은 차츰 살아가면서 현실 속에서 대상
을 찾는다. 그중 가장 강렬한 소망이 사랑, 즉 짝찾기이다. 그러
나 사랑과 욕망 사이에는 넘을 수 없는 벽이 있다. 욕망은 모든 대
상을 내 것으로 만들고 싶어한다. 세상과 우주의 모든 것이 비로소
나의 것이 되었을 때 욕망은 끝난다. 그래서 프로이트도 욕망의 끝
은 죽음이라고 했다. 여기에서 우리는 사랑이라는 구원의 좌표를

만난다. 사랑은 사람의 가장 큰 욕망이면서 욕망의 끝이다. 사랑하는 마음은 욕망처럼 너를 완전히 내 것으로 만들고 싶은 목마름이면서, 동시에 너만은 너로 오롯이 남아 있기를 바라는 역설 위에 자리잡고 있다. 여기에 세르누다의 고뇌가 출발한다. 욕망 없는 사랑은 종교에 있다. 그의 시집 『현실과 욕망』은 끝없는 욕망으로 인한 갈등을 보여준다. 사랑은 고뇌와 갈등 속에서 제 모습을 찾는다. 욕망이냐 사랑이냐, 파괴냐 사랑이냐는 시인들이 안고 있는 내적 긴장의 드라마이다.

　세르누다 시의 일반적 정조는 우수이다. 현실은 시간 속에 존재한다. 현실을 사는 느낌은 늘 어떤 이루어질 수 없는 사랑에 대한 아픔이다. 세르누다의 사랑은 인간 실존이란 벽에 부딪친다. 그의 영원한 봄, 영원한 '사춘기의 꿈'은 시간의 횡포 속에 끝없이 사라져간다. 『하나의 강물, 하나의 사랑』은 세르누다가 최초로 쉬르리얼리즘을 보여주는 시집이면서 동성애에서 실연당한 아픔으로 얼룩진 고뇌와 갈등의 낙서이다.

　　절대 사랑을 시도하지 말자

　그날 밤 바다는 잠이 없었다.
　그 많은 파도들에게 이야기 이야기하다 지친 바다는
　마침내 멀리 도망가 살기로 했다.
　누군가 바다의 쓰라린 색깔을 알아주는 그곳으로.

　잠도 없는 목소리로 알 수 없는 말들을 늘어놓곤 했다.
　밤 한가운데
　다정하게 팔과 팔을 껴안고 있는 배들
　아니면, 어디론가 떠나가고 있는
　망각의 옷을 입고 늘 창백한 몸뚱어리들.

바다는 폭풍을 노래했다. 어둠의 하늘 아래
그 어둠처럼,
별과 새를 잡아먹는 항상 원한 많은
그 어둠처럼 바다는
소리소리 치며 함성을 터뜨렸다.

바다의 고함소리가 빛과 비와 추위를 가로질러
구름으로 올라간 도시들에게까지 들렸다.
시엘로 세레노 콜로라도 글라시아르 델 인피에르노
그러나 모든 도시는
광고와 떨어진 별들뿐
흙덩이 손 위에 펼쳐진.

바다는 도시들을 기다리다 지쳤다.
거기 바다의 사랑은 오직 하나의 알 수 없는 구실일 뿐.
아무도 알아주지 않는
지난날의 미소일 뿐.

그리하여 바다는 다시 꿈을 거두어 서서히 되돌아갔다.
아무도 없는
아무도 아무 이야기도 모르는
세상이 끝나는 곳으로.

옥따비오 빠스는 세루누다가 동성애를 가장 진솔하게 노래한 시
인이라고 말한다. 그 시에서 동성애는 흔히 '사춘기 소년' '바다'
'바닷사람' '뱃사람' 등으로 표현된다. 이것들은 원초적 따스함, 순
수와 자유의 색깔을 가지고 있다. 시인이 '절대 사랑을 시도하지

말자'라는 제목으로 바다의 이미지를 전개한 이유는 그 '바다'가 최
초로 진술한 동성애적 사랑을 시도하다 좌절한 모습으로 그에게 보
였기 때문이다. 이 시에서 가장 많이 반복되는 시어는 '알 수 없는'
'알아주지 않는' '아무도 모르는' 등이다. 바다는 알 수 없는 이야
기, 알 수 없는 욕망의 언어로 도시에 무언가 들려주려 한다. 때로
폭풍우와 번개로 도시를 일깨우지만 도시는 일상과 현실의 타성 속
에 귀먹고 눈멀었으며 꿈이 통하지 않는 벽과 벽으로 이루어진 곳
이다. 여기에서 사랑은 동성애라는 제한을 두지 않아도 원초적 육
체의 껴안음과 따스함을 뜻한다. 즉, 남녀라느니 도덕이라느니 관
습이라느니의 일체의 편견과 사고를 떠난, 살아 있음의 온기가 아
우러짐을 뜻하는 것이다. 세르누다가 생각하는 사랑의 이상은 다
음 시에서 엿볼 수 있다.

바닷사람은 사랑의 날개

바닷사람들은 사랑의 날개들
사랑의 거울들
바다가 그들과 함께 간다
그들의 눈도 황금빛 사랑의 빛도 황금빛
그들의 눈과 똑같이 사랑은 늘 황금빛.

혈관 속에 퍼부어지는 팔팔 뛰는 기쁨도
또한 황금빛이다
바닷사람들이 내비치는 피부 빛깔과 똑같이
바닷사람들을 떠나가게 해서는 안된다 그들이 미소를 지으니까
자유가 미소짓듯
바다 위에 솟아오른 눈부신 햇살.

바닷사람이 바다라면
사랑의 황금빛 바다라면 그 모습은 그대로 노래다
나는 잿빛 꿈들로 짠 도시가 싫다
나는 오직 바다로 가고 싶다 거기 빠지고 싶다
갈 길 없는 배가 되어
갈 길 없는 몸뚱이가 되어 그 황금 햇살 속에 묻히고 싶다.

세르누다의 사랑은 우주적·원형적 욕망에서 출발한다. 태어남이 빛이고 황금빛 살아감이 꿈이자 희망이라면, 그 실현은 빛과 현실의 교감, 꿈과 현실이 혼연일체가 된 세계이리라. 그러나 현실은 시간과 관성 속에서 존재한다. 어린 시절도 순수도 늘 과거이다. 그 시절의 순수한 욕망은 퇴색하고 병들어간다. '잿빛 꿈'이 되어 돈과 체면만 찾는 '쥐새끼 놀음'이 되어간다. 그 속에서 순수한 욕망을 지닌 시인은 늘 '이방인' '도망자'일 수밖에 없다. 아픔과 고독만 부채처럼 쌓여가는 현실의 메커니즘. 그 속에서 시인은 바닷사람, 바다, 햇살을 사랑의 대상으로 삼는다.

바람처럼

밤새 불어대는 바람처럼,
고통 속의 사랑, 고독한 육체가
부질없이 유리창을 만지다
흐느끼며 길모퉁이로 사라진다,
아니면, 때로 폭풍우 속에 길을 가듯,
미친 듯이 소리치며
불면증에게 걸린 고뇌를 산다
보드라운 빗줄기가 회오리치는데,

그렇다, 꼭 바람처럼, 바람에게처럼 여명은
땅 위를 헤매는 스스로의 슬픔을 살며시 보여준다,
울음 없는 그의 슬픔을,
지향 없는 그의 도망길을,

바로 그 여명처럼 이방인이 되어
바람처럼 나도 멀리 도망친다.
하지만, 난 원래 빛으로 왔거니.

빛으로 온 육체는 바람 속에서 슬픔과 불면증으로 산다. 순수나 여명은 끝내 지상에 오래 머물지 못한다. "보드라운 빛줄기가 회오리쳐"도 나는 지나가는 바람이다. 아니면 내게는 모든 여명이 비켜가는, 슬픔과 고독의 인생길이 있다. 그래서 시인은 자신이 여명처럼 이 땅에서 이방인인 것을 안다.

모든 현대 시인들처럼 세르누다에게도 시간이 문제이다. 시간은 모든 육체와 육체의 쾌락을 슬픈 바람소리로 바꾼다. 보드라움과 봄은 가을 이파리가 되고 모래가 된다.

　저 슬픈 소리들

두 육체가 사랑하며 내는 소리는 정말 슬프다,
마치 손발이 없는 사춘기 아이들 위에
가을잎이 흔들리며 수런대는 소리처럼,
손은 비가 되어 쏟아지고,
가벼운 손들, 에고이스트 손들, 음란한 손들은 쏟아지고,
그것은 손들의 폭포를 이룬다, 한때는
조그만 호주머니 속 정원의 꽃이었던 손들……

꽃들은 모래다 아이들은 이파리다,
그리고 그 가벼운 소리는 귓가를 어루만진다
웃을 때, 사랑할 때, 키스를 할 때,
한때는 밤낮을 꿈으로 살았던
한 젊고 지친 사람의
깊은 곳을 입맞춤으로 일깨울 때.

그러나 아이들은 모른다
손들도 비가 되어 쏟아지지는 않는다, 사람들 말처럼,
그래서 사람은, 스스로의 꿈과 홀로 살기에도 지쳐,
모래를 버리는 호주머니들을 생각한다,
꽃들의 모래,
어느 날 죽은 자의 모습을 치장할 모래들을.

　이 시는 어렵다. 자동필기법으로 써서가 아니다. 이성적인 독자
의 눈으로 볼 때는 거의 무의식적 혹은 무책임한 이미지("꽃들은
모래다 아이들은 이파리다" 등)들이 주축을 이루고 있기 때문이
다. "손발이 없는 사춘기 아이들 위에／가을잎이 흔들리며 수런대
는 소리"란 구절도 낯설다. 낯선 정도가 아니라 감동이나 설득력이
없다. 순수에 대한 염원임을 이해 못할 바는 아니나 동성애의 애틋
한 감정을 느껴보지 못한 독자들로서는 이런 이미지의 비약에 쉽게
공감할 수 없다. "조그만 호주머니 속 정원의 꽃들"은 대단히 이상
적 이미지로 나와 있다. 그러나 사춘기 소년의 호주머니 속 꽃들은
수음이나 어떤 개운하지 못한 욕망들만을 생각나게 한다. 동성연
애 취향이 아닌 이성연애 취향의 독자들에겐 여기 "스스로의 꿈과
홀로 살기에도 지친"이라는 말은 플라토닉 러브를 노래한 것으로
들린다. 그러나 "모래를 버리는 호주머니"라는 구절에 이르면 그것
은 영원한 사랑을 소망하는 것이 아니라 오히려 육체와 꽃의 영속

을 바라는 정반대의 욕망임을 알 수 있다. 사랑의 불가능함에 대한 아픔과 절망을 '모래'라는 말에서 읽을 수 있다.

세르누다의 시는 한국의 풍토에서 잘 이해되지 않는 점이 있다. 그 이유는 의식의 가닥이 우리보다 넓고 초현실적이며, 일반화되지 못한 동성애적 욕망이 진솔하게 구현되고 있기 때문이다. 우리는 다만 어떤 말하지 못할 아름다움과 순수가 쓸데없고 추하고 슬프게 느껴지는 현실을 이해할 뿐이다. 결국 모든 꽃은 재가 되고 모래가 된다.

4. 무질서한 언어들의 광란

우리는 이미 세르누다의 시에서 일반적인 연상을 깨는 무질서의 이미지가 남용됨을 보았다. 비록 현대시가 독창적인 이미지와 상징을 선호하고 있다 할지라도 숨겨진 유사성의 실오라기쯤은 드러내는 게 보통이다. 혹은 한번쯤 현대시의 전통 속에서 훈련받은 연상의 의미들을 비추기 마련이다.

세르누다의 쉬르리얼리즘을 대표하는 시집 『금지된 쾌락』과 『하나의 강물, 하나의 사랑』에는 실연과 고뇌의 시들이 소용돌이친다. 레오 스피처 (Leo Spitzer)에 의하여 '혼돈의 나열' (enumeración caótica)이라고 이름 붙여진 쉬르리얼리즘적 시는 무의식에 가까운 시어의 분출로 불연속선의 이미지가 난무한다.

　사랑 때문에 이 모든 것들이

　숲속의 거인들이 무너진다, 숲속의 잠자는 미녀를 만들기 위해,
　본능들이 무너진다, 꽃들처럼,

욕망들이 무너진다, 별들처럼,
오직 한 사람, 사람의 냄새를 가진 그 한 사람을 만들기 위해.

한밤의 제국도 무너져라,
키스의 왕국도 무너져라,
이제 아무 의미가 없다,
눈동자여, 무너져라, 손이여, 무너져라, 텅빈 동상처럼,
그래도 말은 없으리라.

하지만 오직 그 형체만이라도 보고 싶어 입다문 이 사랑,
바다안개 속에 주홍빛으로 아른거리는 그 모습,
그 모습이 삶을 강요한다, 마지막 하늘을 향하여
끝없이 낙엽을 타고 거슬러오르는 가을처럼,

별들이 있는 곳으로
별들의 입술이 다른 별들과 맞닿는 곳,
나의 눈동자, 이 눈동자가
다른 눈동자 속에 잠깨어 일어나는 곳으로.

　시집 『하나의 강물, 하나의 사랑』에서 비교적 짧고 이해가 가능
한 시가 위 작품이다. 내가 '숲속의 잠자는 미녀'라 옮긴 구절은 원
문대로면 미녀가 아니라 미남이다. 동성애의 애인이었던만큼 당연
히 임은 남성이다. 그러나 동화 속에서 잠자는 사람은 미녀였기에
그 연상을 끌어오기 위해 이렇게 고쳤다.
　'숲속의 거인들'도 만들 수 없는 아름다운 사람이 있었다. 사랑
하는 사람 때문에 빛나던 꽃들도 별들도 욕망도 송두리째 무너져내
린다. 사랑했기 때문에 그토록 아름다웠던 키스도 무너져라! 그
대를 보았던 눈동자도, 그대를 만졌던 손도 이제 빈 동상처럼 허물

어져라! 그러나 쏟아지는 낙엽을 타고 거슬러오르는 가을의 집념처럼, 미련은 '주홍빛으로 아른거리는 형체'로 살아 내게 "살아 있으라, 기다려라"를 요구한다. 별들이 별들과 입맞추는 하늘을 향하여, 이 아픔에 젖어 있는 눈동자가 다른 눈동자 속에 깨어나는 그 하늘을 향하여 나의 그리움은 달리고 있다.

그러나 이 시 속에는 너무나 많은 추상과 초현실이 혹은 꽃으로 혹은 별로 혹은 낙엽을 거슬러오르는 가을로 구체화하면서 혼란을 불러일으킨다. 그러나 이들 이미지는 사랑을 잃은 번뇌와 절망의 소용돌이 속에서 자연스럽게 한 무더기가 된다. 땅이 꺼지고 하늘이 무너지는 것 같은 절망감이면 거인도 제국도 무너질밖에.

어떤 사람들에게 산다는 것은

어떤 사람들에게 산다는 것은 벌거숭이 발로 유리알을 밟는 일, 또 어떤 사람들에게 산다는 것은 정면으로 얼굴을 맞대고 태양을 바라보는 일.

해변은 죽어가는 아이 하나하나를 위해 시간과 나날을 헤아린다. 하나의 꽃이 번다, 하나의 탑이 허문다.

모든 것은 마찬가지. 나의 팔을 펼쳤다, 비가 오지 않았다. 유리를 밟았다, 해가 없었다. 달을 바라보았다, 해변이 없었다.

무슨 상관이랴. 너의 운명은 일어서는 탑을 바라보는 일, 열리는 꽃을, 죽어가는 아이를 보는 일, 그밖에, 화투장을 잃어버린 화투처럼 그냥 우두커니 서서.

모든 의미와 좌표를 잃어버린 허무감이 이 시의 분위기를 이룬다. 희망이 있고 꿈이 있고 좌절이 있다. 태어난다. 죽는다. 모든 것은 매한가지로 삶의 모습일 뿐이다. 거기에는 물론 "죽어가는 아이를 보는" 안타까움과 절망이 있다. 그러나 그것 또한 인간 실존의 냄새일 뿐. 우리에게 허용된 것은 그냥 살아 있기이다. 화투장이 모자란 화투를 들고 칠 수 없는 화투장처럼 그냥 우두커니 서 있기이다.

위의 시는 무서운 이미지의 비약을 보여준다. "나의 팔을 펼쳤다, 비가 오지 않았다." "달을 바라보았다, 해변이 없었다." 이런 말들은 도대체 무슨 뜻인가. 팔을 벌리는 것하고 비가 오는 것하고는 아무 상관이 없다. 또한 달을 바라보는 것하고 해변이 있어야 하는 것하고는 전연 관계가 없다. 시어는 숨겨진 유사성의 광장일진대, 이 시는 보통 상식으로는 도무지 이해할 수 없는 시어의 연결을 제시한다. 소위 '혼돈의 나열' 기법이다.

시어의 접속은 늘 같은 뜻으로 묶이는 속성을 가졌다. 예를 들어 "봄이 온다, 진달래가 핀다"는 곧 연상이 가능하다. 그러나 팔을 펼칠 때 비가 올 가능성은 백분의 일도 안된다. 이런 연결은 아무런 당위성도 없다. 그래서 부조리하다. 그러면 세르누다는 왜 이런 시를 고집하는가.

까를로스 보우소뇨(Carlos Bousoño)는 그의 『시적 초현실주의와 상징화』(1978년)에서 이런 연결을 '무관계'(inconexion)라 이름한다. 형식주의 이론을 따르면 시는 '낯선' 연결, 또는 비논리·비관습적 연결에 숨겨진 유사성을 연상을 통해 알게 함으로써 표현미를 드러낸다. 그런데 초현실주의 시는 '말도 아닌' 시어의 연결이 지나쳐서 전연 이해가 안되는 표현법을 구사한다. 이런 '무관계'의 경우 시의 독자는 새로운 유사성을 스스로 만들거나, 보우소뇨의 설명대로 '잠재의식적 유사성'을 끌어내게 된다. 예를 들어 "나의 팔을 펼쳤다, 비가 오지 않았다"는 어린 시절에 대한 아련한 기억이나 잠재의식 속에서 팔을 펼치면 으레 비가 오던 일이 있었음을 바탕으로 한다. 그때 기분이 상쾌하고 세상이 환하게 기쁨으로 차던 느낌도 떠오른다. 그러나 이 시에서는 그런 상쾌함이나 살맛나는 세상이 이루어지지 않음을 아파하고 있다. "달을 바라보았다, 해변이 없었다"도 비슷한 연상을 따른다. 어느 기억할 수 없는 시절에 내가 달을 바라볼 때는 반드시 해변이 있었고 파도소리가 들렸다. 그러나 오늘은 그 아름다운 기억이 사라지고 없다.

세르누다는 조화와 질서의 세상을 살고 싶었다. 꿈과 현실이 한데 어우러지고 아이들이 죽지 않는 세상을 꿈꾸었다. 그러나 그 어느 꿈도 소망대로 되지 않았다. 혼란 속에 내던져진 실존, 알 수 없는 삶의 무늬 속에서 고통스럽게 헤매는 일만 유일한 권리이다. 자신의 깊은 소망은 모두 '금지된 쾌락'이었으며 말할 수조차 없는, 말이 되지 않는 악몽의 시나리오였다.

사람이 말을 할 수 있다면

사람이 사랑하는 것을 말할 수 있다면,
사람이 자신의 사랑을, 햇빛 속에 떠다니는 구름처럼
하늘로 들어올릴 수만 있다면,
사람이 존재의 한가운데 우뚝 선 진실을 축하하기 위해,
오직 자신의 사랑의 진실만을 남기고,
무너지는 성벽처럼
스스로의 몸뚱어리를 쓰러뜨릴 수만 있다면,
자기 자신의 진실,
영광이라, 행운이라, 야심이라 부를 수도 없는,
사랑이나 욕망이라는 이름의 진실을.
그때는 내가 내 스스로 상상하는 그 사람이 되리라,
그 혀로, 그 눈으로, 그 손으로
사람들 앞에 아무도 모르는 진실을 부르짖는,
진짜 자신의 사랑의 진실을 밝히는 그 사람.

나는 누구에겐가 얽매어 있는 자유밖에는 자유를 모른다,
전율 없이 나는 그의 이름을 들을 수 없다,
그 사람 하나면 나는 이 추잡한 삶을 잊을 수 있다,
그 사람 하나 때문에 밤도 낮도 내게는 의미가 없다.
내 몸과 마음은 그의 몸과 마음 속에 떠다닌다.
바다가 떠올리고 빠뜨리는 길 잃은 뗏목처럼
자유롭게, 사랑으로 얻는 자유를 누리며,
나를 흥분케 하는 유일한 자유,
나를 죽이는 자유.

너는 나의 존재를 정당화한다.
내가 너를 몰랐다면 나는 살지 않았다.
너를 모르고 내가 죽는다면, 나는 죽지 않을 것이다, 나는 살지 않
았으니까.

사랑과 욕망의 몸부림은 마침내 무한한 자유를 향해 치닫는다.
사랑은 고뇌며 구원이다. 사랑의 진실만을 말하며 살 수 있는 세상
은 없다. 그 진실을 누리며 "햇살 속에 떠다니는 구름처럼" 하늘에
서 살 수 있는 사람은 없다. 사랑한다는 것은 누구에겐가 얽매일
때 행복해지는, 자유 아닌 자유가 베푸는 기쁨이다. 그래서 시인
은 말한다. "내가 너를 몰랐다면 나는 살지 않았다." 왜냐하면 나
는 너를 앎으로써 사랑과 욕망의 현주소를 깨달았고, 살고 싶은 욕
망과 죽고 싶은 고뇌를 알았기 때문이다. 그래서 너를 모르고 내가
살았다면 나는 한번도 살지 않은 게 된다. 너를 만나지 않았다면
나는 죽지 않는다. 살지 않았는데 어찌 죽을 수 있겠는가.

166

4. 어린 시절은 영원한 에덴동산

세르누다 시의 매력은 무엇보다 그 순수성에 있다. 그에게 있어 "아이는 어른의 아버지"(워즈워스)이며 어린 시절은 영원한 에덴동산이다. 그에게 어린 시절은 인생의 출발점이며 종점이다. 그리고 항상 그리움의 주소이자 망각의 고요가 머무는 지점이다. 사랑과 욕망도 어린 시절의 '정원'과 자연에서 싹텄다. 무형의 햇살 같은 손길들이 꿈과 희망을 속삭였다. 그러나 그것은 폭풍과 광란의 소용돌이를 몰고 왔다. 좌절과 번뇌 끝에 다시 고개를 돌리니 거기 다시 어린 시절이 있다.

세 월

살다보면 세월이 우리를 따라잡을 때가 있다. (이렇게 말하면 이야기가 되는지 모르겠다.) 내 말은 어떤 나이가 되면 우리는 시간에 얽매여 있음을 발견하고, 세월에 의지하며 살아가야 하는 처지가 된다는 이야기다. 마치 어느 저주받은 분노의 환영이 번쩍이는 칼로 우리를 첫 낙원에서 쫓아낼 때처럼. 그러나 우리는 모두 한번은 이런 낙원에서 살았다, 죽음의 칼침이 느껴지지 않는. 시간이 존재하지 않던 어린 시절이여! 하루가, 몇시간이 그때는 영원의 숫자가 된다. 한 어린아이의 시간 속에 들어 있는 세월은 몇세기나 되는가?

나는 내가 태어난 집 마당의 한구석을 기억한다. 난 그 대리석 돌계단 위 첫 계단에 홀로 앉아 있었다. 선선한 그늘 속에 그 분위기를 빨아들이며 돛단배 하나 닻을 올리고 있었다. 그리고 갑판 위로는 체로 받은 대낮의 햇살이 스며들고 있었다. 거기 하나의 별이 그 빨간 천의 여섯 귀퉁이를 비추었다. 검푸르게 반짝이는 야자수의 넓은 이파리가 마당의 빈터로 솟아올라, 열려 있는 발코니까지 올라왔다. 그 아래에는 분수 언저리로 진달래며 도라지꽃들이 옹기종기 모여 있었다. 땅에 떨어지는 물소리가 한결같은 리듬으로, 졸리운 듯 속삭였다. 물속 깊은 곳에는 진홍빛 물고기들이 황금번개 속에 비늘을 번뜩이며 불안한 몸짓으로 헤엄치고 있었다. 대기 속에 스며든 나른함이 서서히 나의 온몸을 타고 올라왔다.

거기, 물소리로 더욱 깊어진, 여름의 절대 침묵 속에, 사물들이 하나하나 살아 있음이 신비스럽게 부각되는 투명한 그늘을 바라고 있는 두 눈. 나는 거기에서 모든 시간이 공중에 머물러 움직이지 않고 떠 있는 걸 보았다. 지나가지 않고, 가볍게 순연한 모습으로 떠서, 어떤 작은 신을 숨기고 있는 구름처럼.

이것이 세르누다의 영원한 에덴동산의 추억이다. 자연과 사물이 하나하나 투명한 눈짓으로 시야에 머물러 있다. 하나하나 살아 있음이 신비스러우리만큼 뚜렷하다. 세르누다는 세상풍파에 시달리고 삶에 지친 순간마다 고향을 그린다. 고향은 자신의 어린 시절과 따스함이 머물고 있는 곳. 슬픔도 기쁨도 그곳에서는 한 배를 탄다.

남쪽 나라에 내 홀로 있고 싶어라

어쩌면 나의 이 느린 눈동자는 다시 남쪽 나라를 보지 못하리.
대기 속에 잠든 그 가벼운 풍경들을 보지 못하리.
꽃같은 잎가지들 그늘에 몸을 누이는
아니면 성난 말을 타고 달리며, 달아나는

남쪽은 노래하며 울음 우는 사막
사막의 목소리는 죽은 새 소리처럼 사위어지지 않는다.
그 쓰라린 한가지 소망들은 바다로 걸어가

거기 서서히 살아가는 약한 메아리로 펼쳐진다.

먼 남쪽 나라에서 나는 한데 어울려 묻히고 싶다.
거기 내리는 비는 반쯤 꽃망울을 터뜨린 장미,
거기에서는 안개도 웃음짓는다, 바람속에 햐얀 웃음으로.
거기에서는 어둠도 빛도 다같은 아름다움.

우리 시의 그리움과 남쪽 나라에 대한 향수를 닮은 세르누다의
소망은 우주적이다. 그 많은 이야기를 넘어 세르누다는 고독과 그
리움의 시인, 순수와 자유에의 염원으로 일생을 불사른 착한 영혼
이다. 그는 봄이나 여름의 시인만은 아니다. 눈 덮인 날의 겨울의
시인이기도 하다. 순수는 계절이 없다.

눈나라

네바다(눈나라) 주에서는
철길들이 새의 이름을 달고 있다.
들도 눈으로 덮이고
시간도 눈에 싸인다.

투명한 밤들이
꿈꾸듯 빛을 발한다,
물 위에나 순연한 지붕 위에
축제의 별잔치.

눈물이 웃는다,
슬픔은 날개를 단다,
그러나 우리가 알기로, 날개는

변덕스런 사랑을 낳는다지.

나무들은 나무들을 껴안는다.
하나의 노래가 다른 노래와 입맞춘다.
철길로는
기쁨도 아픔도 다 지나간다.

눈길 위에는 항상
또다른 눈이 잠잔다, 눈나라에서는.

어린 시절이 에덴동산이라면 그 너머는 자연과 순수가 사는 곳. '눈물의 바다'(기독교)도 '고통의 바다'(불교)도 날개를 달고 가벼이 떠 있다. 어린 시절의 시간이 영원하다면 자연의 시간은 봄 여름 가을 겨울이 함께 하는 화해와 조화와 사랑의 시간이다. 세르누다 는 프랑꼬 독재 시절에 자의반 타의반으로 미국에 망명해 그곳의 대학에서 문학을 강의하며 세월을 보냈다.

위의 시는 그가 네바다 주의 설경을 보고 쓴 것이다. 네바다는 원래 스페인 사람들이 붙인 이름으로 그 뜻은 '눈 덮인 곳' '눈나라' 이다. 내가 '눈나라'라고 옮긴 것은 그가 거기서 설경을 보고 순수 한 사랑을 노래했기 때문이다. "눈나라에서는/철길들이 새의 이 름을 달고 있다"란 구절이 너무나 좋다. 문명에 찌들기 전, 금속성 이전의 세상은 날개를 단 듯 모든 것이 가벼웠으리라. 거기 산다는 것은 하루하루가 그대로 축제였으리라. 거기 유일하게 허락된 일 과는 사랑하는 것이리라. 노래가 노래와 입맞추고 나무가 나무와 껴안고 설경 속에서 죽음도 눈처럼 가벼우리라.

인생의 무거움 앞에서 시인은 가벼운 세상을 꿈꾼다. 꿈과 풍선 같은 가벼움이 살아 있던 어린 시절과 사춘기, 즉 자연 속에 하나

되어 노닐던 순수한 사랑의 시절은 세르누다 시의 고향이다. 세르누다의 시는 어리고 가벼운 시절에 대한 염원으로 가득 차 있다.

망각이 사는 곳——시 7

나날이 구름처럼 떠 있던 시절, 나는 사춘기 소년,
가느다란 물체, 오직 어스름과 그림자로만 반짝이던 나,
이상한 것은 그때의 생각이 자꾸 나는 일,
그리고 오늘 나의 몸뚱어리 위에 아픔이 짙게 느껴지는 일.

즐거움을 잃는다는 건 슬프다.
느린 야상곡 위에 다정한 가스등처럼,
나는 과거에 가느다란 물체였다, 그것이 나였다, 그리고 늘 그래왔다,
나의 그림자는 순진무구 그것.

즐거움도 고통도 아닌, 나는 어린애였다
자꾸만 바뀌어가는 벽들에 에워싸인 조그만 포로,
몸뚱어리와 같은 역사들, 하늘과 같은 유리창들,
그리고 꿈, 삶보다 더욱 높은 꿈 하나.

이윽고 죽음이 와서
나의 손아귀에서 하나의 진실을 앗아가려고 할 때,
죽음은 알리라, 나의 손이 비어 있다는 것을,
사춘기 시절처럼, 소망에 불타는 손길은 늘 대기로 펼쳐져 있었나니.

세르누다의 사랑은 자연이며, 어린 시절이며, 가벼움이며, 그 모든 것이 하나가 된 너에 대한 그리움이다. 살아 있다는 것은 소망하는 것이고 사랑하는 것이다. 세루누다의 임은 한용운의 임처

럼 초월적이지는 못해도 현실적이면서 초자연적이다. 살냄새가 있
는 임이라고 그 사랑이 오염된 건 아니다.

　　　가벼운 소리처럼

　　가벼운 소리처럼,
　　유리창을 스치는 잎사귀
　　조약돌을 어루만지는 물살,
　　여린 이마를 입맞춤하는 빗방울들

　　잽싼 애무처럼
　　길 위에 벌거숭이 발,
　　첫사랑을 연습하는 손가락들
　　고독한 육체 위에 따스한 이불자락,

　　스쳐가는 욕망처럼
　　빛살 속에 반짝이는 비단,
　　언뜻 눈에 스친 날씬한 사춘기 소년,
　　어른보다 더 큰 눈물방울,

　　내 것이 아닌 이 인생처럼
　　그러나 끝내 나의 인생인,
　　이 이름 없는 열망처럼
　　내 것이 아니면서 나 자신인

　　그 모든 것, 가까이 혹은 멀리서
　　나를 스치는, 나를 입맞추는, 나를 아프게 하는 것.
　　너의 모습은 안팎으로 나와 함께 있다,
　　그것은 나의 삶이면서 나의 삶이 아니다,

172

하나의 이파리와 또다른 이파리처럼
그저 바람이 실어가는 그림자, 그림자들.

세르누다의 사랑은 잊혀질 뿐 죽지 않는다. 사랑은 살아 있음의
색깔이다. 그리고 죽음은 또다른 피안이다. 세르누다는 "사랑은
죽지 않는다／죽는 것은 우리들 자신뿐"이라고 말한다. 인생은 죽
는다, 그 고뇌도, 즐거움도. 그러나 사랑과 사랑에 대한 소망은
영원하다. 그 영원함은 오직 망각에 의해서만 무형으로 된다. 세
르누다는 욕망이 아닌 사랑을 영원 속에서 꿈꾼다. 사람은 망각에
서 와서 망각으로 되돌아간다. 내가 아닌 데서 와서 내가 아닌 데
로 간다. 시인은 그 길에 사랑이 기다리고 있길 바란다. 내가 없는
곳, 내가 잊혀진 길에 사랑만 오롯이 꽃피어 있길 기원한다. 다음
은 『망각이 사는 곳』이라는 시집의 표제시이다.

　　망각이 사는 곳

망각이 사는 곳
여명이 없는 황량한 정원에서
나는 오직
잡풀 사이 묻힌 하나의 돌의 기억으로 남을지라
그 돌 위에 바람만이 불면의 밤으로 달아나리니

수많은 세월의 품속에 하나의 육체를
가리키는 나의 이름 하나로 남을지라
아무런 소망도 없는 내가 될지라

거기 그 커다란 지역에서는
사랑이 무서운 천사가 되어

그 날개를 나의 가슴에
이제 쇠창처럼 숨기지 않으리라
폭풍이 몰려와도 가볍게 아름다이 미소지으리라,
거기 자기의 모습을 닮은 주인을 찾는 이 열망이 끝나는 곳,
스스로의 인생을 남의 인생에게 맡기고
다른 눈들이 마주보는 수평선밖에는 바라볼 데가 없다 할지라도

거기서는 고통도 행복도 이젠 이름밖에 아무것도 없으리
하나의 기억 주위로 원형의 하늘과 땅.

마침내 거기서는 나 자신 알 수도 없이 내가 자유로워지고
나는 그리움의 안개가 되어
어린애 속살 같은 가벼운 그리움으로 남으리

저 너머, 그 먼 곳
망각이 사는 곳에서는.

174

제 10 장
비센떼 알레익산드레
(스페인, 1898~1984)

1954년 후안 라몬 히메네스가 노벨상을 받은 이래 네번째로 비센떼 알레익산드레(Vicente Aleixandre)가 프랑꼬 사후 민주화 바람을 타고 1977년 이 상을 탄다. 그전에 극작가 호세 에체가라이(José Echegaray)와 하신또 베나벤떼(Jacinto Benavente)가 이 상을 탔다. 현대시에 있어서 알레익산드레는 히메네스 때부터 1989년 노벨상을 탄 시인·소설가 까밀로 호세 셀라(Camilo Jose Cela) 때까지 가장 확실한 스페인 순수문학의 대표로 인식되었다.

알레익산드레는 히메네스류의 순수시에서 출발하여 초현실주의를 거쳐 꾸준한 시작업으로 우주 속의 인간실존과 희망, 빛과 어둠이 난무하는 독특한 상상의 세계를 구축한 시인이다. 그의 시는 서구 시의 전통인 플라토닉 러브와 르네쌍스의 신비주의라는 물을 먹고 자라난 새로운 낭만주의라고 이야기되곤 한다.

시인이며 알레익산드레의 연구가인 까를로스 보우소뇨를 비롯해 오늘의 평론가들은 그의 시를 초현실주의로 재조명하고 있지만, 막상 그는 한번도 '자동필기법'을 믿어본 일도, 실행해본 적도 없다고 강변한다. 그의 변명이야 어찌되었든 뒤의 학자들은 시인의 집에서 브르똥의 1924년 『쉬르리얼리즘 선언』을 발견하고, 그가 틀림없는 쉬르리얼리스트 시인이었음을 주장한다(빠블로 꼬르발란, 『스페인의 쉬르리얼리스트 시』 서문). 연구가들의 말을 믿기로 하면, 최소한도 그는 1928~29에 썼다고 하는 산문시집 『땅의 고뇌』로부터 1930년의 『입술 같은 칼날들』, 1933년 『사랑이냐 파괴냐』까지는 틀림없이 초현실주의의 그늘 아래에 있었다고 말할 수 있다.

시선집 『나의 가장 좋은 시들』(*Mis Poemas mejores*)은 "가장 만들어짐이 없는 '태어난 상태' 그대로의" 시들이었다는 시인 자신의 언명으로 보아, 의식적으로나 무의식적으로 그는 초현실주의의 물을 먹었음이 틀림없다. 그러나 이론이야 어찌되었든 알레익산드레의 끊임없는 사랑과 열정은 신낭만주의적 성향이었음을 부정할 수는 없다.

스페인의 남부 안달루시아는 낭만적인 시인들을 많이 산출한 곳이다. 알레익산드레도 베께르(G. A. Bécquer)처럼 안달루시아의 세비야에서 태어나 해변가에 있는 "천국의 도시, 빛의 도시" 말라가에서 가장 민감한 소년기를 보냈다. 어렸을 적부터 병약하고 예민한 성격의 알레익산드레는 낭만적 감성으로 인생을 시작했다. 그는 사춘기를 이렇게 노래했다.

사춘기

오더니, 또 가더이다, 고운 모습으로
다른 길에서
또 다른 길로. 너를 본다는 것,
그리고 어쩌다, 다시 너를 보지 못한다는 것.
──작은 발,
즐겁게 사위어간 빛──
밑에 물이 있는 걸, 물줄기가 있는 걸

본 것은, 어쩌면 내가
소년이었을 때이리라,
그리고, 거울 속에 너의 지나가는 모습이
흘러가고, 사라지는 모습이 보인 것도.

1976년 여름, 마드리드의 웰링또니아 거리(지금은 비센떼 알레
익산드레 거리)에서 처음 만났을 때 그가 한 첫 질문이 생각난다.
"어때, 한국의 소녀들은?" 그때 나는 이 질문에 퍽이나 당황했다.
금발에 파란 눈의 이 나이든 소년은 지구의 반대편에 사는 소녀들
에게 관심이 있었던 것일까. 타고르의 시 「원무」에 "세상의 아이
들이 모두 바닷가에서 원무를 추면 세상은 밝고 평화로워지리라"던
것이 생각난다. 알레익산드레도 꿈이 있는 세상의 소년소녀들이
한데 어울려 춤을 추면 세상은 사랑과 꿈과 행복으로 가득 차리라
믿었던 걸까.

1. 사랑, 그 영원한 희망과 고뇌의 현장

어른들보다 어린아이들이나 젊은이들이 낯선 사람과 쉽게 어울
린다. 그들은 사랑을 몸으로 알기 때문이다. 또 사랑을 통해서 몸
을 알기 때문이다. 살아 있다는 보람을 느끼고, 살아 있음이 숨가
쁜 현실로 육박하는 것은 진정으로 사랑할 때이다. 그때 우리는
"영원히, 영원히 너를 사랑할 수밖에 없어!" 소리친다. 사랑은 사
랑할수록 무서운 약속만을 연출한다. 아직 어린애이고 싶은 너와
나 사이를, 최소한도 사춘기이고 싶은 너와 나의 그 안타까운 자맥
질을 "아니다!"로 막고 가는 이별이나 죽음의 칼날들. 알레익산드
레의 시에는 비극을 사춘기의 에로티시즘으로 이해하려고 애쓰는

눈물겨움이 있다.

그녀 속에서의 합일

내 손바닥 사이로 흘러가는 행복한 육체,
사랑하는 사람의 얼굴에서 나는 세상을 바라본다,
그녀의 얼굴에는 달아나는 예쁜 새들이 그려진다,
새들은 망각이 없는 먼 고장으로 날아간다.

너의 외형은 금강석, 아니면 단단한 루비,
나의 손바닥 사이로 반짝이는 햇빛, 햇살,
내부의 음악으로 나를 부르는 분화구,
너의 치아의 그 형언할 수 없는 부름.

나는 죽고 싶다, 죽는다, 발갛게 달아올라
나는 나를 던진다, 나는 불속에 살고 싶다, 왜냐하면
나는 이 외부의 대기가 내 것이 아님을 안다. 나의 것은
뜨거운 숨결, 다가가면 불타는,
안으로부터 나의 입술을 황금빛으로 달구는.

나를 이대로 내버려두라, 사랑에 물들어,
너의 진홍빛 생명으로 발갛게 물든 얼굴을 보게 하라,
내버려두라, 너의 심장의 깊은 절규를 바라게 하라,
거기 내 죽겠노라, 영원히 살기를 포기하겠노라.

사랑이냐 죽음이냐, 나는 이 둘을 원한다,
나는 모든 것을 떠나 완전하게 죽고 싶다,
나는 네가 되고 싶다, 너의 피가, 그 으르렁거리는 용암,
안에 갇혀 아름다운 사지와 말초신경들에 물 주며

그렇게 생명의 어여쁜 한계를 느끼는.

느린 가시처럼, 너의 입술을 파고드는 이 입맞춤은
거울이 되어 날아간 바다와 같다,
그 한 날개의 반짝임
그것은 아직 하나의 손길, 부석이는 너의 머리칼을 다시 만지는,
복수의 빛이 찍찍거리는 소리,
그것은 빛이거나 치명적인 칼이다, 목 위에서 나를 위협하는,
그러나 그 어느 칼도 이 세상의 조화를 무너뜨릴 순 없다.

이것이 알레익산드레다. 죽도록 사랑한다는 말이 알레익산드레 앞에서는 이미 거짓일 수 없다. 죽도록 사랑하지 않는 사랑은 사랑이 아니다. 산다는 것은 죽어가는 것인데, 나의 죽어가는 삶의 전부를 걸고 사랑하지 않는 사랑은 사기다. 나는 어떤 신의 축복으로 태어난 사람이기에 너처럼 아름다운 사람을 만났는가. 나는 죽을 수 있는, 없어질 수 있는 사람인데(「거울」과 「바다」), 내 가슴에 이렇게 또렷하게 새겨지는 너의 목소리와 눈동자는 나의 살아 있음을 더욱 확실하게 한다. 이 은덕의 화살들은 무엇을 위함인가.

많은 예술가들처럼 알레익산드레는 결혼을 하지 않았다. 사랑과 현실, 시와 여인을 하나로 만들 가능성은 어디에도 없다. 그러나 혼자 늙어가고 혼자 살아갈 때, 이 절실한 인간 실존의 고독은 허튼소리처럼 가랑잎이 된다.

항 상

나는 홀로 있다. 물결들, 해변, 내 말을 들으라.
앞에 보이는 돌고래들 혹은 칼.
항상 명확한 것, 한계가 없음.

노랗지 않은 이 부드러운 머리,
흐느끼는 속살의 돌 하나.
모래여, 모래여, 너의 절규는 나의 것.
나의 그림자 속에, 너와 너의 젖가슴은 없다,
거짓말 마라, 돛대가, 산들바람이,
아니면 북풍이, 성난 바람이
너의 미소를 물거품까지 밀어올리지는 못한다.
핏줄기를 타고 떠내려가는 배들을 훔칠 수는 없다.

사랑이여, 사랑이여, 너의 부정한 발길을 멈춰다오.

  알레익산드레의 사랑은 에로티시즘의 현장이다. 육욕적 사랑이
향하는 곳은 죽음이다. 프로이트는 이것을 '타나토스'(Thanatos)라
고 부른다. 궁극적으로 우리가 갈구하는 욕망은 행복이다. 그러나
그것은 늘 불가능한 좌표이다. 인생은 고향으로부터, 어머니로부
터, 혹은 어머니의 뱃속으로부터 떠나와 어디론가 멀어지는 것이
다. 사람의 고독이나 슬픔은 이 떠나온 행복이나 고향에 대한 향수
이다. 그러나 우리는 행복을 찾는다. 사랑이 충만했던 공간을 그
린다. 프로이트의 말처럼 우리는 어머니의 뱃속을 그리워하는지도
모른다. 그러나 그곳은 이미 닫혀 있다. 영원히 돌아갈 수 없는 곳
이다. 우리 앞에 기다리는, 어머니의 뱃속을 닮은 아늑함의 고향
은 차라리 무덤 속인지도 모른다. 여기에 사랑과 죽음의 만남이 있
다. 사랑하고 행복하고 싶은 마음은 늘 죽음과 맞닥뜨린다. 죽고
싶은 느낌이 아니면 사랑이 아니다. 이 역설의 현장에서 사랑이 불
탄다. 『사랑이냐 파괴냐』가 그렇듯 알레익산드레의 시와 시어는 항
상 이런 역설적 반어법으로 가득 차 있다.
  '돌고래'가 육신이 가진 아름다움의 생명성이라면 그것은 곧 '칼'

이다. 그것은 죽음 위에서만 가능한 생명성의 빛남이다. 산다는 것은 '그림자 속'이며 거기 너의 '젖가슴'도 '너'도 허상이다. 곧 사라질 테니까. "모래여, 모래여, 너의 절규는 나의 것"이란 말이 열쇠를 쥐고 있다. 서구 시에서 '바다'는 늘 죽음을 상징한다. 바닷물결은 행복해 보인다. 그러나 시인은 말한다. 그것은 거짓말이다. 너의 미소는 죽음을 초월해서 바다 위 물거품으로 뜨지는 못할 테니까. 우리의 핏줄기 속에는 영원히 떠내려가는 배와 시간이 살고 있다. 그것을 어떻게 훔칠 수 있으랴. 그래서 사랑의 약속은 사기다. 그 행복에의 유혹은 사기다. "사랑이여, 사랑이여, 너의 부정한 발길을 멈춰다오."

2. 그러나 행복은 있다

『사랑이냐 파괴냐』로 알레익산드레는 1933년 '스페인 국가문학상'을 받았다. 그 상이 아니더라도 이 시집은 알레익산드레가 독자적인 목소리를 갖게 된 정점으로 이해된다. 시인 자신도 『나의 가장 좋은 시들』에서 "우주의 사랑을 통한 합일이라는 핵심적 사고를 최초로 성공시킨 작품집"으로 그 시집을 이야기한다. 앞의 시들도 주로 이 시집에서 고른 것이다.

알레익산드레의 시세계가 고향 혹은 어린 시절의 꿈으로부터 성년기의 "사랑, 그 희망과 갈등의 현장"까지를 주된 내용으로 삼고 있다면, 그것은 단순한 자서전적 체험의 기록이라기보다는 끝없이 빛에 대한 소망과 조화로운 우주에 대한 열망을 담은 것이다. 그는 처음부터 "강력한 느낌의 자연스러운 넘쳐흐름"(워즈워스)의 낭만주의적 시인이라기보다는 잠재의식까지를 해방하려 한 초현실주의자였다.

그는 『사랑이냐 파괴냐』에서부터 "완전히 반낭만주의자가 되었다"고 고백한 바 있다. 이 시집은 여러가지 특징을 가진다. 첫째, 그는 사랑을 이제 한 남자와 여자 사이의 구체적 관계에서보다는 우주적·초월적 시야에서 고찰한다는 점이다. 여기에서 주로 등장하는 테마가 "사랑이냐 파괴냐", 진정한 사랑의 행복은 불타 없어지는 것이라는 역설이다. 둘째, 이 시집은 그 창작기간이 그의 시집 중에서 가장 짧아 1년도 채 되지 않은 기간에 씌어졌다는 것이다. 시인은 병으로 쓰러져 몇달 동안 아무것도 하지 못하고 고열 속에서 사경을 헤맨 적이 있다. 병이 나은 후 그는 무한한 생명력과 살아 있음의 환희를 맛보고 비로소 건강한 몸이 '황홀한 (존재의) 방'임을 깨닫는다.

그가 자신을 '반낭만주의'라고 한 것은, 그의 시상이 한 여자에 대한 사랑의 감정이나 세속적 육욕에서가 아니라, 우주적 체감에서 비롯되었다는 것을 일컫는다. 그러나 궁극적으로 알레익산드레의 시는 릴케(R. M. Rilke)의 경우처럼 '내면의 요구'에서 씌어졌고, 또한 낭만주의적 열기에서 태어났다. 『사랑이냐 파괴냐』의 낭만주의 시는 그때 그 순간의 진실을 노래하고 있다. 사랑은 어느 한순간의 느낌을 통해 영원화한다.

행 복

아니다. 됐다!
항상, 됐다.
달아나라, 달아나라, 내가 바라는 건,
오직 바라는 건 너의 일상의 죽음.

우뚝 선 상체, 그 무서운 기둥,

열기에 찬 목, 참나무 모임,
돌이 된 손, 귀먹은 달, 돌
그리고 태양, 애를 밴 뱃속, 유일하게 꺼져가는 태양.

풀잎이 되라! 바싹 마른 풀잎, 억눌린 뿌리,
구더기도 살지 않는 허벅지 사이, 푸른 잎사귀들,
땅은 더이상 입술을 좋아할 수 없다. 그것은 과거,
늘 젖은 목소리의 달팽이들.

너를 죽인다는 것, 광활한 발, 침뱉은 석고를 죽이고,
눈이 꿈꾸지 않을 때, 날과 날을 두고 짓씹힌 발을 죽이고,
눈동자가, 푸른 풍경, 새로운 순백의 세상을 만들 때,
거기 한 소녀가 온몸으로 물거품 없이 목욕을 할 때

너를 죽인다는 것, 동그란 응결체, 형체거나 덩어리
더러운 물체, 토사물, 아니면 스캔들,
몇몇의 진홍빛 입술에 이끌려, 썩어가는 죽음에
매달려 있는, 아니면 단 하나의 입맞춤에 목숨을 건 너.

아니다. 아니다!
너를 여기 갖는다는 것, 나의 길고 긴 이빨 사이에서 파동치던 너의
가슴,
나의 이빨이거나 사랑의 못이거나 그 화살이거나
입맞춤과 입맞춤 속에 살아 버둥대는 도마뱀처럼
그냥 누워 있던 너의 육체의 떨림이거나……

숫자와 숫자의 폭포수, 너의 거짓말,
보석반지를 낀 여인의 손의 폭포,
머리칼이 남아 있는 엄포의 폭포,

거기, 눈이고 보석이고 전부 융단으로 깔려 있는,
거기, 손톱까지 수실을 달아 보관하는……

죽으라, 불모의 땅의 절규처럼,
벌거숭이 발에 으깨어진 거북이처럼,
죽으라, 그 발은, 그 발의 상처는, 그 피는
그 신선하고 새로운 피는 흐르고 싶다, 새로 태어나는
강물이 되고 싶다.

나는 행복한 하늘을 노래한다, 끝이 망가진 푸르름을,
나는 이 사랑스런 창생을 사랑하는 행복을 노래한다,
깨끗한 돌 아래 태어나는 모든 것을 사랑한다,
물, 꽃, 갈증, 엷은 빛살, 강물, 혹은 바람,
나는 이 하루의 사랑스런 현실을 사랑한다, 이 하루는 있다.

알레익산드레의 행복은 사랑 이전의 사랑, 풀잎 사랑에 있다. 사랑하는 여인의 입맞춤 이전, 그 끈적끈적한 연애 이전, 애욕의 젖은 목소리 이전, 혹은 그 이후의 원형적 바람과 햇살 같은 사랑의 몸짓에 있다. "달아나라, 달아나라, 내가 바라는 건／오직 바라는 건 너의 일상의 죽음"은 무엇을 뜻하는가. '일상의 죽음' 즉 일상으로부터의 달아남은 부처의 '고통의 바다'나 기독교의 '눈물의 바다'로부터의 탈출이다. 그것이 반드시 깨달음으로의 길은 아니라 할지라도, 햇살 아래 살아 있는 모든 것을 오직 그 살아 있음만으로 사랑하고 싶은 마음이다.

알레익산드레는 '땅의 고뇌'에서 탈출하려고 시도한다. 그가 달아나고 싶은 '일상'은 이 고뇌스러운 땅, 입술을 사랑하지 않는, 모든 아름다운 것을 허물어뜨리는, 우리를 욕망으로 끝없이 바장이게 하는 '발'이다. '참나무'처럼 단단한 생의 의지로 우뚝 서고

싶다. '도마뱀' 같은 원형의 몸으로 사랑하고 싶다. 빛의 아들이
되어 원형의 나로 자연을 사랑하고 싶다. 그는 『땅의 고뇌』(1928
~1929년)란 시집을 '내부로의 도피'라고 이름짓고 싶었다고 말한
다. 우리말로는 '원형으로의 탈출'이랄까. 그는 루쏘의 '선한 자
연', 그 원시적 아름다움의 세계로 세상을 살고 싶었다.

　죽음의 고비에서 헤어난 이후, 그는 형용사 없이 살아 있음만으
로도, 숨쉬고 버둥대는 것만으로도 행복을 느꼈다. 그는 마침내,
"이 사랑스런 창생을 사랑하는 행복을 노래한다"라고 절규한다. 내
살갗을 스치는 바람·돌·강물 등 이 순연한 우주의 생명을 몸으로
느끼기에 "행복은 있다"고 부르짖는다. 이 행복한 오늘, 이 "하루
는 있다"고 자신있게 말한다. 그래서 「어느 죽은 소녀에게 바치는
노래」에는 슬픔이 없다. 죽은 소녀는 일상으로부터 벗어나 자연이
된 아름다움의 총화이기 때문이다.

　　어느 죽은 소녀에게 바치는 노래

　　말해다오, 말해다오, 너의 처녀림, 그 가슴의 비밀을,
　　말해다오, 땅속에 있는 너의 몸뚱어리의 비밀을,
　　나는 알고 싶다, 너는 어찌하여 지금 물이 되었는가,
　　맨발들이 물거품을 튀기며 목욕하는 신선한 물가.

　　말해다오, 어찌하여 풀어헤친 너의 머리칼 위에,
　　사랑스런 너의 고운 풀잎 위에,
　　햇살이 미끄러지는가, 어루만지는가, 가는가
　　불타는가, 쉬는가, 그리고 네게 남는 손길은
　　바람, 바람은 새 하나, 손 하나만을 놓고 간다.

　　말해다오, 어찌하여 작은 밀림 같은 네 가슴은 아직도

땅속에서, 오지 않을 새들을 기다리는가를,
꿈은 소리없이 지나가는데, 어찌하여 너는 그 꿈 너머, 눈 너머
온 마음의 노래를 기다리는가를.

오, 너, 노래여, 하나의 살아 있는 죽은 육체에게
땅속에서 잠자는 하나의 아름다운 존재에게
너는 노래하지, 돌의 색깔, 입맞춤, 아니면 입술 색깔,
너는 노래하지, 비단조개가 잠자거나 숨쉬는 듯이.

그 허리, 슬픈 가슴의 작은 부피,
바람이 모르는, 잘 휘감기는 곡선,
침묵만이 헤엄치는 눈길의 길,
오래 간직한 상아가 참아둔 치아,
파랗지 않은 이파리가 흔들지 못하는 바람.

오, 너, 구름처럼 흘러가며 웃음짓는 하늘이여,
어깨 위에서 웃음짓는 오, 너 행복의 새여,
샘물이여, 신선한 물줄기여, 달과 어우러져 비추는
보드라운 잔디여, 아름다운 발길이 머무는 사랑이여 !

   죽은 소녀는 샘물이 된다. 시간에 때묻지 않는 자연이 된다. 우
주의 눈짓이 된다. 순연한 사랑이 된다. 땅의 고뇌가 닿지 않는
'행복한 새'이다. 분수이다. 솟아올라 달과 어우러져 춤추는 물줄
기. 소녀는 죽어서 드디어 자연과 합일을 이룬다. 순수한 시인의
사랑이 된다. 그러나 죽은 소녀만 아름다운 것은 아니다. 시인의
눈길이 머무는 살아 있는 여인의 육체 또한 순수한 자연이다. 시인
의 사랑은 여인의 육체를 씻고 씻어 강물로 만든다.

너, 살아 있는 너에게

> "하늘을 만지는 것, 사람의
> 몸에 손가락을 댄다는 것은."

노발리스.

누워 있는 너의 몸을 바라본다
너의 몸은 흘러도 흘러도 다하지 않는 강물,
새들이 노래하는 맑은 거울,
그 속에서 하루가 밝아오는 것을 느끼는 것은 행복이다.

너의 눈을 바라본다, 너의 눈은 나를 부르는 깊은 죽음, 혹은 삶,
아득히 감지되는 깊은 곳의 노래,
너의 자태를 본다, 너의 고요한 이마, 나의 입맞춤이 반짝이는 발광
체, 돌,
한번도 지지 않는 햇덩이가 비추는 바윗돌 같은.

그 희미한 음악에 입술로 다가간다,
항상 젊음이 숨쉬는 소리를 듣는다,
파란 것들 사이 노래하는 땅의 열기를 느낀다.
붙잡으면 늘 미끄러지는 몸뚱어리
달아나다 되돌아오는 행복한 사랑.

나의 발밑으로 굴러가는 세상을 느낀다,
항상 별의 힘으로 가벼이 굴러가는,
굽이칠 바다도 파도도 필요없이
샛별의 은혜로 즐거이 굴러가는,

모든 것은 놀라움. 반짝이는 세상은
바다가 문득 벌거숭이로 전율하고 있는 것을 느낀다,
바다는 열에 들뜬, 탐욕스런 심장,
오직 빛의 반짝임만을 탐하는.

창생이 빛을 발한다. 고요한 행복이
흐른다, 절대 절정에 이르지 않은 쾌락처럼,
갑작스런 사랑의 상승 같은, 그 속에서
바람이 가장 눈먼 이마를 에워싸는.

오직 너의 빛만으로 너의 몸을 바라본다,
새들의 노래와 어울리는 그 가까운 음악,
물과, 숲과, 이 절대적 세상과 맥박을 이은
화합의 음악이 시방 나의 입술에 느껴진다.

그렇다. 너의 호흡, 너의 맥박은 곧 우주의 것, 세상의 것이다.
너의 몸에는 강물이 흐르고 너의 심장에는 바다가 뛰논다. 살아 있
음은 새소리 같고, 숲의 푸르름 같은 우주의 합창이다. 너를 사랑
할 때, 또는 너의 오묘한 육체를 바라볼 때 내가 느끼는 것은 우주
의 신비다. 창생의 조화다. 그것은 시를 위한 수사학이기 이전에
화학이며 물리학이며 생물학이다. 알레익산드레의 전공이 문학이
아니라 수학인 것이 생각난다.

3. 생명은 죽음 위에서 비로소 빛이 된다

알레익산드레의 행복은 죽음의 고비에서 풀려나온 자의 환희다.
산다는 것은 늘 죽음 위에 떠 있는 가냘픈 배타기이다. 그러나 우

리의 일상과 타성은 영원히 살 것처럼 탐욕스럽고 얄팍한 현실에 집착한다. 그리고 좋은 것, 나쁜 것, 옳은 것, 옳지 않은 것, 착한 것, 착하지 않는 것에 목숨을 건다. 그러나 지장보살은 꽃다운 열여덟의 나이에 어머니를 찾아 지옥으로 들어간다. 어머니가 지옥에 있는 것을 보고 이 지옥의 모든 영혼을 구하기 전까지는 깨달음과 극락의 삶을 거부한다. 지장보살은 어쩌면 고통과 지옥 속에서 진정한 천국의 빛을 발견했는지 모른다.

알레익산드레는 청마 유치환보다 더 철저한 생명의 시인이다. 청마에게 낭만적 측면이 강하다면 그에게는 철학적인 면이 강하다. 아리스토텔레스가 『시학』에서 "문학은 일반적·우주적 진리를 추구한다. 따라서 수사학보다 더욱 신중하고 철학적이다"라고 한 말이 생각난다. 알레익산드레의 자작시 설명을 들으면 철학서를 보는 것 같다.

누구나 죽는다는 가장 간단한 진리도 모르고 조급하고 얕게 사는 우리에게 알레익산드레의 생명의 시는 뜻하지 않는 살아 있음의 행복과 느낌을 전한다.

생 명

종일 새 하나 가슴에 와 지저귄다,
입맞춤의 세월은 아직 오지 않았다고,
산다는 것, 산다는 것, 눈에 보이지 않는 햇살이 부서지는 소리,
입맞춤이거나 새거나, 늦거나 빠르거나, 영원히 오지 않거나……
죽는다는 건 작은 소리 하나면 끝이다,
남의 심장 하나 잠잠해지는 소리,
아니면 산다는 것은 결국 남의 무릎, 땅에서 헤엄치는
금발의 머리칼을 위한 황금배 하나.

아픈 머리, 황금 관자놀이, 그러나 곧 떨어질 햇덩이 하나.
여기 어둠속에서 나는 강물을 꿈꾼다,
지금 태어나는 파란 피의 갈대들,
따스함이거나 생명이거나, 너에 의지하고 서 있는 꿈 하나.

삶의 덧없음을 알아야 하루하루가 맛있다. 궁극적으로 모든 것은 죽는다. "죽는다는 건 작은 소리 하나면 끝이다." 또한 산다는 건 작은 소리 하나면 끝이다. 나는 죽는다는 것을 모른다. 나는 늘 살아 있다고 생각하니까. 그래서 내가 죽는 소리는 "남의 심장 하나 잠잠해지는 소리"이다. 세상의 행복이라는 것도 결국 남의 배를 타고 잠깐 쉬었다 가는 뱃놀이의 즐거움이다. 내게 주어진 생명, 그 '햇덩이'는 저녁이 오기 전에 떨어질 것이다. 내가 죽는다고 모두 다 죽는 것은 아니다. 바로 이렇게 생각할 때 사는 맛은 진하다. 산다는 것, 혹은 실존한다는 것은 결국 죽음을 딛고 잠깐 떠 있는 일이다. "어둠속에서 나는 강물을 꿈꾼다." 살아 있음의 소중한 느낌을 맛본다. 삶은 유리잔보다 부서지기 쉽다. 그러나 그것은 우리의 유일한 재산이다. 그것은 우리의 운명이다. 그래서 사랑을 할 때에야 우리는 비로소 우리의 존재가 아주 하찮은 것에 놀란다. 사랑을 느끼면 우리는 "영원히 사랑해!"처럼 영원을 저당잡히고 싶은 심정이 되니까.

　　나는 운명이다

그렇다. 어느 때보다도 나는 너를 사랑했다.

어찌하여 내가 너를 입맞추겠는가, 죽음이 바로 가까이 와 있다는 걸 모두가 아는데,

사랑한다는 것은 다만 산다는 것을 잠깐 잊는 것뿐이라는 걸 모두가
아는데,
한 육체의 빛나는 한계를 안 보기 위하여
내 어찌 눈앞에 와 있는 어둠 앞에 눈을 감겠는가.

나는 책 속의 진실을 읽고 싶지 않다, 그 진실은 조금씩 조금씩 물
처럼 올라온다,
나는 그 거울을 포기한다, 그 거울 속에는 산이 보이는 곳마다
벌거숭이 바위가 있고, 그 바위에는 내 이마가 비친다.
거기, 의미를 모르는 새들이 가로질러 날아가는.

나는 강물 속에 얼굴을 들이밀고 싶지 않다, 거기 색색의 물고기들
이 분홍빛 생명을 번뜩이며, 안타까움의 한계인 물가를 돌진하는 모
습,
강물 속에는 형언할 수 없는 목소리들이 일어난다,
갈대 사이에 누워 있는 나는 그 기호들의 의미를 모른다.

아니다. 나는 바라지 않는다, 나는 이 먼지를 마시는 것을 거부한
다, 그 고통스러운 흙덩이를, 물고 뜯긴 모래를,
이 세상과 이 몸뚱어리가 하늘의 눈도 이해할 수 없는
기호처럼 굴러간다는 것을 알 때,
나의 살덩이가 말하는 삶의 확실성을 나는 믿을 수 없다.

아니다, 나는 바라지 않는다, 혓바닥을 들어, 절규하지 않는다,
위에서 부딪혀 떨어지는 돌멩이처럼 혓바닥을 쏘아올리지 않는다,
쏘아올려 광막한 하늘의 유리창을 깨고
그 하늘 뒤에서 아무도 듣지 않는 생명의 소리를 내고 싶지 않다.

나는 살고 싶다, 튼튼한 풀잎처럼 살고 싶다,

북풍처럼, 눈처럼, 눈을 뜨고 있는 숯덩이처럼,
아직 태어나지 않는 어린아이의 미래처럼,
달이 모르는 짐승들의 감촉처럼.

나는 음악이다, 그 많은 머리칼 밑에
신비스럽게 날아가며 세상이 만드는 음악,
날개에 피를 흘리며, 억눌린 가슴속으로 죽으러 가는
순진무구한 새 하나.

나는 모든 사랑하는 사람들을 그러모으는 운명이다,
사랑을 아는 모든 반경이 모여드는 유일한 바다,
모여와서 중심을 찾는, 소용돌이쳐, 소리소리 치며, 완전한
장미처럼 원이 되어 출렁이는……

나는 벌거숭이 바람을 향하여 갈기를 불태우는 말 한 마리,
나는 스스로의 털과 갈기에 고문당하는 사자,
무심한 강물을 두려워하는 사슴,
밀림을 떠나는 당당한 호랑이,
대낮에도 반짝이는 작은 풍뎅이.

아무도 살아 있는 사람의 현실을 무시하지 못한다,
소리치는 화살들 사이, 그 한중간에 서서,
보이지 않을 게 없는, 투명한 가슴을 내보이는,
그러나 맑아도, 밝아도 결코 유리창은 될 수 없는 삶.
손을 대보라, 피를 느낄 테니까.

4. 하늘의 그늘

알레익산드레는 1930년에서 1943년 사이 『하늘의 그늘』을 쓴다. 1944년에야 출판된 이 시집 제목은 기독교 용어로 '천국의 어둠' '천국의 그림자'로 번역할 수도 있다. 그러나 알레익산드레의 시에서 '천국'은 순연한 자연의 형상이다. 그래서 우리는 천국을 '하늘의 그늘'로 옮긴다.

『중용』에서는 '중(中)'을 기본원리로 하고 있다. '중(中)'은 우주가 생겨나기 이전의 조화의 세계, '용(庸)'은 우주가 생겨난 이후의 인간 삶속에서의 조화를 말한다. '중용'의 윤리가 하늘에서 받은 '중'을 '용'으로 실천하는 원리라는 점에서 하늘의 이치와 땅의 이치를 조화시키는 것을 뜻한다.

내가 스페인 시인 알레익산드레의 시를 이야기하면서 『중용』을 들먹임은 그의 시에서 노래하고 있는 '사랑'의 원리가 중용의 구도를 무척 닮았기 때문이다. 이미 소개한 대표작 「그녀 속에서의 합일」을 비롯하여 모든 시들은 하늘의 사랑과 땅의 사랑의 합일, 내지 조화를 노래한 것이다.

물론 알레익산드레의 하늘나라는 자연의 나라, 어린이 동산과 함께 있다. 그가 사춘기를 보낸 해안도시 말라가를 '천국의 도시'로 노래한 것도 이런 뜻에서였다. 『하늘의 그늘』에서는 "인간이 태어나기 이전의 우주의 풍경과 그 평화"가 보인다. 인간은 탄생과 함께 '고통과 한계' 속에 몸부림치게 된다. 이 시집의 '그늘'은 바로 인간 삶의 백팔번뇌를 상징한다. 시인이 '죽지 않는 것들'이라 이름 지은 시 중 몇개를 옮겨보자.

비

허리는 장미가 아니다.
새가 아니다. 깃털이 아니다.
허리는 빗줄기,
부서질 듯, 너에게
몸을 내맡기는 신음소리. 너는 너의
죽음의 팔로 휘감는다
달콤한 물, 그 사랑의 하소연을.
껴안으라, 꼭 껴안으라.
모든 비는 갈대 같다. 바람이 있으면
너의 팔, 너의 죽음이 있으면
저리도 곱게 파동치는……
오, 비를 사랑한다, 너는, 오늘 !

　가장 쉬르리얼리스트적 표현으로 까를로스 보우소뇨가 인용하곤
하던 시구들이다. 예를 들어 "허리는 장미가 아니다"라는 표현은
말도 안된다. 거기에 "(허리는) 새가 아니다"는 더욱 말이 안된
다. 새도 아닌데 더욱이 "깃털"일 수 있겠는가. 이 모두는 "허리는
비"를 이끌기 위한 수식이다.
　물론 "아니다"라고 말했으니 틀린 말은 아니다. 어떤 미친 사람
이 "허리는 장미"라고 하겠는가. 예쁜 허리는 가늘고 낭창거린다.
그 모습이 어찌 장미꽃 봉오리 같으랴. 장미 꽃대라면 몰라도.
"(허리는) 새가 아니다"라고 할 때, 우리는 저 미친 친구가 여자
허리의 무얼 보고 문득 '새'라고 느꼈고, 그리고 이내 정신이 들
어, "○○가 아니다"라고 했는가를 생각해야 한다. "○○가 아니
다"는 "얼마나 ○○인가 ! "의 다른 표현이다. 아무리 아니라고 해
도 그렇게 보이고, 아무리 정신을 차리고 보아도 또 그렇게 보인다

194

는 안타까움의 절규이다.

"허리는 장미가 아니다"는 "허리는 사랑이 아니다"처럼 두어 번의 비약을 거친 뒤에야 뜻이 파악된다. 사랑하면 허리를 껴안고 싶다. 그러나 허리를 껴안는다고 반드시 사랑하는 것은 아닐 것이다. 플라토닉 러브도 있으니까. 그러나 허리는 "사랑하라, 사랑하라!" 외친다. 허리는 색깔이 있다. 빨간 손짓이 있다. 그러나 허리는 장미가 아니다.

"(허리는) 새가 아니다." 날아갈 듯 가냘픈 곡선이어도 날아가지는 않는다. 여인은 천사가 아니다. 그러나 사랑할수록 땅으로 꺼질까 하늘로 솟아오를까 두렵다. 나의 마음속에서 너는 자꾸만 달아나는, 자꾸만 날아오르는 안타까움의 대상이다. 그러나 허리는 날개도 깃털도 없다. "허리는 빗줄기." 마침내 하늘에서 땅으로 내려오는 안타까움의 메아리. 은혜처럼 감미로운 촉감 위에 현실로 나부끼는 물방울. 물방울보다는 더욱 육감적인 물줄기. 그 하늘거림, 그 굽이치는 유혹. 그 유혹을 넘어 온몸으로 내게 무너져 오는 사랑의 하소연, 혹은 뜨거운 신음소리……

모든 사랑하는 사람은 날개를 가졌다. 빨간 색이다. 그리고 너의 품에 거짓말처럼 안겨 빗줄기처럼 곱게 파동친다. 이렇게 느낄 때 너는 정말 그녀를 사랑하고 있다. 그래서 사랑한다는 것은 '빗줄기'를 사랑하는 것. 어디서 왔다 어디로 가는지도 모르는, 그러나 가장 또렷한 아름다움과 열락을 오늘 너는 네 품에 안고 있다.

검은 머리칼

왜 나는 너를 바라보는가? 너의 검은 눈,
그 살아 움직이는 융단 속에 내 생명이 상처나는데……
검은 머리칼, 그 상복 속에 나의 입을 묻고,

그 고통스런 파도 속에 나의 입술이 죽어가는데……
마침내 나의 목소리도 사위어가며 마지막
너의 황홀을 적시는 물가, 베개 위에 쏟아져 너는 세상을 통치한다,
오 아름다운 머리칼이여.

어두운 바닷가에서처럼, 나의 끝없는 욕망은
너의 가장자리에서 부서진다.
오, 홍수에 빠진 여인이여, 머리칼이여, 너는 아직 살아 있다,
너는 살아, 세상을 지배한다! 의연한 개선장군처럼
바다 위에 솟은 산봉우리……

「비」에서는 하늘의 냄새를 풍기는 에로티시즘이 있지만, 「검은 머리칼」에서는 밤과 죽음으로 에워싸인 땅의 원리, 실존의 에로티시즘이 살아 숨쉰다. 시인은 인간존재의 한계를 넘어 의연하게 살과 머리칼의 승리를 예언한다.

사랑한다는 것, 검은 머리칼을 쓰다듬는다는 것, 머리칼을 쓰다듬고 침대 위에 나둥그러져 삶과 죽음의 마지막 국경을 헤매는 절정감! 사랑은 때로 죽음을 뛰어넘는 초월성이다. 비는 쏟아져 강물이 되고 강물은 또다시 바다를 이루는데, 바다와 파도가 된 에로티시즘은 "바다 위에 솟은 산봉우리"처럼 이 순간 가장 절절한 현실이 된다.

중세 시인 호르헤 만리께의 "인생은 강물, 모두가 바다로 흘러간다. 바다는 죽음"이라는 시로부터 바다는 죽음의 상징이 되었다. 알레익산드레가 "바다 위에 솟은 산봉우리"를 이야기할 때 우리는 죽음 위에 뜬 생명의 섬을 연상한다. 시인의 영원에 대한 갈구는 지상의 삶을 죽어가는 창생의 무리나 하늘의 그늘로 본다. '검은 머리칼'은 하늘의 꽃, 혹은 '악의 꽃'이다. 너무 매혹적이서 부정할

196

수 없는 살아 있음의 맛이다.

「검은 머리칼」에서 시인의 에로티시즘은 다분히 타나토스적이다. 검은 머리칼은 상복이 된다. 머리칼의 파도 속에 나의 입맞춤이 죽는다. 죽는 것이 아니라 죽음의 쾌락을 산다. 너를 찾는 나의 안타까운 목소리 또한 "사위어가며 너의 황홀을 적"신다. 너의 검은 머리칼은 죽음의 쾌락을 부르는 황홀의 바다이며 그 파도이다. 그 끝없는 죽음 속에 오르가슴으로, 새로운 생의 환희로 떠오르는 산봉우리……

그러나 알레익산드레는 늘 이렇게 악몽과 극단적 에로티시즘 속을 헤매는 시인만은 아니었다. 1945년부터 1953년 사이에 썼다는 『마음의 역사』는 일상에 가까운 언어로 사랑을 노래한다. 그러나 사랑의 색깔은 역시 검은 색이다.

마지막 사랑

I

내 사랑아, 내 사랑아.
소리만 허공에 메아리친다. 이제 모든 것은 혼자 남았다.
우리를 사랑한 그녀는 금방 떠나갔다. 금방 문을 나섰다. 문 닫는 소리가 쾅 하고 들렸다.
아직 우리의 팔은 펼쳐진 채, 목소리만 목구멍에서 울고 있다.
내 사랑아……

조용히하라. 너의 일상으로 돌아오라. 서서히 문을 닫으라, 문이 혹시 잘 닫혀 있지 않을지도 몰라.
돌아오라.
거기 앉아, 그리고 쉬어.

그리고 거리의 소리에 귀기울이지 마. 돌아오지 않는다. 돌아올 수
가 없어.

떠나갔다. 그리고 너는 혼자야.

눈을 들어 두리번거리지 마. 모든 구석구석에 아직 숨쉬고 있는 것
같은 그녀.

밤이 어두워지고 있다.

그래, 그렇게 머리를 손에 괴고 앉아.

기대라구. 그리고 쉬어.

다정하게 어둠이 너를 에워싸지. 서서히 너를 지우고 있지.

아직 너는 숨을 쉬잖아. 잠 자.

가능하면 잠을 자. 조금씩 조금씩 잠속에 빠져들라구, 스스로를 버
리고, 조금씩 너를 빨아들이는 밤속으로 미끄러지라구.

내 말 안 들려? 아니야, 네겐 이제 내 말이 들리지 않아. 너는 순
수한

고요, 너는, 잠든 사람, 버려진 사람,

아, 고독한 사람.

아, 더이상 네가 깨어나지 않게만

그렇게만 할 수 있다면……

II

떠난다는 말. 쓰라림의 말.

나 자신이, 그렇다, 내가, 남이 아닌 내가……

내가 그 말을 들었다. 그 말소리는 다른 말소리처럼 들렸다. 똑같
은 소리.

똑같은 입술들이 같은 말을 했다, 움직임도 같았다.

그러나 똑같게 들을 수는 없었다. 의미가 있기 때문. 그러니까 말

들은

뜻을 가진다. 아, 말들이 뜻없는 보드라운 소리였다면,
그렇다면 고요히 눈을 감고 꿈속에서도 들을 수가 있었을 텐데……

나는 그 말을 들었다. 그 마지막 말소리는 딸그락 잠기는 자물쇠 소리.
꽝 하고 문 닫는 소리.
나는 그 말을 들었다. 말없이 남아 있었다.
멀어져가는 발소리를 들었다.
돌아왔다. 자리에 앉았다.
내 스스로 조용히 문을 닫았다.
소리 없이. 그리고 자리에 앉았다. 흐느낌 없이.
고요히 밤이 오고 있었다.
긴 밤. 머리를 손에 괴었다.
그리고 말했다……

그러나 아무 말도 하지 않았다. 입술을 움직였다. 부드럽게, 아주
부드럽게.
그리고는 마지막 몸짓을
그렸다, 그 몸짓
이제는 다시 되풀이하지 않을 몸짓 하나.

Ⅲ

왜냐하면 마지막 사랑이었으니까. 내 말 모르겠어?
마지막이었어. 잠을 자. 조용히.
마지막 사랑이었지……
그리고 밤.

5. 모든 것은 완숙에 이른다

1968년에 알레익산드레는 『완숙의 시』를 발표하고 1974년 『체득의 대화』를 발표하면서 그의 시쓰기를 마감한다. 다음은 노벨상과 죽음이 있을 뿐이었다. 이들 시집에서 그의 초현실주의적 시법은 명확성을 겸비한 완숙의 경지에 이른다. 부조리한 이미지도 느낌이나 감정의 포효가 아닌 적확한 상징으로 바뀌었다. 삶이 여물고 육체적 성숙이 뼈의 색깔로 익어가면서, 에로티시즘에 몸부림치던 죽음에의 열망이 아닌, 성적 극치감을 향한 사랑의 절규가 아닌, 맑고 투명한 유리창이 보인다.

> 유리창 너머의 얼굴
> (노인의 시선)
>
> 어쩌면 늦게 어쩌면 빨리 어쩌면 영원히 오지 않을 그날.
> 그러나 저기 유리창 너머에는 계속 하나의 얼굴이 보인다.
> 야생 풀꽃들 옆에 같은 풀꽃 하나가
> 빨강이다가, 볼이다가, 장미의 모습으로 비친다.
> 유리창 너머의 장미는 항상 장미다.
> 그러나 냄새가 없다.
> 먼 젊음은 젊음 자체다.
> 그러나 여기는 아무 소리도 들리지 않는다.
>
> 저 순연한 유리창을 뚫고 지나가는 빛 하나.

완숙의 창에 비치는 자신의 모습은 색깔도 냄새도 소리도 없는 차가운 기억으로 남는다. 그러나 알레익산드레의 시선에는 슬픔이나 고독이 보이지 않는다. 오히려 늙어감의 비극성을 차갑게 관조하는 힘이 있다. 시인은 말한다. "『완숙의 시』는 엘레지풍의 노래가 아니다. 어쩌면 누군가 말했듯이 비극적인 시다. 어쩔 수 없이 다가오는 완결의 시절을 하나의 체득의 염으로 받아들인다. 말을 바꾸면 하나의 어둠의 빛, 그 깨달음이라고 할까."

노인에게 있어서 오늘은 어제를 사는 것. 그러나 어제를 사는 것도 아직 살아 있음의 징후이다.

어　제

그 노란 비단 장막에는
아직 해가 비친다, 한숨이 굽이친다.
하나의 숨결에 어제가 서성인다, 으스러진다.
공간에는 아직 어제가 존재한다, 그러나 생각해야 되는
보아야 보이는…… 잠들었는지, 어제를 보는 사람은 반응이 없다,
어쩌면 침묵을 보고 있다, 아니면 잠든 사랑.

잠을 잔다는 것, 산다는 것, 죽는다는 것. 서서히 비단이 조그맣게,
아주 가늘게, 꿈꾸듯 으스러진다, 꿈이 아니라 현실로. 사람이란 기호,
자신이 누구라고 생각했던 하나의 심상, 그 이미지만 남는다.
삶의 무늬가 서서히 짜여져 가는 그물망, 그 실오라기 하나하나가
아직 흔들리는 숨결을 위해 남았다.

모르는 것이 사는 것. 안다는 것은 죽어가는 것.

보르헤스는 말한다. "과거나 꿈은 손에 잡히지 않는 점에서 같다. 다행히 삶은 서서히, 그것도 아주 서서히 마모되어간다. 꿈속

이런 듯 느리고 가늘게 부서져가는 인생을 우리는 잠속이런 듯 미소지으며 살아간다. 그러나 늙고 병들어 죽는 것은 꿈이 아니라 현실이다. 지금 내가 늙었다는 것도 현실이다. 그런 모습을 보고 내가 죽어간다는 것을 알면, 나는 나의 오늘의 삶을 죽이고 있다."

인생이 향하는 방향은 죽음이다. 인생의 의미를 똑똑히 안다고 하는 것은 죽음을 안다는 소리와 같다. 그러나 인생의 정답을 찾는 자, 성공하는 비결을 찾는 자, 안다고 하는 자는 죽어가고 있다. 『돈 끼호떼』의 마지막 구절은 삼손 까라스꼬의 이런 비문이다. "(돈 끼호떼는) 미쳐서 살았고, 정신이 들어 죽다."

망 각

너의 종말은 꼭 비워야 할
무상한 잔이 아니다. 껍질을 던져버려라, 그리고 죽어라.
그래서 너는 서서히 너의 손에
하나의 반짝임 혹은 그 이야기를 치켜든다, 그러자 너의 손가락이
갑작스런 눈처럼 탄다.
있다. 있지 않았다. 그러나 있었지, 말이 없을 뿐.
차가움은 뜨겁다, 그리고 너의 눈에는
그 기억이 생겨난다. 추억은 음란하다,
더 나쁜 건, 슬프다. 잊는다는 것은 죽는다는 것.

사람답게 죽었다. 그의 그림자가 건너간다.

마지막까지 인간의 존엄성을 잃지 않는 종말의 표정. 그것은 슬픔이 아니다. 고독이 아니다. 어제도 살아왔고 오늘도 살고 있기에 오늘의 삶도 "갑작스런 눈처럼 탄다." 과거를 산다는 것은 슬프다. 그러나 잊는다는 것은 죽는 일. 그는 마지막까지 사람으로 살

왔고, 또 사람답게 죽었다. 죽는다는 것은 강을 건너는 일. 이미
너도 아니고 나도 아닌 그림자 하나 이승에서 저승으로 건너간다.

　　완　숙

　내가 하나의 아이라면,
　내가 동그랗고 조용하고 고요에 잠겨 있는 한 아이라면……
　잠겨 있는 건 아니지, 빛으로 나와, 밖으로 터져나와, 그 다른 우
주 속에 얼굴을 내민, 거기 아이는 아이의 왕국에서 영원한 아이……
　그러나 나는 지난날 잠겨 있었지, 하늘과 하늘 물결 아래, 빛의 물
밑에 잠겨 있었지,
　오늘은 말을 해야 돼, 그리고 할 말을 적어가며, 설명해야 돼,
　또한, 전에 있었던 일과 있어왔던 일, 그리고 지금 내가 보는 일을
혼동하지 말아야 돼.

　아직 사람은 더러 꿈을 설명하려 들지, 사랑이 있음을 그려가며,
　마음의 한계와 그 정확한 중심을 그리며.
　아직도 이 말을 하고 싶어하지. "사랑해, 난 행복해, 이대로 만족
이야."
　이 말은 결국 "나는 진짜 살아 있어!"하는 소리야. 그러나 모든
잎사귀들이 지고, 그러니까
　처음엔 꽃들이, 다음 그 과일들이, 그리고 그 다음에는 연기, 그리
고는
　나무 둥우리를 나무의 꿈처럼 에워싸는 체득의 달무리가 생길 때,

　그때는 이제 어쩔 수 없이 마지막 그루터기, 더이상 떨리지 않는 이
파리 하나 없는 가지, 진실이 나타나는 것을 볼 때야.
　거의 불가능한 가지 끝에 가냘프게 남은
　절정의 벌거숭이 몸,

이파리도 바뀌지 않는 마지막 작은 줄기,
불안한 계절의 바퀴도 음악도 없는 초극.

그때에 비로소 체득의 앎이 다가오지, 사람됨의 뼈마디 속 깊은 곳에,
내 아직 말하고 싶지 않은, 이름이 있는 중심이 있다면,
아직 아무도 죽고 싶지 않기에, 살고 싶은, 계속 살아가고 싶은 숭엄하게 고동치는 맥박이 있다면,
너는 마음 편히 미소지을 수 있겠지, 자신을 비웃으며, 그 웃는 자신을 가증스럽게 바라보며
아주 낮은 목소리로, 세상 모든 사람에게 들리도록 나직이 말하리.
"이 사람아, 됐네…… 이제 모든 것은 다 성취됐어."

드디어 시인은 체득의 경지를 노래한다. 되도록이면 낮은 목소리로, 되도록이면 슬프지 않게, 세상을 살았다는 작은 깨달음으로 노래한다. 아직도 살아 있다는 생명의 박동을 어루만지며 미소짓는 시인. 이 시에는 아직 살냄새가 난다. 살냄새라기보다 "아직 아무도 죽고 싶지 않기에" "말하고 싶지 않은" 인생에 대한 체득의 자세, 초극의 미학이 있다. 그의 목소리에는 "이제 모든 게 다 끝났어" 하는 체념의 메아리가 들린다. 그러나 이 세상에는 이 세상의 삶으로서의 완성이 있다.

알레익산드레는 "아이가 아이의 나라에서 영원한 아이"로 살 수 있는 이상의 세계를 꿈꾸었다. 그러나 그것은 생명성이 만들어낸 꿈이다. 살다보면 그 모든 꿈도 이파리도 살도 내 곁을 떠나고 앙상하게 남은 체득의 벌거숭이 가지만 남는다. 어제와 오늘을 혼동하지 않는, 꿈과 실존을 혼동하지 않는 굳어진 시선과 깨달음만이 허용된다. 시인은 인생의 한계와 숙명을 슬픔 없이 받아들인다. 산다는 것은 비극이다.

알레익산드레는 후기에 『여러가지 시들』이라는 시집을 낸다. 다른 시집 속에 들어가지 않았던 시들과 당시에 쓴 몇편을 모아서 낸 시집이다. 그 시집에는 사랑했던 사람과의 작별을 노래한 시가 있다. 다시 읽는 그 시는 알레익산드레의 아름다웠던 인생에 대한 고별처럼 들린다.

작 별

너의 몸뚱어리가 마침내
행복한 바다 위로 달콤하게 굴러떨어지기 전에,
너의 매혹적인 빛을 쉬게 하고 싶겠지,
어쩌면 나의 불타는 빛과 섞이기를.

골짜기와 그늘. 사랑이라기보다…… 샘물은
그 영묘한 평화 속에 길게 아롱지고……
그리고 길고 슬픈 입맞춤은, 어둑어둑한 시간에
어둠속에 고요히 빛났지.

아, 영원한 것처럼 보이던 행복이여
이 물가에 생으로 솟아나는
내 영혼을 위한 새로운 시간.

모든 것을 예상했지. 먼 불빛,
이별의 눈물, 차가운 밤……
그리고 내일 눈을 떴을 때 죽은 얼굴 하나.

제 11 장
옥따비오 빠스
(멕시코, 1914~   )

옥따비오 빠스(Octavio Paz)와 보르헤스를 읽지 않는 한 한국 시는 여전히 세계의 시와 거리가 있다. 물론 외국문학을 추종하는 것은 바람직한 게 아니다. 그러나 문학이란 독자가 작품을 읽음으로써 이루어지는 것이라고 할진대 많은 세계인들에게 공감을 불러일으킨 작품은 우리 문학을 키우기 위해서도 반드시 읽어야 하리라 생각한다.

그러나 오늘 세계 여러 나라의 시인과 독자들이 감탄하고 모방하는 빠스의 시는 1990년 노벨문학상이라는 어머어마한 상표를 달고 우리 땅에 도착했어도 인기를 얻지 못했다. 내가 기회 있을 때마다 옥따비오 빠스의 시를 소개하고 설명했지만 반향이 없었다. 이것은 물론 나의 번역과 소개의 미흡함도 한 이유이겠으나, 감상적이고 사회적인 시를 주로 보아온 우리에게 옥따비오 빠스의 시가 가진 형이상학적 아름다움이 낯설게 보인 것도 한 이유가 되었으리라 생각한다.

보르헤스나 빠스를 이해하려면 우선 낭만주의의 위선을 벗어나야 한다. 말하자면, 내가 쓴 시 속의 '사랑'이 내가 실제로 겪은 사랑과 똑같아야 한다는 편견이다. 아니면, 나는 내가 느낀 '사랑'을 그대로 표현하기 위해 날마다 언어와 싸운다는 식의 변명이다. 시속의 '나'는 어차피 글자가 만들어내는 허상이다. 그것이 아무리 나의 느낌이나 나의 모습에 가깝다 할지라도 나 자신은 아니다.

확실한 것

지금 이 램프가 실제 있는 것이고
이 하얀 불빛이 실제 있는 것이고
이 글을 쓰고 있는 손이 실제 있다면, 이 쓴 것을
바라보는 눈은 진짜 있는 것인가?
말과 말 사이
내가 하는 말은 사라진다.
내가 아는 건 지금 내가 살아 있다는 것뿐
두 괄호 사이에서.

구태여 불교의 '만물무상(萬物無常)'이나 플라톤의 "현실세계는 가상이다(즉 이데아의 모방이다)"를 들먹이지 않아도, 우리는 문득 지금 바라보고 있는 이 램프가 정말 여기 있는 것인가를 생각해본다. 이 램프를 바라보는 나의 눈이 정말 존재하고 있는 것인가를 의심해본다. 나의 눈은 나의 눈을 직접 본 일이 없다. 항상 거울을 통하거나 무엇에 비추어서 본다. '백문이 불여일견' 즉 백번 듣는 것보다 한번 보는 것이 더 확실하다고 말들 하지만("Seeing is believing"), 실제 본다는 것만큼 불확실한 건 없다. 그 보는 주체인 눈이란 존재가 불확실하기 때문이다. 불확실한 것으로 보는 것은 모두 불확실할 뿐. 확실한 것은 없다. 다만 "내가 살아 있다"라는 믿음만은 증명할 수 없어도 물러설 수 없는 존재의 확실성이다. 확실성이라기보다 확실해야만 하는 실존의 보루이다.

철학은 시가 아니다. 사고나 관조의 깊이가 곧 시는 아니다. 삶에 대한 느낌과 영혼의 파동을 넘어 존재의 불확실성, 그 가벼움에 대한 관조가 오히려 진정한 시취로 육박할 때가 있다. 그때 우리는 보르헤스나 옥따비오 빠스를 만난다.

1. 말과 시인

참을 깨우치는 구도의 길에서 선불교는 "말을 세우지 말라"를 가장 큰 가르침으로 삼는다. 사물의 실상을 깨우치는 데에서 앞생각과 뒷생각을 버리라는 말이다. 참모습을 그 순간 그 실상으로 포착하려 하지 않고, 말이나 생각이 앞서고 뒤서면 우리 손에 남는 것은 항상 빈 껍질이다. 그러나 말을 떠나 사물의 실상을 포착할 수 있는가. 사물의 참모습과 등가치이며 동시적인 말이 있을 수 있는가. 선승의 대답은 "무!"이다. 한 수도승이 참선 끝에 갑작스러운 깨달음(돈오)에 이르렀다. 다른 스님이 그 깨달음을 배우려고 그 수도승에게 물었다. "스님, 깨달음의 경지가 어떻습니까?" 무상과 차별과 허상이 얼룩진 세상을 차고 올라, 가까스로 절벽 위 참의 풀뿌리 하나를 물고 있는 수도승이 어찌 입을 열 수 있겠는가.

옥따비오 빠스의 시를 이야기하기 전에 이렇게 말이 많아진 것은 선불교에 대한 그의 지식이 넓고 깊기 때문이다. 이미 내가 『서양문학 속의 동양』이나 다른 곳에서 여러번 이야기했듯이 그는 동양철학이나 동양종교에 조예가 깊다. 특히 탄트라 불교나 선불교에 심취한 흔적이 작품 곳곳에서 발견된다. 일본의 하이꾸를 품격 높은 문학장르로 발전시킨 17세기의 선승 마쯔오 바쇼오(松尾芭蕉)의 시와 여행기 『오꾸의 오솔길』을 1957년에 에이끼찌 하야시야(Eikichi Hayashiya)와 함께 스페인어로 번역한 일도 있었던 그는 여러 면에서 동양시와 불교정신에 정통한 시인이다. 빠스 스스로 바쇼오의 하이꾸와 선불교를 설명하기도 했다.

낭만주의가 말로서의 표현 불가능성을 가장 강조한 문학이었다고 한다면, 말라르메로부터 시작되는 현대시는 '주사위놀이' 하듯 말에 시의 모든 운명을 거는 겸손함으로부터 시작한다. "내가 시를 쓰는 게 아니라 말이 시를 쓴다"라고 한 말라르메의 말은 유명하다. 낭만주의는 나만의 내적 체험이나 느낌을 말로 표현한다는 생각을 가지고 있다. 그러나 그 절절한 느낌을 표현할 때 말의 부족함을 절감한다. 그러나 현대시는 시인의 존재 이유인 말에 인간과 시인의 숙명을 맡긴다. 노발리스(Novalis)의 "사람은 이미지다"는 가장 현대시적 인식을 제시한 말이다. 독일 낭만주의 시인의 이 말은 "사람은 말이다"라고 해석할 수도 있다. 말은 모든 의미체계의 모델이다. 그런 점에서 이미지 또한 시각적 말일 수밖에 없다.

소위 무의미의 말, 무의미의 시로부터 시인은 다시 새로운 길, 새로운 언어를 찾아나선다. 나의 느낌을 표현하겠다는 욕심을 버리고, 백지 위에 나의 말이 뛰노는 것을 가장 겸손하고 성실하게 지켜보는 눈을 키운다. 여기에 옥따비오 빠스가 있다.

시인의 숙명

말? 그렇다. 그건 공기다,
대기 속에 사라지니까.
이 말들 속에 나 또한 사라지게 하라,
그러다가 어느 입술에 감도는 대기이게 하라,
정처없이 떠도는 바람
떠돌며 바람을 흩뜨리는 바람.

빛도 스스로의 빛 속에 사라지나니.

빠스의 이 시를 옮기고 나니 창세기의 "빛이 있으라"라는 신의 말이 생각난다. 시간을 사는 우리에게 이미 영원불멸의 '빛'은 기대할 수 없다. 시인의 숙명은 말을 통하여 살아나고 말을 통하여 죽는 것이다. 그러나 시인이 쓰는 말, 혹은 시인이 읊조리는 시는 공기다. 빈 공간, 빈 공간의 바람, 그 바람의 무늬. 바람은 더러 모양을 짓지만 그러나 다시 보면 형상이 없는 바람이다. 나의 말, 시의 말 또한 그렇다. 나는 지금 이 시를 쓰면서 나의 살아 있음을 있는 그대로 적어넣고 싶다. 그러나 이미 적고 보면 그것은 과거이다. 그때 그 순간의 나의 생명성·생기·느낌과는 상관이 없는 이상한 흔적일 뿐이다. 결국 공허한 흔적, 겉껍질만 남는 게 시인의 숙명이다.

그렇다면 차라리 이 말들, 이 공허한 흔적들, 그 빈 공간 속의 나 또한 사라지게 하라. 내가 나를 버리고 바람이 되는 날, 그 바람은 때로는 예쁜 소녀의 입술에 감도는 대기가 될 수도 있겠지. 내 시를 외우고 다니는 예쁜 소녀의 숨결이 될 수도 있겠지. 그러나 그것도 헛된 나의 희망임을 나는 안다. 나는 이 우주 속에 "정처없이 떠도는 바람. 떠돌며 바람을 흩뜨리는 바람"이다. 그러나 이 시의 마지막 구절은 무형의 힘을 더한다. "빛도 스스로의 빛 속에 사라지나니."

　　말한 말

　　말은 일어선다
　　써놓은 종이에서.
　　말은

일부러 만든 돌 고드름
글로 일으킨 기둥
글자 글자마다 하나씩
메아리는 얼어붙는다
돌로 된 종이 위에.

영혼은
종이처럼 하얗다.
말이 일어선다.
걸어간다.
밑에 놓인 실을 타고
침묵에서 외침으로,
칼날 위에
말의 정확한 칼날 위로.
귀는 보금자리, 아니면
소리가 길을 잃는 곳.

말한 소리는 말이 없다.
말한 소리——말하지 않은 소리는
무슨 생각을 할까?
말하라
어쩌면 곰녀는 곰보인지도 몰라.

외침 한마디
사위어간 통 속——
다른 천체에서는
'천체'를 뭐라고 할까?
말한 말은 생각한다
앞뒤를 생각한다.

마음은 마음아프고
미친 마음 때문에——
묘지는 묘목이 자라는 분지
싹은 싹수가 있다.

귀의 미궁,
네가 한 말은 스스로 딴소리를 한다
침묵에서 절규까지
들리지 않는 소리.

무죄는 죄를 모르는 것——
말을 하려면 말 안하는 것을 배우라.

　빠스의 시를 읽으려면 말을 애정어린 눈으로 지켜봐야 한다. 하
얀 종이 위에 말을 쓰다보면(쉬르리얼리즘의 '자동필기법'에 따라
아무렇게나 써보면) 말은 말을 하기 시작한다. 의미가 꿈틀거린
다. 아무렇게나 아무 말을 써놓아도 가만히 있는 말은 없다. 의미
로 가지고 눈앞에 육박한다. 아니면 "이게 무슨 뜻이야?"하고 묻
는다.
　말은 나 이전이다. 혹은 나 이후다. 살아 있는 것도 아니다. 즉
나와는 상관없다. 돌이다. 돌이니까 '돌 고드름'이나 될까. 내가
쓴 말은 나의 영혼을 전달하지 못한다. 내가 쓴 말은 쓸데없는 의
미로 메아리치다가 제풀에 얼어붙는다. 나의 영혼이란 것도 모를
일, 그냥 하얗다. 나는 말을 한다. 영혼을 표현하려는 절규……
나는 칼날처럼 말을 벼린다. 그러나 그런 말도 사람의 귀에 이르면
사라질 뿐이다. "말한 소리는 말이 없다." 즉, 나의 영혼을 전달하
기는커녕 말 스스로의 연결도 당위성이 없다. 오직 소리와 소리의

속삭임 속에서 말라르메가 말하듯 이상한 '교감'만을 암시할 뿐인
것이다. "곰녀는 곰보" "마음은 마음아픔" "묘지는 묘목이 자라는
분지" "싹은 싹수"…… 세상은 어지러운 의성어의 안개.

"다른 천체에서는/'천체'를 무어라 할까?" 그렇다. 우리가 하
는 말은 이 세상의 관습에 의하여 부단히 그렇게 불린 것에 불과하
다. 우주가 있는데 좁은 지상에서 관습의 언어로, 논리로, 이미지
로 일부러 '돌 고드름'을 세워 뜻을 이룸은 또한 부질없는 일일지도
모른다. "말을 하려면 말 안하는 것을 배우라." 불립문자(不立文
字)나 화두 같은 빠스의 진솔성이 바로 여기에 있다.

글

어느 고적한 시간
종이에 붓이 글을 쓸 때,
누가 그 붓을 움직이나?
나를 대신해 글을 쓰는 사람은 누구에게 쓰나?
입술과 꿈으로 얼룩진 해변,
조용한 언덕, 좁은 항만,
세상을 영원히 잊기 위해 돌아선 등어리.

누군가 내 속에서 글을 쓰는 사람이 있다.
내 손을 움직이고, 말을 고르고
잠깐 멈춰 주저하고
푸른 바다일까 파란 산둥성이일까 생각하면서,
차가운 불길로
내가 쓰고 있는 것을 바라보며
모든 것을 불태운다, 정의의 불.
그러나 재판관도 역시 희생자일 수밖에 없다.

나를 벌한다는 것은 재판관 스스로를 벌하는 일.
실은 이 글은 누구에게도 쓰는 것이 아니다.
아무도 부르지 않고 자기 스스로를 위해 쓴다.
자기 자신 속에 스스로를 잊는다.
이윽고 뭔가 살아남을 것이 있으면
그건 다시 나 자신이 된다.

빠스는 낭만주의자가 아니다. 자신의 감정을 표현할 수 없다고
아파하지 않는다. 붓이 글을 쓰고, 말이 글을 쓴다. 이 붓도 이 말
도 이 글도 내가 만든 게 아니다. 또 씌어진 이 글이 누구에게 어
떤 이야기를 전하기 위한 것도 아니다. 그러나 쓰는 열정은 있다.
"입술과 꿈으로 얼룩진 해변." 그러나 거기에는 내가 원하는 어떤
배도 의미도 들어올 수 없는 항만이 있다. 세상을 반영할 글도 말
도 없다. 차라리 "세상을 영원히 잊기 위해 돌아선 등어리."
빠스는 '나'라는 존재가 복수임을 안다. 내가 알 수 없는 수많은
할아버지, 할머니, 어버이, 내가 읽은 수많은 책, 내가 배운 수많
은 관습…… 이 모든 것들이 오늘의 나에 참여하고 있다. 보르헤스
또한 "나는 복수다"라고 말하지 않았던가. 시쓰기는 알 수 없는 자
신과 또 알 수 없는 자신의 재판관, 이 모두가 뜨겁게 참여하여 열
심히 열심히 사라져가는, 스스로를 잃어가는 작업이다. 막상 씌어
진 시는 이들 열심스러운 작업의 거뭇거뭇한 잿더미이고 나와는 전
연 다른 생의 주검들이다. 그러나 그 허물이나 잿더미 속을 후비다
가 혹시 손끝을 태우는 불씨가 있거든, 거기에 내가 살고 있음을
알라.

2. 뜨거운 추상의 시어들

옥따비오 빠스의 시가 우리 입맛에 맞지 않은 또다른 이유는 우리 시의 추상어 기피현상이 크게 작용한 것으로 보인다. 우리 말에서 추상어는 모두가 한자말이다. 아니면 일본어에서 온 생경한 말이다. 일제로부터 우리말을 되찾은 지가 얼마 되지 않았고, 또한 우리가 오랜 한자문화의 전통 속에서 자란 반작용이 있기 때문에 쇄국주의적 우리말 선호풍조를 키워왔다.

우리말, 우리스러운 정서에 대한 열정은 한편으로 한국적 정서의 맛과 오묘함을 실어내는 데 중요한 역할을 했지만, 다른 한편으로는 우리 문학의 형이상학적 깊이를 잃게 하는 역효과도 가져왔다. '언문'이나 '내방문학'으로, 민요로 명맥을 유지해오던 우리말은 주로 여성들에 의하여 이루어졌다. 이런 우리말이나 우리 문학어의 특징은 여성 특유의 한이나 정감을 표현하는 데는 뛰어날 수 있었지만 추상이나 관념을 풀어내기에는 역부족이었다.

옥따비오 빠스의 시는 생각과 감각이 하나 되어 이루어지는 미학이다. 어디까지가 우주만물에 대한 관조이고 어디까지가 감각이나 느낌의 형상화인지 구분이 잘 되지 않는다. 따라서 우리말로 빠스의 시를 옮겨놓으면 시가 갖는 깊은 사고의 무늬가 그 현묘성을 발휘하지 못하고 만다. 나는 빠스의 이런 시학을 '맛있는 추상'이라는 이름으로 설명하려 한다.

너의 눈동자

너의 눈은 번개와 눈물의 조국,
말하는 고요

바람 없는 폭풍, 파도 없는 바다,
갇힌 새들, 졸음에 겨운 황금빛 맹수,
진실처럼 무정한 수정,
숲속의 환한 빈터에 찾아온 가을, 거기
나무의 어깨 위에선 빛이 노래하고, 모든 잎사귀는 새가 되는 곳.
아침이면 샛별같이 눈에 뒤덮인 해변,
불을 따 담은 과일 바구니,
맛있는 거짓,
이승의 거울, 저승의 문,
한낮 바다의 조용한 맥박,
깜박거리는 절대
사막.

 여기에서 아름다운 한 여인의 눈동자에 대한 감이 좀처럼 잡히지 않는다. 첫 구절 "너의 눈은 번개와 눈물의 조국"의 이미지는 선명하다. 너의 반짝이는 눈동자, 그러나 금방 눈물이 쏟아질 듯 물기 어린 아름다움…… 그러나 여기에서부터 물(눈물)과 불(번개)의 역설적 만남이 시작된다. '너의 눈동자' 속에는 끝없는 역설이 산다. 말하는 고요, 침묵의 언어, 바람 없는 폭풍, 파도 없는 바다, 이들 이미지 속에서 너의 눈빛에 응축된 정열은 조용한 바다의 고요로 반짝이고 있다. 너의 눈빛은 수정처럼 맑다. 비인간적으로 아름답다. "숲속의 환한 빈터에 찾아온 가을." 이 시구는 속눈썹 사이 환하게 드러나는 눈빛을 반추한다. 동시에 생명의 숲에서 느껴지는 깨달음 같은 사랑에의 확신을 생각하게 한다. 아니면 장자의 우주관처럼 모든 사물들이 각각의 분계를 넘어 "잎사귀는 새가 되고" "나무의 어깨 위에선 (새 대신) 빛이 노래하는" 극도의 황홀이 있다. "아침이면 샛별같이 눈에 뒤덮인 해변." 눈에 뒤덮인 해변 속 샛별, 하얀 얼굴에 반짝이는 눈빛, 하얀 눈빛의 파동과 파도 속에 자리한 반짝임. 시인은 마침내 너의 눈동자를 "불을 따 담은 과일 바구니"라고 부른다. 은유치고는 최고의 역설이다. 불이 어떻게 과일일 수 있는가. 그러나 너의 눈동자를 보면 그게 기적처럼 가능함을 본다. 먹을 수 있는 추상. 만질 수 있는 불. 맛있는 영원의 불길. 그래서 너의 눈빛은 '맛있는 거짓'이다. 너의 눈동자는 내게 영원한 사랑의 마음을 불러일으킨다. 그러나 속세의 인간에게 영원한 사랑이 어떻게 가능할 것인가. 그것은 거짓이다. 거짓이어도 믿고 싶은 '맛있는 거짓', 그것이 너의 눈동자다. 그렇다. 너의 눈동자를 보면 나는 이 세상에서 살아간다는 것의 보람을 느낀다. 살아 있다는 것이 이토록 황홀한 것임을 안다. 너의 눈동자야말로 내가 이승에 살아 있기를 잘했다는 느낌을 준다. "이승의 거울." 너의 눈동자의 아름다움.

그러나 동시에 너의 눈은 내가 영원할 수 없고 영원히 사랑할 수도 없음을 확인해주는, 생의 한계성을 절박히 느끼게 하는 "저승의 문"이다. 너의 눈은 죽도록 사랑하고 싶은 나의 욕망을 불러일으킨다. 산다는 것은 결국 죽음(바다) 속에 떠 있는 가벼움(맥박)이다. 나는 너의 눈동자를 보며 살아 있다는 실감을 경험한다. '깜박거리는 절대', 너의 눈동자에 취한 이 순간이 영원하기를 소망한다. 동시에 나는 그것이 영원히 불가능함을 안다. 너의 눈동자의 아름다움과 그 반짝임은 모든 것을 약속하지만, 그것은 또다시 그 모든 것이 영원히 불가능하다는 것을 더욱 큰 목마름으로, 뼈로 알게 한다.

이 시의 해설이 이렇게 길어지게 된 것은 그만큼 응축된 추상들로 시가 엮어져 있기 때문이다. 명사 중에서 고유명사가 가장 구체적이다. 루쏘의 『언어의 시원』에 따르면 고유명사에서 보통명사가 생긴다고 한다. 태초에 '나무'란 말은 한 잎사귀 많은 기둥을 일컫는 고유명사일 수 있다. 그러나 그런 '나무'를 닮은 많은 기둥들이 보이자 이것도 나무, 저것도 나무라고 했을 것이다. 그래서 오늘 우리가 아는 '나무'라는 보통명사가 생겨났을 것이다. 보통명사를 아우르는 것이 '초목' '식물' 같은 총칭명사이고, 그 총칭명사를 넘어서 모두를 일컫는 말이 추상어이다. 즉, 형상 있음을 넘어선 형상 없음으로 전체를 규정하는 말이 추상어이다. 그림에서 추상화가 가장 건조하고 알아보기 어렵듯이 시에서 추상어의 남발은 시를 어렵게 만든다. 그러나 그 어려움은 낯섦의 다른 표현일 뿐 인간의 구체적 느낌과 생각까지 도외시하는 것은 아니다. 우리는 흔히 아름다운 풍경을 볼 때 '그림 같은 풍경!' 혹은 '그림 같은 집!'이라고 한다. 이는 그 풍경이나 집의 구체성을 부정하는 말이 아니라 그 실체성에 대한 최상급의 찬사이다. 그러므로 감동으로 육박해 오는 구체적 현실감은 이렇게 추상으로 표현되곤 한다.

어떤 문학이건 종국에는 그 의미가 문제되는 법이다. 아무리 이미지성이 강한 시라도, 아무리 구체적 감각과 심상이 있는 시라도, 마지막에 그것이 엮어내는 의미의 무늬로 시와 시 아닌 것이 판가름된다. 무의미 시도 마찬가지다. 그래서 까를로스 보우소뇨도 '자동필기법'을 동원한 현대시의 가장 난해한 속성을 '상징화'라고 결론짓는다. 쉬르리얼리즘이 가진 극단의 불연속적 이미지도 결국은 '상징화'를 통한 의미 산출로 향하고 있다.

그러나 빠스의 추상은 그렇지 않다. 빠스의 추상어는 먼저 감탄사이다. 시가 말로 표현할 수 없는 느낌을 나타내는 것이라면, 빠스는 그 말할 수 없음을 감탄사로 대치하고 있다. 언어와 시가 의미를 향한다면 빠스의 시는 그 의미와 추상에서 되돌아오는 시다.

손끝으로 느끼는 삶

나의 손은

네 존재의 커튼을 연다.
너를 또다른 벌거숭이 옷으로 입히고
네 몸의 그 많은 육체들을 벗긴다.
나의 손은
너의 몸에서 또다른 몸을 창조한다.

여기서 '존재의 커튼'이란 말은 우리의 감각에서는 좀 어색하다. "존재의 커튼을 연다"라는 구절을 물론 블라우스나 치마를 벗기는 행위일 수도 있다. 아니면 한 여인의 처녀성을 빼앗는 행위를 연상해도 좋다. 옛날 같으면 한 여인의 목숨이 걸려 있는 정조의 문을 여는 순간이다. 옛날이 아니라도 진정으로 사랑하는 여인의 육체의 문을 여는 순간은 "존재의 커튼을 여는" 순간처럼 절대의 순간이다.

여기서 '존재'라는 말은 그 사랑과 감탄과 흥분이 빚어낸 절정감을 표현하는 추상어이다. 나의 손은 너의 존재를 손끝으로 하나하나 확인해간다. 나의 손끝이 그려가는 너의 육체는 너의 육체가 아니다. 나의 손끝이 느끼는, 나의 손끝이 그려가는 또다른 '벌거숭이 옷'이다. 나의 손은 너의 몸뚱어리 곳곳을 탐색한다. 너무도 신기하고 새롭다. 벗길수록 새로운 네 속의 그 많은 곳들, 물체들. 그러나 너는 지금 나의 손끝을 황홀경에 빠뜨리는, 네 육체가 가진 신비를 모른다. 그리고 너의 육체는 나의 손끝을 모른다. 나의 손끝이 너의 몸에서 느끼는 황홀은 너의 황홀이 아니라 나의 황홀이다. "나의 손은／너의 몸에서 또다른 몸을 창조한다."

3. 추상어를 통한 이미지들

서구 르네쌍스 이후 오늘의 시는 절묘한 은유와 상징을 통해 오
묘한 감정과 의미를 산출하는 방향으로 발전되어왔다. 그러나 빠
스의 추상어는 그 의미에서 감각과 느낌으로 되돌아와 이미지를 산
출한다.

옥따비오 빠스는 보르헤스같이 가장 지적인 시학을 가지고 있
다. 그는 지성인의 추상적인 언어로 더욱 정력적인 것을 진솔하게
선사한다.

　독　백

　허무와 꿈 사이
　부서진 기둥 밑에서
　나의 불면의 시간들을 가로질러가는
　너의 이름, 음절들.

　불그레한 너의 머리칼,
　한여름의 번갯불이
　밤의 등뒤에서
　달콤한 횡포의 불빛으로 떨리고 있다.

　폐허에서 솟아나는
　꿈의 어두운 물살,
　허무로부터 너를 벼리어내는
　물에 젖은 밤의 해변이여,
　거기 눈먼 바다가 밀려와

미친 듯 후려치고 있다.

모든 것은 잊혀진다. 모든 것은 밤을 향한다. 그러나 밤의 등뒤에서 문득문득 되살아나는 횡포스러운 불빛들, 기억들. 나를 잠 못 들게 하는, 의미 없는, 그러나 너무 확실한 입술들. 그것은 날 밤의 번갯불 같은, 그러나 달콤한 '횡포의 불빛'이다. '불그레한 너의 머리칼'의 젖은 냄새와 한여름밤의 꿈도 잊었다. 그것은 이제 전설이다. 전설 속에서 솟아나는 꿈의 물살. 망각이나 허무로부터 "나는 살았노라 !" 다시 일깨우는, 심지어 이 밤 눈물을 가능케 하는 이름없는 추억이여. 물에 젖은 밤의 해변이여. 나는 하나도 증명할 수 없는 한 여인의 사랑에 아파하며, 주소 없는 아픔의 "눈먼 바다가 밀려와" 나의 온몸을 미친 듯 후려치는 비극 아닌 비극을 실감한다.

가장 사춘기적 시어로 씌어진 그리움의 시라고 할 수 있는 이 시에는 "허무와 꿈 사이"와 같은 추상적 용어가 자리잡고 있다. 이 시는 추상어가 어떻게 절절한 정감의 이미지로 탈바꿈하는가를 잘 보여준다. 상징이 관념을 향한다면 이미지는 시각·감각·느낌 등을 불러온다. 추상어가 이미지성을 갖고 감각으로 다시 되살아나는 빠스의 시에서 우리는 새로운 시법을 발견할 수 있다. 추상어는 때때로 우리가 습관적으로 보고 지나친 풍경을 다시 깊게 살피도록 충고한다.

총체적 바람

현재는 영원하다
산들은 뼈로 되어 있다, 눈으로 되어 있다
태초부터 여기 있다

바람은 금방 태어난다
나이도 없이
빛처럼, 먼지처럼
소리의 소용돌이
(후략)

　"현재는 영원하다"라는 첫 구절부터 우리는 당황하게 된다. 현재
가 영원하다면 과거는? 미래는? 여기서 시인은 과거도 미래도 현
재로밖에는 인식될 수 없다고 말한다. 우리의 느낌 속에서 모든 것
은 현재로 나타난다. 과거는 과거 자체로 인식되는 것이 아니다.
회상을 통한 현재성으로 지금 내게 떠오르는 것이다. 공간 속의 시
간은 늘 현재이다. 우리가 하나의 풍경을 보는 것은 지금도 가능하
다. 과거는 회상 혹은 사진으로 지금 볼 수도 있는 것이다. 물론
그 '지금'이라는 시간도 인식의 순간 과거로 되돌아가지만, 우리의
느낌만은 현재이다. 시를 쓴 때는 겨울이다. 산들이 앙상하게 뾰
족한 바위와 눈으로 덮여 있다. 시인은 "산들이 뼈로 되어 있다"고
말한다. 다시 보니 산은 "태초부터 여기 있다." 당연한 소리이다.
산이 움직이는 걸 보았는가. "바람은 금방 태어난다." 지금 바람이
태어남을 내 피부가 느낀다. 그것은 지금 느끼는 '빛'도 '먼지'도
마찬가지이다. 그러나 이들은 어제 속에서 내일 속에서 또 태어난
다. 시간은 현재의 느낌의 소용돌이이다. 즉, '소리의 소용돌이'이
다.
　우리는 이 시에서 "현재는 영원하다"라는 추상이 얼마나 많은 이
미지를 불러오는가를 본다. 시인은 화학자처럼 "산들은 뼈로 되어
있다"고 선언한다. 우리는 그 속에서 바위가 쫑긋쫑긋 솟아 있는
돌산을 본다. 이미지다. "산은 눈으로 되어 있다"도 역시 이미지
다. 그러면서 동시에 이런 이미지들은 또다시 의미를 생각하게 한

다. 여기서 눈은 겨울의 눈이 아니다. 계절을 잃은, 뼛가루 같은 원형적 눈이다. 아니면 그 반짝임이다. 추상에서 이미지로, 이미지에서 또다시 상징으로, 상징에서 다시 추상으로 우리의 연상은 꼬리에 꼬리를 문다.

옥따비오 빠스는 명사와 명사, 명사와 서술어 '이다'로 연결되는 삼인칭적 정의를 좋아한다. 그는 '있다'보다는 '이다'를 좋아한다. '있다'는 '있었다'나 '있을 것이다'를 불러온다. 아니면 '어디에 있다'라는 장소의 부연을 필요로 한다. 그러나 '이다'는 본질 혹은 근원적 정의에 알맞다. 빠스는 가장 주관적이고 순간적인 인상을 객관적 추상으로 정의하기를 좋아한다. 순간의 절대화라는 것은 순간적 느낌에 대한 최대의 감탄이면서, 감동의 영원한 현재성이다. 빠스는 "소녀는 아름답다!"라는 말 대신 "소녀는 아름다움이다!"라고 말한다. 이는 소녀의 아름다움에 대한 최대의 찬사이면서 동시에 그 부정할 수 없는 아름다움에 대한 영원한 정의이다.

   시 골

   돌은 시간이다
   바람은
   수세기의 바람
   나무는 시간이다
   사람들은 돌이다
   바람은
   그 자리에서 맴돌다 돌의 날에
   묻힌다

   물은 없다 눈만 반짝인다

거의 모든 시구가 '이다'로 끝나 무척 단조로운 시이다. 이 시는 시간과 돌, 바람과 돌, 사람과 돌 등 모든 것이 추상적으로 정의되면서 인상주의적 삽화를 이룬다. 먼저 "돌은 시간이다"라고 할 때 우리는 무엇을 느끼는가. 돌이나 바위를 보면 우리는 무수한 세월의 흔적을 읽는다. 구태여 이끼가 끼지 않아도 모든 돌은 나이를 먹었다. 세월이 느껴진다. 그래서 시인은 "돌은 시간이다"라고 감탄한다. 돌 속에 시간이 축적되어 있음을 본다. 그러나 그 긴 시간의 흔적 또한 시간이다. 흘러감이다. 바람이다. 돌은 영원스러우면서 시간 속에 있다. 바람이 분다. 그런데 이 바람은 내가 어렸을 때도 불던 그 산들바람이다. 이 바람은 이 시골을 떠나지 않고 수세기 동안 이렇게 불고 있었나보다. 그래서 시골의 바람은 '수세기의 바람'이다. 그리고 우리는 동구 밖의 느티나무를 본다. 이 느티나무에서도 우리는 세월을 읽는다. 어제도 오늘도 이 마을을 지키고 서 있는 나무. 어렸을 때도 지금처럼 크고 너그러운 팔을 펼쳐 들고 서 있는 나무. "나무는 시간이다." 시간이 머물러 있음을 본다. 사람이 지나간다. 시골 사람의 얼굴은 모두 똑같다. 모두 나이가 들었다. 햇볕에 그을리고 주름살이 가득한 바위 같은 얼굴들. "사람들은 돌이다." 하나도 바뀌지 않았다. 그 주름살과 그 미소와 이마에 땀인지 이슬인지 모를 반짝임들. 농부의 나이는 모두 환갑을 넘었다.

시인은 생각한다. 여기에서는 바람도 세월도 흘러가는 것이 아니라 제자리에서 맴돌고 있나보다. 내 어린 시절에 보았던 돌과 나무와 사람들이 그 모양 그대로 오늘 여기 있다. 여기에서는 세월이 가지 않나보다. 세월이 돌로 되어 굳어져 이 땅에 그대로 남아 있나보다. 둘러보아도 둘러보아도 변한 흔적은 보이지 않는다. 그러나 순간순간 돌과 사람들의 미소는 새롭다. 눈빛은 분명히 살아 있다. 기적처럼. 모처럼 시골에 들렀을 때의 느낌을 누가 이 이상 더

절절하게 표현할 수 있겠는가. 끝없이 반복되는 이 단조로운 말들, 돌들 사이 풋풋이 살아 움직이는 느낌의 파편들. 도시와 먼지에 쫓기다 여기 돌아와 느끼는 이 깨달음의 눈빛들.

4. 말 파괴의 시학과 새로운 에로티시즘

그러나 옥따비오 빠스의 시를 풀어나가기에는 말 파괴에 대한 그의 일념이 지나치리만큼 강하고, 그의 시어가 창출하는 생각의 무늬가 너무나 깊고 다채롭다. 빠스는 시는 형식의 파괴 위에서 새로운 의미의 맛, 아니면 생각과 말소리의 하나됨을 찾아간다. 맨 처음 빠스를 말의 시인으로 이야기한 것은 그의 시가 낭만주의적 발상과는 다른 출발점에 있음을 지적한 것이다. 말은, 특히 씌어진 말은 감정보다 사고를 주된 기능으로 한다. 그러나 빠스의 출발점은 사고의 파괴로부터 맛을 산출하는 에로티시즘에 있다. 빠스의 시는 이 말과 사고를 부정하는 데서부터 출발한다.

말 들

뒤집어 엎어라,
꽁지를 잡아라(악을 쓰라고 그래, 똥갈보년들),
두들겨 패라,
채찍으로 묶어 주둥이에 설탕을 먹여라,
풍선처럼 불어대, 그리고 터뜨려,
피건 골수건 빨아마셔,
말려라
공알을 까버려

짓이겨라, 멋진 수탉처럼,
울대를 비틀어라, 요리사처럼,
털을 벗기고
창자를 꺼내고, 투우처럼
수소처럼, 짓이겨놓아라,
새 말을 만들어라, 시인아
말이 제가 한 말을 저 혼자 다 들이마시게 하라.

　말은 관습의 산물이다. 관습이나 상투적 표현이 아닌 다른 것으로는 나의 느낌을 나타낼 수 없다. 따라서 말을 사랑할 순 없다. 이 사람도 이 말을 쓰고 저 사람도 이 말을 쓴다. 말라르메처럼 "말이 시를 쓴다"고 믿는 시인은 그 '말'이 가장 믿을 수 없는 실체인 것을 발견한다. 시와 인생의 동반자가 창녀인 것을 발견한다. 말은 시인의 말이 되기 위해 우선 "제가 한 말을 저 혼자 다 들이마시게" 해야 한다. 말이 말이기 위해 가져야 했던 소통의 문, 그 관습성 일체를 파괴해야 한다. 말의 폐허에 싹트는 하나의 풀잎. 그런 말은 없는가.

　　시를 향하여
　　(출발점들)

　말들, 몇 순간의 수확들, 아침인사와 저녁인사, 입구와 출구, 아무데에서 아무데로나 가는 복도의 입구에, 불타버린 언어의 나무 숯덩이에서 끌어낸 말들.
　동물성 뱃속, 광물성 뱃속, 시간의 뱃속에서 끝없이 뒤치다, 출구를 발견하는 것 : 시.
　나의 시선들이 부서지는 그 얼굴의 집념. 폐허화된 풍경 앞에서, 미궁을 공략한 뒤, 다시 불굴의 의지로 무장한 전선, 혹은 이마. 화산의 고뇌.

시대의 우상, 지휘자, 총수의 종이호랑이 상판때기의 인자함, '나'들, '너'들, '그'들, 거미줄을 짜는 사람들, 손톱으로 무장한 대명사들, 얼굴 없는 추상스러운 성인들, 그, 그리고 우리들, 그리고 그 위대한 사람, 아무도 아닌, 누구도 아닌 그 사람. 아버지 하느님은 이 모든 우상들의 모습 속에서 복수를 당한다.

이 순간은 얼어붙는다, 응고된 백색이 눈을 흐린다, 대답이 없다, 사라진다, 빙빙 도는 물살들로 밀려난 북가죽. 돌아오리라.

환상의 탈을 벗긴다, 민감한 한가운데 큰 못을 박는다. 화산폭발을 자극한다.

탯줄을 끊는다, 성모를 잘 죽인다: 이것이 현대 시인이 모든 사람들을 위해 저지른 범죄. 새 시인은 성모 대신 커다란 사랑의 여신을 찾아야 한다.

말하기 위해 말하기, 절망적으로 소리를 끌어내기, 파리가 날아가는 소리를, 그 말을 받아적기, 까맣게 되기. 시간은 두 갈래로 열린다: 죽음 앞에서 뛰어내리기.

위의 시 또한 파괴적이다. 시쓰기는 말 만들어내기이다. 우리의 일상 속에서 오가다 찌들리고 불타버린, 생명이 없는 단어들을 그러모은다. 이미 이들이 가진 의미는 시인이 찾는 소리가 아니다. 빠스는 이들 불모의 말들을 반짝임으로 새롭게 태어나게 하는 것을 시라고 말한다.

시쓰기는 '사랑 행위이며 전쟁'이다. 빠스가 좋아하는 이런 표현은 멀리는 이딸리아의 뻬뜨라르까(F. Petrarca)로부터 오지만 빠스에게는 시학이 된다. 그의 『평론의 열정』(*Pasión Crítica*)의 한 구절을 보자. "글을 쓴다는 것은 어떤 것과 대치하는 행위입니다, 소음이라든지 도시, 문명, 나무 들…… 문학은 일종의 반칙행위지요. 무엇보다도 일상언어 전달의 위반행위에 속합니다. 그리고 언어의 봉기는 작가의 현실에 대한 자세에서도 보여집니다. 작가는 항상 어떤 것에 맞서서, 많은 경우 어떤 것에 대항하여 글을 씁니다. 내가 이 '대항하여'라는 말을 쓴 것은, 꼭 어떤 것을 증오하여 글을 쓴다는 이야기는 아닙니다. '대항하는' 것도 사랑 행위일 수 있지요. 어떻든 시쓰기는 언어의 파괴행위입니다. 아니면 언어의 표피를 깨고, 언어의 내부로 파고드는 행위지요. 그래서 글쓰기는 싸움이나 사랑 행위와 비슷합니다."

그래서 시인의 이마는 전쟁터가 된다. '황폐화된 풍경' 앞에서 다시 말을 짜내는 불타는 이마. 시 속의 호랑이는 결국 종이호랑이이다. 니체의 손에서 신은 죽었다. 신과 함께 인간도 죽었다. 인간과 함께 말도 죽었다. 따라서 시인이 만들어내는 말과 상징은 이제 절대성을 잃은 공허한 우상일 뿐이다.

빠스는 전통적 어머니, 즉 가족과 사회의 모태가 되었고 사회적 의미와 의사소통을 구축해온 성모는 이제 죽었다고 말한다. "성모를 잘 죽인다: 이것이 현대 시인이 모두를 위해 저지른 범죄. 새로운 시인은 성모 대신 커다란 사랑의 여신을 찾아야 한다"고 시인은 말한다. 시는 이제 진리를 발견하고 전달하는 것이 아니라, 너와 내가 즐기고 살아가기 위한, 육체를 가진 여신을 발견해야 한다고 주장한다. 빠스의 『평론의 열정』에 있는 설명을 더 들어보자.

"우리 시대의 변화에 대해서 이야기를 해보지요. 현대가 육체의 반란을 겪고 있다고 하는 것은 결국 오늘날 가장 선호하는 가치로 현재성이 나타났다는 것이지요. 육체의 시간은 현재의 시간입니다. 지금까지 발전주의·전진주의가 지향해온 것은 미래에 대한 희망입니다. 그런데 그 미래란 죽음이라는 것을 알게 된 거지요. 육체의 반란이란 전진주의가 숨겨온 죽음의 이미지에 대한 저항입니다. 지금까지의 문명은 최상의 가치로 저축이니, 노동, 부의 축적을 들었지요. 천국을 영원성에 두는 게 아니라 미래에 두었습니다…… 그러다보니 전진주의는 (미래가 내포하고 있는) 죽음이나 종말의 가능성을 부정할 수밖에요. 크리스천에게 죽음은 의미가 있습니다. (신에게로 가는) 하나의 과정이지요. 영원으로 가는 도약이지요. 힌두교인에게도 죽음은 의미가 있습니다. 그들에게는 해탈이지요. 그러나 미래를 믿고 선진조국의 건설을 믿는 사람에게 죽음은 의미가 없지요. 미래에 죽음이 있을 수 있다는 생각은 미래에 대한 꿈이나 전진주의를 무력화하니까요. 우리가 추상적으로 말하는 인류의 문명이라는 것은 발전할 수도 있습니다. 그러나 나는 그렇게 발전하는 것만은 아니지요. 나는 죽거든요. 더군다나 나는 결코 그 미래에 도착할 수가 없을 것입니다. 그렇기 때문에 육체의 반란이란 미래에 대한 반란이며, 가장 중요한 가치를 현재에 두는 것입니다. 육체의 시간이 현재라고 하는 것은 죽음의 가능성까지를 내포한 시간입니다. 육체의 시간이 현재라고 하는 것은 동시에 삶과 죽음이 함께 하는 시간이란 말입니다. 육체의 반란은 새로운 에로티시즘을 창출해야 하며, 그러자면 새로운 죽음의 이미지를 만들어야 합니다. 이것이 인간의 가장 큰 정복이 될 것입니다. 결국 죽음의 진정한 얼굴을 발견하는 일이지요. 옛날 종교들처럼 영생이라는 이름으로 가장된 얼굴이 아닌, 그렇다고 현대처럼 위장된 얼굴도 아닌 모습 말이에요. 죽음을 직접 보고 맞서는 일. 죽음을 맞선다고 하는 건 죽음을 봐야지요. 죽음을 삶의 중요한 핵심요소로 보아야지요…… 그건 그렇게 어려운 일은 아닙니다. 에로티시즘은 육체의 시간으로 에로티시즘 속에서는 죽음이 침해나 자해행위로 나타납니다. 그러나 사랑에서는 죽음의 모습이 다르지요. 사랑하는 사람을 사랑한다는 것은 죽을 사람을 사랑하는 행위입니다. 나 또한 죽을 사람이라는 것을 압니다. 따라서 사랑하는 마음은 항상 죽음의 직감과 연결된 고리 위에 있습니다. 나의 사랑하는 사람과 나의 죽음의 가능성 위에 말입니다."

　빠스의 말을 듣고 나는 문득 서정주의 "눈이 부시게 푸르른 날은 그리운 사람을 그리워하자"란 시구가 생각난다. 그렇다. 지극한 사랑은 죽음을 생각하게 한다. 그래서 사랑을 맹세할 때도 "죽음이 둘을 떼어놓을 때까지"란 표현을 쓴다. 서정주의 절구처럼 사랑하는 "네가 죽고 내가 산다면"을 생각할 때 나는 눈이 부신 사랑의 절실함과 깨달음에 이른다. 삶은 죽음의 그림자로 인해 더욱 햇살로 넘친다.

　우리는 이제 빠스의 「시를 향하여」의 마지막 연의 뜻을 알 것 같다. 결국 시쓰기는 사랑의 행위이며, 죽음 앞에서 말의 도약을 위한 시도이다. 절망 속에서 소리를 끌어내고 삶에서 죽음을, 죽음에서 삶을 이끌어내는 사랑의 행위가 시쓰기이다.

　　　말

　　말, 정확한 소리
　　그러나 틀린 말,
　　어둡고 빛나는
　　상처난 샘물. 거울,
　　거울이면서 광휘,
　　광휘이면서 칼날,
　　사랑으로 살아 있는 칼,
　　이제 칼이라기보다는, 오히려 부드러운 손. 열매.

　　나를 자극하는 불길,
　　고요한 잔인한 눈동자
　　현기증의 절정에 머문,
　　눈에 보이지 않는 차가운 빛이
　　나의 심연을 파헤친다,

나를 허무로 채운다, 공허한 말로,
달아나는 투명한 육체들,
그 바쁜 움직임에 나의 발길을 맡긴다.

이제 나를 벗어난 말, 하나 나의 말,
내 죽은 뒤 남은 뼈다귀처럼
이름도 없는, 가냘픈 내 육신의 흔적,
나의 어두운 눈물의
소금맛, 얼어붙은 금강석.

말, 하나의 말, 버림받아
웃고 있는 순수, 자유
구름처럼, 물처럼,
대기처럼, 빛처럼,
온 땅을 헤매는 눈처럼
나처럼, 나를 잊은 나처럼.

말, 하나의 말,
마지막이면서 처음인
항상 말없는
항상 말하는
성체용 빵이면서 잿더미.

   시인의 말은 정확하면서 항상 틀린 말이다. 창세기에 나오는 신
의 말이 아니라 상처난 말이다. 말을 찾는 작업은 늘 말의 잔인성
과 공허에 맞부딪는다. 말은 항상 "달아나는 투명한 육체들"인 것
이다. 그러나 나는 나의 붓에 말을 맡긴다. 시인은 자신의 시가
"나의 어두운 눈물의／소금맛, 얼어붙은 금강석"이기를 바란다.

그래서 시인이 찾는 말은 하나의 말, 처음이면서 마지막인 말이다. 그것은 성체용 빵 같은 구원의 빵이면서 죽음의 잿더미인 패러독스이다.

5. 육체의 시간, 사랑의 시간

우리는 빠스의 말을 주의 깊게 살펴야 한다. 육체의 시간은 현재이다. 과거의 여인은 만질 수 없다. 미래의 여인은 죽음 가까이에 있다. 지금 우리에게 목마르게 다가오는 욕구는 만질 수 있는 시간, 만질 수 있는 육체, 즉 현재성이다. 이제 우리의 꿈은 미래의 이상향을 향하여 열려 있지 않다. "과거는 아름답다"란 말을 되새기며 지금을 보낼 순 없다. 나는 지금 이 순간 살아 있기 때문이다. 시도, 시 속의 말도 시의 끝을 향하여 의미를 맺으려 하지 않는다. 따라서 빠스의 시는 상징성이나 의미로 종결되지 않는다. 끝은 항상 죽음이다. 빠스의 시는 그때 그 순간의 반짝임과 따스함, 생명의 광휘로 가득하다.

전통적인 시읽기에서 우리는 끝까지 읽어보고 그 의미를 가늠한다. 그러나 많은 경우 빠스의 시나 시어는 현재 그 자리에서 빛을 발한다. 그리고 그것이 다른 어떤 역설적 반의미로 뒤바뀌는 것을 책임지지 않는다. 예를 들어 그가 쓴 『백지』라는 시집은 두루마리 형식으로 된 것으로 세 기둥의 시들이 연속으로 진행되고 있다. 이 세 기둥의 시는 하나씩 읽어도 좋고, 수평으로 연결하여 읽어도 좋다. 그리고 시의 이미지나 상징은 두루마리를 풀어가면서 바뀐다. 예를 들어 "인생은 즐겁다"가 다음에는 "인생은 죽음이다"로 바뀌고, 또 다음에는 "죽음은 삶이다"로 바뀌는 식이다. 시는 그때그때의 이미지와 의미놀이 속에 순간순간 그 역할과 맛을 바꾼다. 빠스의 시에서 시간은 처음에서 끝으로 흘러가는 것이 아니라 선불교의 시간처럼 순간순간 떨어진다.

물론 빠스의 모든 시가 그런 것은 아니다. 어쩌면 시간이란 돌고 있는지도 모른다고 빠스는 말한다. 따라서 그의 시는 전통시처럼 처음과 끝이 서로 맞물려 도는 통일성을 가지고 있다. 그럼에도 불구하고 그의 시는 이미지나 상징의 불연속성이 극단적으로 노출되어 있다.

이 말의 중간쯤 어디에

나는 세상 끝 어느 정상에 와 있지 않다.
순간은
대선사가 올라가 앉은 불기둥이 아니다,
올라가지 않는다.
시간은 나의 발끝으로부터,
터지지 않는다
나의 두개골 속에서 고요가 폭발한다, 시커멓게
눈먼 법열의 불빛으로
나는 어느 8층에 와 있다,
와 있는 곳은
시간이 매달린 어느 새장 같은 곳.

6층.
밀물 썰물이 망치질하는,
쇠붙이가 싸우는,
유리강 낙진터
이미 분노까지 인간적인 모터소리들.
밤은

떨어져내리는 소음,
껴안으면 찢겨나가는
몸뚱어리 하나.
밤은 눈이 멀어,
찢겨나간 조각을 다시 붙인다,
찢어진 이름들을
다시 모아, 다시 흩뜨린다.
떨어져나간 손가락 끝으로
꿈속이련 듯 도시를 어루만진다.

나는 어느 십자로에 와 있는 게 아니다.
길을 고른다는 건
잘못 간다는 것
나는 지금
이 말의 중간쯤에 와 있다.
나를 어디로 끌고 가는 걸까?
메아리만 골짜기와 골짜기에 울려퍼진다.
날짜와 행적과,
나의 낳고 죽음.
나의 기억의 수렁 속으로
조각조각 떨어져 숨어버린 달력.
나는 나의 그림자들의 하나의 갈비뼈.
(중략)
나의 역사는 나의 것이 아니다.
부서진 그 말의 음절은
미친 듯 맴돌다가
도시를 되풀이한다, 되풀이한다.
도시, 나의 도시,
치욕의 발자취,

234

영생의 생명수를 마신 사람은 없다,
아무도
시간의 돌 눈, 눈동자를 뜨게 한 사람은 없다,
아무도
창세기의 첫마디 말을 들은 자는 없다,
아무도 그 마지막 말을 듣지 못하리,
이 말을 하는 입조차 혼잣말을 하고 있다,
아무도
우주의 그 깊은 수렁으로 내려가본 자는 없다,
아무도
태양이 묻히는 그 거대한 쓰레기장으로부터 돌아온 사람은 없다.
역사란
쓰레기통과 무지개.
높은 계단을 향한
층계.
광명 속에 사라진
일곱 음계.
그림자 없는 말.
우리는 듣지 못한다, 듣지 않는다,
우리는 없다고 했지.
우리에게 남은 건 소음뿐.
8층.
나는 이 말의 중간쯤 와 있다.
어디로
날 데려가는 걸까?
산산이 부서진 언어.
시인은 비문을 가꾸는 정원사.

빠스의 시에는 장시가 많다. 그러나 이 시는 중간을 잘라내도

"어느 중간쯤에 와 있"는 느낌은 여전하리라. 이미 질서를, 즉 창세기의 언어를 잃은 말들의 행진은 건물의 한 층에서 보고 느끼는 소음들로 채워지고 있다. 모터소리가 들리고 어머니가 생각나고, 사물들은 혼란스런 모습을 드러낸다. 그것들은 모두 혼란이라는 통일적인 이미지 속에서 자연스럽게 자리잡는다. 어디서 왔는지 어디로 가는지 모르는 건물의 난간에서 무언지 모르는 형상들을 본다. 눈에 보이는 사물도, 생각도 산산이 부서진 언어일 뿐이다.

"시인은 비문을 가꾸는 정원사"라는 마지막 구절은 절구이다. 우리는 이미 에덴동산을 잃은 시간 속의 실체이다. 시인은 삶의 맥박을 말로 짚을 수 없다. 시인은 항상 삶의 죽음을 적는다. 시인은 시간의 육체, 육체의 시간을 찾는다. 그러나 그 육체는 불확실하다. 혼란하다. 현재를 찾아서 시인이 헤매는 이유는 내가 현재라고 짚을 때 그 현재는 육체에서 빠져나간 과거이기 때문이다. "욕망은 어떤 것을 찾는 자리에 존재한다"는 라깡(J. Lacan)의 말이 생각난다. 사랑은 단 한 사람을 원한다. 그러나 욕망은 많은 여자를 내 것으로 하고 싶어한다. 사랑은 욕망이다. 그래서 사랑하는 마음은 네가 너로 남아 있어주어야 할 소망과, 너를 내 것으로 만들고 싶은 욕망 사이에서 느끼는 '현기증'이라고 빠스는 말한다.

빠스에게 유일한 구원은 그 현기증이며 사랑이다. 그것은 갈등이며 투쟁이다. 현재를 찾는 몸부림이다. 빠스는 「태양의 돌」에서 스페인 내전 때의 혼란과 저주, 생존을 위한 투쟁을 기억한다. 그리고 그 절망의 늪에서 사랑을 한다.

태양의 돌

(전략)
무너진다

한 커다란 순간에 우리는 무너진다 그리고 우리는
우리의 뭉친 힘이 허물어지고 있는 것을
겨우 알아낸다, 인간이란 결국
올데갈데가 없다, 인간이란 결국 행복하다
함께 빵을 나누고, 태양을 나누고 죽음을 나누고,
살아 있다는 것을 잊고 살았던
우리의 삶에 대한 경악,

사랑한다는 것은 싸우는 것, 둘이 키스를 하면
세상은 바뀌고, 욕망들이 살이 되고,
생각들이 살이 되고, 날개 돋고
노예들의 등판에 날개가 돋고, 세상은
정말 만질 수 있고, 술은 술이고,
빵은 다시 맛이 있고, 물은 물이고,
사랑한다는 것은 싸우는 것, 문을 여는 것,
번호 하나로 귀신이 되는 걸 그만두는 것,
숫자 하나로 얼굴 없는 주인에 의해
종신형을 사는 걸 그만두는 것,
둘이 서로 마주보면
세상이 바뀐다, 마주보고 서로를 알아보면,
사랑한다는 것은 이름을 벗고 벌거숭이가 되는 것.

6. 영원한 현재를 찾아서

미겔 데 우나무노의 희곡 「꿈의 그림자들」을 보면 시간과 역사
와 책을 떠나 영원히 어린아이 같은 순수한 삶으로 살아가고 싶은
몸부림이 보인다. 「꿈의 그림자들」의 주인공 '뚤리오 몬딸반'은 중

남미 한 독립국의 영웅이 된다. 그가 영웅이 된 것은 그에게 진정한 행복을 가져다주었던 사춘기의 연인 엘비라를 위한 것이었다. 엘비라는 그에게 꿈같은 사랑, 진정한 삶과 행복의 기억을 남기고 죽는다. 그녀를 잊지 못하는 뚤리오는 그 땅에 엘비라와 가졌던 '어린애 같은 순수한 삶'의 성지를 구축하기 위해 독재자를 몰아내고 영웅이 된다. 그러나 영웅이 되고 난 뒤 그는 문득 자신의 삶이 그가 추구하던 '순수한 행복'이 아니라, 공허한 명예와 역사의 부산물이 되고 만 것을 깨닫는다. 그는 어느 날 그 땅으로부터 사라진다. 뚤리오는 역사 속의 자신을 죽인다. 그리고 이름없고 순수한 새 삶을 시작한다. 그가 찾은 것은 어느 섬이다. 그 섬에는『뚤리오 몬딸반의 전기』를 읽고 그 전설적 영웅에 반한 또다른 엘비라라는 처녀가 살고 있었다. 새 삶을 찾아 이름까지 뚤리오가 아닌 훌리오 마세도로 바꾼 그는 그 여자와 함께 순수한 어린 시절의 행복을 이룩해나가기를 희망하게 된다. 섬의 엘비라는 직감으로 이 훌리오라는 남자가 자신이 좋아하는 책 속의 뚤리오임을 알아차린다. 그녀는 책 속의 영웅을 실제로 만난 기쁨으로 훌리오와의 결합을 꿈꾼다. 훌리오도 역사적 실체인 뚤리오를 부정하고, 이름도 시간도 없는 영원한 현재 삶의 구현을 위해 그녀와의 결혼을 꿈꾼다. 그러나 섬의 엘비라는 영웅 뚤리오 몬딸반이 아닌 훌리오 마세도를 받아들일 수 없었고, 훌리오도 책과 역사 속의 자신을 잊지 못하는 엘비라와 결합할 수 없었다. 마침내 역사 속의 자신을 벗어날 수 없음을 자각한 훌리오는 역사적 삶이냐 영원한 현재로서의 삶이냐, 허구적 삶이냐 실제로서의 순수한 삶이냐로 갈등하다가 끝내 자살하고 만다.

　전위예술이 가장 빈번하게 맞닥뜨리는 문제는 우나무노의 위의 작품에서 보듯, 예술이냐 삶이냐, 허구냐 삶이냐, 삶의 흔적이냐 살아 있는 느낌이냐 사이의 갈등이다. 니체로부터 대두된 예술의

238

위선성, 즉 씌어진 삶과 살아 있는 삶의 불일치성은 현대예술에서 커다란 문제로 대두되었다. 뜨리스뜨람 샌디(Tristram Shandy)는 "살아왔던 것보다 열배 빨리 쓰고, 지금 살고 있는 것보다 백배 빨리 쓰면"(Carlos Fuentes, *Geografía de La Novela*, Fondo de Cultura Económica, Mexico 1993, 13면에서 재인용) 자기 작품에 자기의 삶이 그대로 반영될 수 있지 않을까 생각하기도 했다. 그리하여 마침내는 사는 것을 없애고 삶을 좇아 종처럼 글만 쓰는 것을 꿈꾸었다. 삶을 그만두고 말이 되고 싶었던 시인들, 삶이나 행동이 바로 예술이어야 한다고 믿었던 행위예술가들의 고뇌는 모두 일맥상통하는 점이 있다.

옥따비오 빠스를 이야기하다가 우나무노와 현대예술론이 나온 것은 누구보다 빠스가 현대예술 평론가이고 그의 시 또한 위와 같은 고뇌에 참여하고 있기 때문이다. 초현실주의자로서 그는 시쓰기를 행위예술로 승화시킨다. 빠스는 '자동필기법'의 옹호자는 아니다. 그러나 한때 그의 시에는 자동필기법과 유사한, 우연과 말소리 연상을 따르는 말놀이 등이 아주 자유롭게 나타났다. 말하자면 빠스의 시는 「이 말의 중간쯤 어디에」에서 보듯 시쓰기의 현재성이 시를 쓰는 시인의 의식과 평행선을 이루고 있다. 이 시를 쓰고 있는 의식이 먼저냐, 쓰고 있는 행위가 먼저냐의 문제는 역시 의문스럽다. 우나무노의 실존적 고뇌와 거리가 있다고 할지라도 이런 시각이 빠스에게는 항상 있었다.

그런 의미에는 빠스는 '소요유(逍遙遊)'의 장자에 가까운 관조자이며, 선승인 바쇼오를 좋아하는 나그네였다. 빠스는 시를 쓰면서 지금 시를 쓰고 있는 현재가 자꾸 과거로 물러나, 허구나 꿈으로 변질하는 상황을 안타깝게 지켜본다. 빠스는 현재를 유형·무형의 현실들이 끝없이 교차하는 꿈과 그림자의 현장으로 이해한다.

말하기 : 하기──로만 야콥슨에게

1

내가 보는 것과 말하는 것 사이,
내가 말하는 것과 말하지 않는 것 사이,
말하지 않는 것과 꿈꾸는 것 사이,
꿈꾸는 것과 잊는 것 사이,
시가 있다.
시는 미끄러진다
'이다'와 '아니다' 사이.
말한다
내가 말하지 않는 걸,
말하지 않는다
내가 말하는 걸,
꿈꾼다
내가 잊는 걸.
이건 말하기가 아니다.
이건 그냥 하기.
그냥 하기가
말하기.
시는
스스로에게 말하고 스스로 듣는다.
실제다.
그리고 내가
"실제다" 하는 순간
사라진다.
그래서 더욱 실제인가?

2

손에 만져지는 생각,
말
만질 수 없는.
시는
온다, 간다
있는 것과
있지 않는 것 사이.
그림자들을 엮는다
그리고 푼다.
시는
백지 위에 눈을 심는다,
눈에 말들을 심는다.
눈들은 말한다,
말들은 본다,
시선들은 생각한다.
듣는다는 것
생각을,
본다는 것
우리가 말하는 것을,
만진다는 것
생각의 몸을.
눈들은
감긴다,
말들은 눈을 뜬다.

이 시의 시제는 전부 현재형이다. 말을 하고 시를 쓰는 행위를
그리고 있다. 말을 한다는 것은 현재의 의식을 점검하는 행위이
다. 의식은 만지기, 눈으로 보기, 귀로 듣기, 꿈꾸기, 생각하기뿐

만 아니라 보지 않기, 듣지 않기, 잊어가기를 포함한다. 의식은 의식과 무의식, 현재와 부재를 함께 가진다. 아니면 실제와 부재, 현실과 꿈, 꿈과 망각 사이에서 나는 말을 한다. 시를 쓴다. 산다. 나는 이 '사이'에 존재한다. 행동한다. 그것은 따옴표나 물음표 사이의 '살아 있다'는 말처럼 불확실하다. 불확실한 실체의 삶, 이것이 나의 실존의 좌표이다.

나는 내가 보는 것과 등가치로 동시에 말할 수 없다. 그러면서 본 대로 말한다. 내가 말하는 것이 나의 생각의 전부일 수는 없다. 말하는 것은 말하지 않는 것을 만든다. 침묵은 말을 만든다. 유형과 무형 사이, 무형 중에서는 꿈꾸는 것과 망각 사이에 시는 존재한다. 우리의 꿈은 잊어버린 현실에서 되살아난다. 말하는 것이 하는 것이라면 말하지 않는 것도 하는 것. 유위는 무위다. 시는 어쩌면 혼자 말하고 혼자 듣는 행위인지도 모른다. 이런 현실이 어떻게 나를 통해 일어날 수 있는가. 그러나 내가 "있다"라고 말하자 그 말은 곧 사라진다. 현실은 부재 속에서 그 현실성을 회복한다. 너의 말은 끝났는데 내 귀와 머릿속에는 너의 말이 들린다.

시쓰기는 꿈의 그림자 놀이이다. 현실이라는 꿈과 꿈의 현실 사이에서 꿈을 만진다. "손에 만져지는 생각." 그러나 말은 만질 수가 없다. 무형과 유형 사이에 시는 오간다. 그림자를 짜고 푸는 행위, 시쓰기, 말하기. 생각의 몸을 만지고, 생각을 듣고, 인식할 수 있는 것과 인식할 수 없는 것 사이에서 시는 신비주의를 드러낸다. 눈을 감아야 생각을 한다. 눈을 감아야 말이 눈뜬다. 눈을 감아야 보인다. 이 알 수 없는 역설 속의 행위가 시쓰기이다.

빠스는 말과 침묵, 유형과 무형, 꿈과 현실, 유위와 무위 사이에서 오묘하게 무늬짓는 것이 시라고 본다. 이들 역설적 그림자들이 시를 쓰는 현재의 광장에 나타났다가 사라진다. 현재는 현재라고 생각하는 순간 과거가 된다. 혹은 만질 수 없는 실체가 된다.

242

꿈과 망각이 된다. 따라서 시쓰기는 이들 모양 없는 실체들을 그것
이 끝없이 무형으로 사라지는 것을 보면서 현실로 끌어오는 작업이
다. 그래서 빠스는 "비가 오는 소리를 듣듯이" 내 소리를 들으라고
말한다.

　　비가 오는 소리를 듣듯이

　비가 오는 소리를 듣듯이 내 소리를 들어다오,
　무심하게도, 무심하지 않게도 아닌,
　가벼운 발소리, 이슬비 내리는 소리,
　물이면서 바람, 바람이면서 세월,
　하루는 아직 끝나지 않았다,
　밤은 아직 오지 않았다,
　길모퉁이를 돌아설 때
　안개의 무늬짐,
　이 쉼표의 후미진 골목에 머무는
　세월의 무늬짐,
　비가 오는 소리를 듣듯이 내 소리를 들어다오,
　내 말을 듣지 말고, 내가 안으로 눈을 뜨고
　말하는 소리를 듣고,
　모든 감각을 일깨운 채 잠든 빗소리,
　가벼운 발걸음, 음절들의 수런대는 소리, 빗소리,
　바람과 물, 무게 없는 말소리.
　우리의 과거, 우리의 현재,
　한해 두해, 하루 이틀, 이 순간,
　무게 없는 세월, 크낙한 두께,
　비가 오는 소리를 듣듯이 내 소리를 들어다오,
　젖은 아스팔트가 반짝이고,
　김이 일어나고, 걸어가고,

밤은 눈을 뜨고 나를 바라본다,
그게 너, 김으로 일어선 너의 몸매,
그게 너, 밤으로 다가선 너의 얼굴,
너와 너의 머리칼, 그 느린 번갯불,
너는 거리를 건넌다, 나의 이마에 들어온다,
나의 눈동자 위에 물의 발소리,
비가 오는 소리를 듣듯이 내 소리를 들어다오,
아스팔트는 반짝인다, 너는 거리를 건너간다,
그것은 밤에 방황하는 안개,
너의 침대에 잠든 밤,
너의 숨소리의 물결소리,
너의 물의 손가락들이 나의 이마를 적신다,
너의 불길의 손가락들이 나의 눈을 태운다,
너의 바람의 손가락들이 세월의 동공을 연다,
도깨비들이 흘러나오고, 다시 태어나고,
비가 오는 소리를 듣듯이 내 소리를 들어다오,
세월은 가고, 순간들이 돌아온다,
가까운 방에 들리는 너의 발소리를 듣는가?
여기가 아닌, 거기가 아닌 곳에서, 너는
발소리를 듣는다, 바로 지금이라는
다른 시간 속에서, 시간의 발소리를
너는 듣는다, 무게도 장소도 없는
현실들을 만들어가는 시간,
마당으로 흘러가는 빗소리를 들으라,
밤은 숲속에서 이미 더욱 깊어진 밤,
이파리들 사이 번갯불이 머문다,
표류하는 희미한 정원
──들어오라, 너의 그림자가 이 백지를 채우게 하라.

빠스의 현재는 과거와 미래, 꿈과 현실이 만나는 곳이다. 그것은 비오는 소리가 들리는 방이다. 보르헤스의 시구처럼 "비는 과거로부터 온다." 빗소리를 들으면 옛님이 생각난다. 그러나 그 옛날은 현재의 빗소리이다. 현재의 빗소리도 빗속에서 들리는 것이 아니라 나의 귀에, 나의 의식에 들린다. "가까운 방에 들리는 너의 발소리." 현실을 현실로, 현재를 현재로 감지할 수 있는 기능은 없다. '현재!'라고 생각하면 그것은 곧 과거이다. 빗방울이 지금 여기 떨어진다고 생각하면 이미 그 빗방울은 없다. 생명이나 현재는 일회성이다. 어느 말이나 생각을 통하여 그대로 재생될 수는 없다. 시간은 지금 이 순간일 뿐인 것이다. 그 현재는 영원히 잡을 수 없는 순간이다. 현재는 밤이다. 우리 모두는 더듬이로 현실을 간다. 밤을 간다. 혹은 안개 속에서 사랑하는 사람을 만나고 헤어진다. 그런데 이토록 아름다운 너의 머리칼은 지금 현실로 느끼는 '느린 번갯불'일 뿐이다.

"비가 오는 소리를 듣듯이 내 소리를 들어다오"는 지금 가장 절실히 느끼는 내 존재의 무형성, 부재성을 들어보라는 소리이다. 거기에는 가벼운 발소리만 있다. 잡으면 곧 물로 흘러내리는 것이 순간들, 세월들이다. 그래서 나의 삶을 가장 충실하게 살고 싶을수록, 순간순간을 나의 삶으로 채우고 싶을수록 더욱 불분명해지는 것이 인생이다. 그래서 "밤은 숲속에서 이미 더욱 깊은 밤"이 된다. 가끔 행복한 순간처럼 "이파리들 사이 번갯불이 머물"지만 그것도 곧 과거가 된다. 산다는 것은 "표류하는 희미한 정원" 속에 머무는 일이다. 그래서 삶에 가장 충실한 시를 쓰고 싶은 순간에는 이런 기도가 필요하다. "들어오라, 너의 그림자가 이 백지를 채우게 하라."

7. 해 뜨는 곳으로의 산책

빠스의 시는 노장과 선불교, 그리고 주역의 음양오행까지 넘나든다. 어쩌면 그에게서 가장 지속적인 사랑은 동양에 대한 관심일지도 모른다. 그의 최근 시집 『나무 속으로』(*Arbol adentro*, 1976~88년)의 시세계 또한 동양적이다.

예

나비가 자동차 사이에서 날고 있었다.
내 아내 마리 호세가 내게 말했다. 저 나비가
장자인가봐, 뉴욕으로 산보 나온.
그러나 나비는
모르고 있었다, 자신이 한 마리 나비인 줄을
장자 되는 것을 꿈꾸고 있는 나비,
아니면 장자
나비가 된 꿈을 꾸고 있는 장자.
아무 의심없이
나비는 날고 있을 뿐.

보르헤스 이후 서양문학의 고전이 되어버린 장자의 꿈 이야기가 옥따비오 빠스의 현재로 파고든다. 번잡한 뉴욕의 교통체증 사이를 날고 있는 나비 한 마리. 그 낯선 풍경은 낯선 상상을 불러일으킨다. 장자가 하루 낮잠을 잔다. 꿈속에서 그는 나비가 된다. 나비가 되어 훨훨 나니 기분이 무척 상쾌하다. 꿈속에서 그는 의심할 바 없는 나비였다. 장자는 잠을 깬다. 나무 밑에 축 처진 채 침을 흘리며 누워 있는 장자 자신을 아직 꿈이 덜 깬 눈으로 바라본다.

이게 어찌된 일인가. 나는 좀전에 나비였지 않은가. 그렇다면 지금 침 흘리고 누워 있는 이 놈은 누구인가. 나는 방금 나비가 되는 꿈을 꾼 장자인가. 아니면 지금 나비가 장자 되는 꿈을 꾸고 있는 것인가.

빠스의 일본 하이꾸에 대한 애정 또한 지속적이다. 『나무 속으로』에서는 일본 하이꾸의 형식을 그대로 모방한 5·7·5조의 음률까지 지키고 있다.

바쇼오 암

세상은 17
음절에 들어간다.
이 초가집에.

지푸라기와
기둥. 이 틈 사이로
벌레와 부처.

솔과 바위들
사이, 바람 속에서
시가 솟는다.

모음과 자음
얽히고 섥켜, 이내
세상 집 되다.

세월의 뼈들,
고통은 이제 돌, 산.

무게가 없다.

내가 한 말은
채 세 줄이 안된다.
이 소리의 집.

　바쇼오의 여행기 『오꾸의 오솔길』의 스페인어 번역서에 빠스가
붙인 주석을 보면, 1984년 그는 아내와 함께 바쇼오가 지냈던 암
자를 찾아갔다고 한다. 그때의 감흥을 하이꾸 형식으로 읊은 것이
이 시다. 보잘것없는 작은 초가집이 그의 암자라는 게 믿기지 않았
던 듯, 빠스는 시에서 여러 형태로 우주와 나, 대서사시와 5·7·
5의 작은 시형식을 하나의 이미지로 반추한다. 하이꾸의 영향을 받
은 빠스의 이미지즘은 그 특유의 관념성으로 표현된다. 이 시는 바
쇼오의 삶에 대한 시라기보다는 하이꾸 형식에 대한 성찰이다. 빠
스의 시집 『나무 속으로』에 실린 많은 시들은 의식적으로 하이꾸를
모방해 이미지의 비약이 돋보인다.

　　귤

작은 태양
식탁 위에 조용히 머문
한낮.
무언가 부족하다.
밤

　　여명

모래 위에

새들의 글씨.
바람의 일기장.

별과 귀뚜라미

하늘은 커서
위에서는 세상을 심는다.

그 많은 밤을
꿈쩍 않고 뚫고 있는
송곳, 귀뚜라미.

고요

달, 모래시계.
밤은 비어간다,
시간이 빛난다.

빠스의 이미지즘이 반드시 하이꾸 형식이나 불교적 내용에 구애받는 것은 아니다. 그러나 하이꾸 형식만큼 그의 우주관과 일상적인 체험을 절정감으로 합일시켜주는 침대는 없다.

밤, 낮, 밤

1

빛줄기. 토방에서
노래는 새 한 마리.
너의 육체의 산과 골짜기에

동이 튼다.

2

밤에 잠자는 불덩이,
깨어서 웃는 물.

3

너의 머리칼의 풀더미 밑에
너의 이마.
정자,
나뭇가지 사이 환한 빈터.

나는 정원을 생각한다.
너의 기억을 뒤흔드는 바람이 되고 싶다,
너의 짙은 풀더미 속에 길을 여는 햇살이 되고 싶다!

7

이불의 평원
육체들의 밤,
욕망의 해일
그리고 꿈들의 동굴.

8

너의 눈동자 밑에
만질 수 없는 마을이 잠잔다.

탐욕의 소용돌이들,
촉각의 자식들이 태어난다,
피를 마신다, 순간순간 변하는
욕망의 형태들,
그 모습은 항상 같다.
죽음뿐인 삶의,
삶뿐인 죽음의
이어가는 얼굴들.

히메네스에서 옥따비오 빠스까지

스페인·중남미 현대시의 이해 2

초판 1쇄 발행/1997년 4월 10일
초판 2쇄 발행/2019년 4월 29일

지은이/민용태
펴낸이/강일우
펴낸곳/(주)창비
등록/1986년 8월 5일 제85호
주소/10881 경기도 파주시 회동길 184
전화/031-955-3333
팩시밀리/영업 031-955-3399 · 편집 031-955-3400
홈페이지/www.changbi.com
전자우편/lit@changbi.com

ⓒ 민용태 1997
ISBN 978-89-364-7036-4 03890
ISBN 978-89-364-7983-1 (전2권)